trocada

trocada

Amanda Hocking

tradução
Priscila Catão

ROCCO
JOVENS LEITORES

Título original
SWITCHED

Esta é uma obra de ficção. Todos os personagens, organizações e acontecimentos retratados neste livro são produtos da imaginação da autora, foram usados de forma fictícia.

Copyright © 2010 by Amanda Hocking.
"Os Vittra atacam", Copyright © 2011 by Amanda Hocking.
Todos os direitos reservados.

Direitos para a língua portuguesa reservados
com exclusividade para o Brasil à
EDITORA ROCCO LTDA.
Av. Presidente Wilson, 231 – 8º andar
20030-021 – Rio de Janeiro – RJ
Tel.: (21) 3525-2000 – Fax: (21) 3525-2001
rocco@rocco.com.br | www.rocco.com.br

Printed in Brazil/Impresso no Brasil

Preparação de originais
DENISE SCOFANO MOURA

CIP-Brasil. Catalogação na Fonte
Sindicato Nacional dos Editores de Livros, RJ

H621t
Hocking, Amanda
Trocada / Amanda Hocking; tradução de Priscila Catão.
Rio de Janeiro: Rocco Jovens Leitores, 2013. – Primeira edição.
Tradução de: Switched
ISBN 978-85-7980-134-1
1. Literatura infantojuvenil americana. I. Catão, Priscila II. Título.
12-3977   CDD – 028.5   CDU – 087.5

O texto deste livro obedece às normas do
Acordo Ortográfico da Língua Portuguesa.

Para Pete – companheiro Aardvack,
camarada e modelo original de capa.

AGRADECIMENTOS

Antes de tudo, devo agradecer aos leitores e aos blogueiros de livros. Já disse, mas preciso repetir – nunca teria chegado até aqui sem todo o apoio e incentivo de vocês. Gostaria de citar o nome de todos, mas, se fizesse isso, os próprios agradecimentos já virariam um romance. Então quero apenas dizer obrigada a todas as pessoas que leram *Trocada*, que indicaram para os amigos, tweetaram ou blogaram a respeito, deixaram resenhas ou curtiram no Facebook, obrigada um milhão de vezes.

Quero agradecer a minha mãe por ser ridiculamente compreensiva e por me apoiar em todas as coisas que faço, independentemente do quanto elas possam parecer malucas ou absurdas. O comportamento das mães neste livro – Kim e Elora – não reflete de maneira alguma as experiências que tive com a minha própria mãe ou madrasta. Ambas são mulheres afetuosas, inteligentes e fortes, que sempre cuidaram de mim e me amaram mesmo quando eu não merecia.

Preciso agradecer ao meu companheiro de vida platônico, que mora comigo, Eric Goldman, por ser a única pessoa no mundo inteiro que consegue tolerar as minhas obsessões aleatórias mas frequentes, o simples volume da minha voz e o fato de eu passar mais tempo com pessoas que invento na minha cabeça do que com pessoas do mundo real.

Não posso esquecer o resto da panelinha – Fifi, Valerie, Greggor, Pete, Matthew, Bronson e Baby Gels. Vocês são os melhores amigos do mundo inteiro. Sério. Não tenho ideia de por que vocês são meus amigos, mas agradeço por isso todos os dias.

Todo o processo de escrita pelo qual eu passei para chegar até aqui permitiu que eu conhecesse outros autores fantásticos, incluindo a Máfia dos Autores Indie: Daniel Arenson, David Dalglish, David McAfee, Robert Duperre, Sean Sweeney, Mike Crane e Jason Letts. Não só esses caras são escritores incríveis (e se você não deu uma olhada nos livros deles, deveria mesmo fazer isso), como são também engraçados, inteligentes, ferozmente leais e incrivelmente gentis. Eles com certeza me ajudaram a manter a mente sã em épocas de insanidade. Tenho que dar um alô para o resto da equipe de apoio ao escritor: Stacey Wallace Benefiel e Jeff Brian, e para todo o pessoal do Kindleboards.

Por fim, devo agradecer a minha atual equipe de escrita. As pessoas me perguntam com frequência se me sinto amargurada ou ressentida em relação a todos os agentes que rejeitaram o meu trabalho antes, e a isso eu respondo um sonoro não. Não era a época correta nem o lugar correto, e eu precisava receber todos aqueles nãos para chegar ao agente correto e à editora correta.

Desde o primeiro dia, Steve Axelrod, meu agente, tem trabalhado duro para os meus livros e para mim. Ouso dizer que ele é o melhor agente do planeta. Os meus novos editores da St. Martin's Press – Rose Hilliard, minha editora, e Matthew Shear, vice-presidente sênior, são formidáveis. Rose acreditava em mim muito antes de eu ser contratada por eles.

E, finalmente, quero agradecer a você por ler isto. Sem o apoio de leitores como você, eu seria apenas uma sonhadora. São vocês que tornam os meus sonhos realidade todos os dias.

trocada

PRÓLOGO

onze anos atrás

Aquele dia foi mais marcante que qualquer outro por alguns motivos: era o meu aniversário de seis anos, e a minha mãe estava empunhando uma faca. Não uma pequenina faca de cortar carne, mas uma espécie de faca de açougueiro gigantesca, reluzente, como num filme de terror ruim. Ela definitivamente queria me matar.

Tento pensar nos dias que antecederam aquele para ver se deixei de perceber algo a seu respeito, mas não tenho nenhuma lembrança anterior dela. Lembro-me de algumas coisas da minha infância e até consigo me lembrar do meu pai, que morreu quando eu tinha cinco anos, mas dela, não.

Quando pergunto a meu irmão Matt sobre ela, ele sempre responde coisas do tipo "Ela é pirada, Wendy. É só isso que você precisa saber." Ele é sete anos mais velho que eu, por isso se lembra melhor de tudo, ainda que nunca queira falar a respeito.

Morávamos nos Hamptons quando eu era criança, e minha mãe não trabalhava. Ela tinha contratado uma babá para morar conosco e cuidar de mim, mas, na noite anterior ao meu aniversário, a babá tinha saído por causa de uma emergência familiar. Minha mãe ficou tomando conta de mim pela primeira vez na vida, e nenhuma de nós gostou muito disso.

Eu nem queria a festa. Gostava de presentes, no entanto, não tinha amigos. As pessoas que viriam eram os amigos da minha mãe e seus filhinhos esnobes. Ela tinha organizado uma espécie de chá de princesa, que eu não queria, mas Matt e a nossa empregada passaram a manhã inteira arrumando as coisas mesmo assim.

Quando os convidados chegaram, eu já tinha arrancado os meus sapatos e desfeito os laços no cabelo. Minha mãe desceu quando eu estava abrindo os presentes, observando a cena com seus gélidos olhos azuis.

Seus cabelos loiros estavam penteados para trás, e ela usava um batom vermelho-vivo que só a deixava mais pálida. Ainda vestia o roupão vermelho de seda do meu pai, o que fazia desde o dia em que ele morrera, e acrescentara um colar e um sapato preto de salto, como se aquilo fosse tornar a roupa adequada.

Ninguém falou nada, mas todos estavam muito ocupados prestando atenção ao showzinho que eu estava dando. Reclamei de cada um dos presentes que recebi. Eram todos pôneis, bonecas ou alguma outra coisa com que eu nunca brincaria.

Minha mãe entrou na sala e passou furtivamente no meio dos convidados até chegar aonde eu estava. Eu tinha aberto uma caixa embrulhada num papel de presente com ursinhos cor-de-rosa em que havia mais uma boneca de porcelana. Em vez de mostrar alguma gratidão, comecei a gritar que aquele presente era ridículo.

Trocada

Enquanto eu ainda gritava, minha mãe me deu um forte tapa no rosto.

– Você não é minha filha – disse, com a voz fria. Minha bochecha ardia onde ela havia batido e eu a olhei, boquiaberta.

A empregada rapidamente reconduziu as festividades, mas aquilo ficou entalado na cabeça da minha mãe o resto da tarde. Quando ela disse, acho que foi mais do jeito como os pais fazem quando o filho se comporta de maneira terrível. No entanto, quanto mais ela pensava, mais sentido fazia.

Após uma tarde de birras semelhantes de minha parte, alguém decidiu que era hora do bolo. Minha mãe parecia estar demorando séculos na cozinha, então fui ver o que estava acontecendo. Nem sabia por que era ela que estava indo pegar o bolo em vez da empregada, que era muito mais maternal.

Sobre o balcão no meio da cozinha, havia um bolo de chocolate enorme, coberto de flores rosa. Minha mãe estava do lado oposto, segurando uma faca gigante que usava para cortar e servir o bolo nos pratinhos. O cabelo dela estava se soltando dos grampos.

– Chocolate? – Enruguei o nariz ao vê-la tentar colocar pedaços perfeitos nos pratos.

– Sim, Wendy, você gosta de chocolate – informou-me ela.

– Não, não gosto! – Cruzei os braços em cima do peito. – Odeio chocolate! Não vou comer e você não pode me obrigar!

– Wendy!

A faca estava apontada na minha direção por acaso, com um pouco de cobertura grudada na ponta, mas eu não estava com medo. Se estivesse, tudo poderia ter sido diferente. Em vez disso, preferi começar mais uma das minhas birras.

– Não, não, não! O aniversário é meu e não quero chocolate! – gritei, batendo o pé no chão o mais forte possível.

– Não quer chocolate? – Minha mãe olhou para mim com os olhos arregalados e incrédulos. Uma nova forma de loucura reluzia dentro deles, e foi então que o medo começou a tomar conta de mim.

– Que tipo de criança você é, Wendy? – Ela caminhava vagarosamente pela cozinha, vindo em minha direção. A faca em sua mão parecia bem mais ameaçadora do que alguns segundos antes.

– Você certamente não é minha filha. O que você é, Wendy? Olhando para ela, dei vários passos para trás. Minha mãe parecia louca. O roupão tinha escorregado um pouco, deixando à mostra as clavículas magras e a camisola preta que vestia por baixo. Ela deu um passo para trás, dessa vez com a faca apontada bem na minha direção. Eu deveria ter gritado ou saído correndo dali, mas fiquei congelada e sem reação.

– Eu fiquei grávida, Wendy! Mas não foi você que dei à luz. Onde está o meu filho? – Lágrimas formavam-se em seus olhos, e eu só fiz balançar a cabeça. – Você provavelmente o matou, não foi?

Ela tentou me golpear, gritando para que eu dissesse o que tinha feito com o seu bebê verdadeiro. Saí do caminho na hora certa, mas ela me encurralou. Fiquei acuada contra o guarda-louça, sem ter como escapar, porém, ela não estava disposta a desistir.

– Mãe! – gritou Matt do outro lado da cozinha.

Os olhos dela pestanejaram ao reconhecer a voz do filho que amava de verdade. Por um instante, achei que com isso ela pararia, mas ela só fez perceber que seu tempo estava acabando, então ergueu a faca.

Matt foi para cima dela, só que antes disso a faca rasgou o meu vestido e me cortou na altura do estômago. O sangue manchava a minha roupa enquanto a dor percorria o meu corpo, e eu chorava histericamente. Minha mãe lutou com Matt, sem querer soltar a faca.

— Ela matou o seu irmão, Matthew! — insistia, encarando-o com seus olhos desvairados. — Ela é um monstro! Alguém precisa detê-la!

UM

casa

Minha mesa estava um pouco babada, e abri os olhos bem a tempo de ouvir sr. Meade bater violentamente o livro em cima dela. Eu estava no colégio havia apenas um mês, mas logo aprendi que aquela era a maneira preferida dele de me despertar dos meus cochilos em suas aulas de história. Embora eu sempre tentasse ficar acordada, aquela voz monótona me embalava no sono.

– Srta. Everly? – vociferou sr. Meade. – Srta. Everly?

– Hum? – murmurei.

Ergui a cabeça e enxuguei discretamente a baba. Olhei ao redor para ver se alguém tinha percebido. A maioria da turma parecia não ter visto nada, exceto Finn Holmes. Ele estava aqui havia uma semana, era o único aluno mais novo que eu. Sempre que eu olhava para ele, via-o me olhando de maneira totalmente descarada, como se isso fosse perfeitamente normal.

Havia algo estranhamente quieto e calmo nele, e eu ainda não ouvira sua voz, apesar de fazermos quatro matérias juntos. Finn usava o cabelo preto para trás, e seus olhos eram da mesma cor.

Era muito bonito, mas eu o achava tão esquisito que não conseguia me sentir atraída por ele.

– Desculpe interromper seu sono. – Sr. Meade limpou a garganta para que eu o olhasse.

– Tudo bem – falei.

– Srta. Everly, por que não vai para a diretoria? – sugeriu sr. Meade, e eu gemi. – Já que está se acostumando a dormir na minha aula, talvez o diretor consiga pensar em algo que a ajude a ficar acordada.

– Estou acordada – insisti.

– Agora, srta. Everly. – Sr. Meade apontou para a porta como se eu tivesse esquecido onde era a saída e precisasse ser lembrada.

Fixei o olhar nele e, por mais rigorosos que seus olhos acinzentados parecessem, pude perceber que sr. Meade cederia facilmente. Fiquei repetindo várias e várias vezes na minha cabeça: *Não preciso ir para a diretoria. Você não quer me mandar para lá. Deixe que eu fique na aula.* Em questão de segundos, o rosto dele relaxou, e seus olhos ficaram sem expressão.

– Pode ficar até o fim da aula – disse, hesitante. Balançou a cabeça, limpando os olhos. – Mas da próxima vez você vai direto para lá, srta. Everly. – Ele pareceu confuso por um instante e depois voltou rapidamente à sua aula de história.

Eu não sabia exatamente o que estava fazendo – tentava não pensar nisso a ponto de ser capaz de definir o que era. Cerca de um ano antes, eu tinha descoberto que, se pensasse em algo e olhasse para uma pessoa com bastante força, conseguia levá-la a fazer o que eu queria.

Por mais legal que aquilo pudesse parecer, eu evitava o máximo possível. Em parte porque me achava maluca por acreditar que era de fato capaz de algo assim, apesar de sempre funcionar. Mas era principalmente porque eu não gostava de agir dessa forma. Ficava me sentindo manipuladora e desonesta.

Sr. Meade continuou a falar, e eu o acompanhei atentamente, fazendo um esforço a mais por causa da culpa. Não queria ter feito aquilo com ele, só que eu não podia ir para a diretoria. Tinha acabado de ser expulsa do meu último colégio, e isso obrigara meu irmão e minha tia a desenraizarem as suas vidas mais uma vez a fim de que nos mudássemos para perto do meu novo colégio.

Quando a aula finalmente acabou, enfiei os livros na mochila e fui embora rapidamente. Eu não gostava de ficar por perto após ter usado o truque do controle da mente. Sr. Meade poderia mudar de ideia e me mandar para a sala do diretor, então corri em direção ao meu armário.

Eu me esforcei de verdade na última escola, mas a filha do reitor estava decidida a tornar a minha vida um inferno. Aturei as provocações e as gozações dela o quanto pude, até o dia em que ela me encostou num canto do banheiro e me xingou de todos os palavrões possíveis. Finalmente cheguei ao meu limite e dei um murro nela.

O reitor decidiu pular a regra de que o aluno podia receber apenas uma advertência e me expulsou de uma vez. Sei que foi em boa parte porque recorri ao uso de violência física com a filha dele, mas não tenho certeza se foi só por causa disso. Enquanto outros estudantes eram tratados com leniência, por alguma razão comigo nunca era assim.

Folhetos coloridos decoravam os armários desgastados, animando os alunos a participar da equipe de debate, dos testes para a peça do colégio e do baile semiformal de outono daquela sexta-feira. Fiquei imaginando o que seria "semiformal" para um colégio público, não que fosse me dar o trabalho de perguntar a alguém.

Cheguei ao meu armário e comecei a guardar os livros. Sem precisar olhar, sabia que Finn estava atrás de mim. Olhei por cima do ombro e o vi; ele estava tomando um gole d'água no bebedouro. Quase na mesma hora, ergueu a cabeça e me encarou, como se também pudesse perceber minha presença.

O cara estava apenas olhando para mim, nada além disso, mas achei aquilo de certo modo perturbador. Eu tinha suportado os olhares dele por uma semana inteira, tentando evitar um confronto, então não dava mais para aguentar. Era *ele* quem estava se comportando inadequadamente, não eu. Eu não me meteria em encrenca só por falar com ele, não é?

– Ei – chamei-o, fechando o meu armário. Reajustei as alças da mochila e atravessei o corredor para me aproximar.

– Por que está me encarando?

– Porque você está na minha frente – respondeu Finn simplesmente. Ele olhou para mim com os olhos emoldurados pelos cílios escuros, sem nenhum sinal de vergonha e sem negar nada. Era mesmo irritante.

– Você *sempre* está me encarando – insisti. – É estranho. Você é estranho.

– Não estava tentando me enturmar.

– Por que fica olhando para mim o tempo todo? – Eu sabia que tinha apenas repetido a mesma pergunta com outras palavras, mas ele ainda não tinha me dado uma resposta decente.

– Incomoda você?

— Responda a pergunta. — Coloquei os ombros para trás, tentando deixar a minha presença mais imponente para que ele não percebesse o quanto me inquietava.

— Todo mundo sempre olha para você — disse Finn com naturalidade. — Você é muito atraente.

Pareceu um elogio, apesar de ele ter dito aquilo sem nenhuma emoção na voz. Não dava para perceber se Finn estava fazendo piada com uma vaidade que eu nem sequer tinha ou se estava simplesmente constatando um fato. Estaria me elogiando ou debochando de mim? Ou será que era alguma outra coisa totalmente diferente?

— Ninguém me encara tanto quanto você — falei com o máximo de calma possível.

— Se isso a inquieta, vou tentar parar — sugeriu Finn.

Era complicado. Para pedir que ele parasse, eu teria que admitir que aquilo tinha me incomodado, e eu não gostava de admitir que nada me incomodava. Se eu mentisse e dissesse que não tinha problema, ele simplesmente continuaria fazendo.

— Não pedi para você parar, eu perguntei a razão — emendei.

— Eu falei o porquê.

— Não, não disse — contrapus, balançando a cabeça. — Você só disse que todo mundo olha para mim. Não explicou porque *você* olha para mim.

Quase imperceptivelmente, o canto do lábio dele ergueuse, insinuando um sorriso malicioso. Não era que simplesmente estivesse curioso sobre mim; eu tinha a impressão de que Finn também gostara da minha atitude, como se de alguma maneira ele tivesse me testado e eu tivesse passado.

Meu estômago deu uma revirada idiota que eu nunca tinha sentido antes, e engoli em seco com força, tentando me acalmar.

— Olho para você porque não consigo desviar o olhar — respondeu Finn finalmente.

Aquilo me deixou muda, tentando pensar em alguma resposta inteligente, mas meu cérebro se recusava a funcionar. Quando vi que minha mandíbula estava solta e que eu provavelmente estava parecendo uma menininha impressionada, tentei me recompor.

— Isso é meio esquisito — disse finalmente, e minhas palavras saíram fracas em vez de acusatórias.

— Vou tentar ser menos esquisito, então — prometeu Finn.

Eu o chamei de esquisito, e ele não se incomodou nem um pouco. Não gaguejou um pedido de desculpas nem corou de vergonha. Apenas ficou olhando para mim calmamente. Era provável que fosse um psicopata maldito e, sei lá por que razão, eu achei aquilo encantador.

Não consegui pensar numa resposta engraçadinha, mas o sinal tocou e me livrou daquela conversa desagradável. Finn apenas balançou a cabeça, encerrando a nossa discussão, e seguiu pelo corredor em direção à sua aula seguinte. Ainda bem que era uma das poucas a que não assistíamos juntos.

Mantendo sua palavra, ele passou o resto do dia sem agir de maneira estranha. Sempre que o via, ele estava fazendo algo inofensivo e que não tinha a ver com olhar para mim. Eu ainda tinha aquela sensação de que Finn me observava quando eu estava de costas para ele, só não podia provar.

Quando o último sinal tocou às três horas, tentei ser a primeira a sair. Era Matt, meu irmão mais velho, que me buscava no colégio, pelo menos até que encontrasse um emprego, e não queria que ele ficasse esperando. Além disso, eu não queria ter mais nenhum contato com Finn Holmes.

Encaminhei-me para o estacionamento, que ficava no fim do gramado do colégio. Procurando o carro de Matt, comecei distraidamente a roer a unha do dedão. Tinha um sentimento esquisito, quase como um calafrio, percorrendo as minhas costas. Virei-me, meio que esperando ver Finn atrás de mim, mas não havia nada.

Tentei me livrar daquela sensação, e meu coração disparou. Parecia ser algo mais sinistro do que um simples garoto do colégio. Ainda estava olhando para o nada, tentando descobrir o que tinha me deixado em pânico, quando uma buzina alta me fez pular de susto. Matt estava parado depois de alguns carros, olhando para mim por cima dos óculos escuros.

– Desculpe. – Abri a porta do carro, entrei e ele ficou me olhando. – O que foi?

– Você parece nervosa. Aconteceu alguma coisa? – perguntou Matt, e suspirei. Ele levava essa história de irmão mais velho muito a sério.

– Não, não aconteceu nada. O colégio é um saco – respondi, querendo mudar de assunto. – Vamos para casa.

– Cinto – ordenou Matt, e eu obedeci.

Matt sempre foi quieto e reservado; ele analisava tudo cuidadosamente antes de tomar uma decisão. Em todos os aspectos, era um contraste e tanto em relação a mim, exceto pelo fato de nós dois sermos relativamente baixos. Eu era pequena, com um rosto bastante bonito e feminino. Meus cabelos castanhos eram um conjunto bagunçado de cachos rebeldes que eu prendia em coques frouxos.

Ele mantinha os cabelos loiros cor de areia bem aparados e arrumados, e seus olhos eram do mesmo tom de azul dos de nossa mãe. Matt não parecia musculoso, mas era forte e atlético de tanto malhar. Tinha um senso de dever, como se tivesse que garantir que era forte o suficiente para nos defender contra qualquer coisa.

– Como estão as coisas no colégio? – perguntou.

– Ótimas. Maravilhosas. Fantásticas.

– Será que você vai pelo menos se formar este ano? – Matt deixara de criticar o meu histórico escolar havia muito tempo. Ele no fundo nem se importava se eu me formaria ou não.

– Quem sabe? – falei, dando de ombros.

Em qualquer colégio que eu estudasse, os alunos pareciam nunca gostar de mim, mesmo antes de eu dizer ou fazer algo. Sentia como se tivesse algo de errado comigo e todos soubessem. Tentava me dar bem com os outros, mas eu só aguentava que mexessem comigo até certo ponto antes de revidar. Os diretores e os reitores não demoravam a me expulsar, provavelmente porque achavam o mesmo que os alunos.

Eu simplesmente não me encaixava.

– Só para você saber, Maggie está levando isso a sério – disse Matt. – Ela está decidida a fazer você se formar este ano, neste colégio.

– Maravilha – respondi, suspirando. Matt não queria nem saber dos meus estudos, mas minha tia Maggie era outra história. E, como ela era minha tutora legal, sua opinião era mais importante. – Qual o plano dela?

— Maggie está pensando em determinar uma hora de dormir – informou-me Matt com um sorriso cínico. Como se me mandar mais cedo para a cama fosse, de algum modo, impedir que eu me envolvesse em brigas.

— Tenho quase dezoito anos! – resmunguei. – Ela está achando o quê?

— Faltam quatro meses para você fazer dezoito anos – corrigiu Matt rapidamente, e a mão dele apertou mais o volante. Ele tinha a estranha impressão de que eu fugiria assim que fizesse dezoito anos, e não havia nada que eu pudesse dizer para convencê-lo do contrário.

— Certo, que seja – respondi, balançando a cabeça. – Você falou que ela está maluca?

— Imaginei que ela já ouviria isso o suficiente de você – disse Matt, sorrindo para mim.

— E, então, achou um emprego? – perguntei, hesitando, e ele balançou a cabeça.

Ele tinha acabado de terminar um estágio de verão em uma excelente firma de arquitetura. Dissera que não se importava em se mudar para uma cidade sem muitas oportunidades para um arquiteto jovem e promissor, mas não pude deixar de me sentir culpada por isso.

— A cidade é bonita – disse eu, olhando pela janela.

Estávamos perto da nossa nova casa, que ficava escondida numa rua suburbana comum, bem arborizada. Parecia mesmo ser uma cidadezinha entediante, mas eu tinha prometido me comportar bem. E era tudo o que eu queria, pois acho que não aguentaria desapontar Matt novamente.

Trocada

– Então vai se esforçar aqui? – perguntou Matt, olhando para mim. Tínhamos parado na entrada da garagem ao lado da casa vitoriana cor de creme que Maggie comprara no mês anterior.

– Já estou me esforçando – insisti, sorrindo. – Tenho conversado com um garoto, Finn. – Claro, tinha falado com ele apenas uma vez, e nunca acharia que era meu amigo, no entanto, precisava dizer algo para Matt.

– Olha só, está fazendo seu primeiro amigo. – Matt desligou o carro e olhou para mim com um sorriso velado.

– É... e quantos amigos você tem? – devolvi. Ele apenas balançou a cabeça e saiu do carro, e eu corri atrás dele. – Foi o que pensei.

– Eu já tive amigos. Fui a festas. Beijei garotas. Tudo a que tenho direito – disse Matt, entrando na porta lateral da casa.

– Se é o que está dizendo... – Tirei meus sapatos assim que entramos na cozinha, onde ainda havia muito a ser desencaixotado. Como tínhamos nos mudado várias vezes, nós nos cansamos de todo o processo, por isso costumávamos viver com as coisas nas caixas. – Eu só vi uma dessas supostas garotas.

– Sim, porque, quando eu a levei lá em casa, você incendiou o vestido dela! Enquanto ela o usava! – Matt tirou os óculos e olhou para mim, sério.

– Ah, qual é?! Foi um acidente e você sabe disso.

– Se é o que está dizendo... – Matt abriu a geladeira.

– Tem algo bom aí dentro? – perguntei, e me sentei no balcão da cozinha. – Estou esfomeada.

– Provavelmente nada de que você goste. – Matt começou a vasculhar o que havia na geladeira, mas ele tinha razão.

Eu era muito chata para comer. Por mais que nunca tivesse planejado tornar-me vegana, eu odiava tudo o que tinha carne ou coisas sintéticas, processadas por humanos. Isso era estranho e extremamente irritante para as pessoas que me ofereciam comida.

Maggie apareceu na porta da cozinha, com manchas de tinta nos cachos loiros. Havia várias camadas coloridas cobrindo o seu macacão surrado, uma amostra de todos os cômodos que tinha redecorado ao longo dos anos. Ela estava com a mão nos quadris, então Matt fechou a geladeira para lhe dar total atenção.

— Achei que tinha dito para vocês avisarem quando chegassem em casa — reclamou Maggie.

— Chegamos! — tentou Matt.

— Dá pra ver. — Maggie mudou a direção dos olhos e voltou a atenção para mim. — Como foi o colégio?

— Bom — respondi. — Estou me esforçando mais.

— Já ouvi isso antes. — Maggie me lançou um olhar de cansaço.

Odiava quando ela me olhava daquele jeito. Odiava saber que se sentia daquela maneira por minha causa, que eu a tinha desapontado tanto. Ela fizera tanto por mim, e tudo o que pedia em troca era que eu ao menos me *esforçasse* no colégio. Eu tinha que fazer as coisas direito desta vez.

— Sim, bem... mas... — Olhei para Matt buscando ajuda. — Quero dizer, desta vez prometi de verdade para Matt. Já tenho até um novo amigo.

— Ela tem conversado com um garoto chamado Finn. — Matt corroborou a minha história.

— Tipo um *garoto* de verdade? — Maggie abriu um sorriso grande demais para o meu gosto.

A ideia de Finn ser um possível namorado não havia passado ainda pela cabeça de Matt, e de repente ele ficou tenso, prestando atenção em mim de uma maneira diferente. Para a sorte dele, aquele pensamento também não tinha passado pela minha cabeça.

– Não, não é nada assim – respondi, balançando a cabeça. – É só um garoto, eu acho. Não sei. Ele parece ser legal.

– Legal? – falou Maggie com entusiasmo. – Já é um começo! E bem melhor do que aquele anarquista com a tatuagem no rosto.

– Nós não éramos amigos – corrigi-a. – Eu apenas roubei a moto dele. E por acaso ele estava em cima dela.

Ninguém acreditava muito naquela história, mas era verdade, e foi como descobri que conseguia fazer as pessoas me obedecerem apenas com o pensamento. Estava pensando em como queria a moto dele e fiquei olhando, e ele acabou me ouvindo, apesar de eu não ter dito nada. Logo depois eu estava dirigindo a moto.

– Então este vai ser mesmo um novo começo para nós? – Maggie não conseguia mais conter o entusiasmo. Seus olhos azuis começaram a se encher de lágrimas de alegria. – Wendy, isso é tão maravilhoso! Podemos mesmo fazer daqui um lar!

Eu não estava nem de longe tão animada quanto ela, ainda assim não pude deixar de torcer para que ela estivesse certa. Seria bom me sentir em casa em algum lugar.

DOIS

"if you leave"

Nossa casa nova também tinha uma enorme horta, o que enchia Maggie de um entusiasmo sem fim. Matt e eu estávamos bem menos animados. Por mais que eu amasse a natureza, nunca tinha sido muito fã de trabalho manual.

O outono estava chegando, e Maggie insistiu em tirar do jardim as plantas que estavam morrendo e prepará-lo para plantar na primavera. Ela usava palavras como "motocultivador" e "húmus", e eu torcia para que Matt pudesse se virar com essas coisas. Quanto ao trabalho, eu normalmente apenas entregava as ferramentas necessárias para ele e lhe fazia companhia.

— Quando é que você vai pegar o motocultivador? — perguntei, observando Matt arrancar as videiras mortas. Não tinha certeza do que era, mas lembravam videiras. Enquanto Matt arrancava as plantas, meu trabalho era segurar o carrinho de mão para que ele as jogasse lá dentro.

— Não temos um motocultivador. — Ele me lançou um olhar ao arremessar as plantas mortas no carrinho. — Sabe, você poderia me ajudar aqui. Não precisa ficar segurando isso o tempo inteiro.

– Eu levo o meu trabalho muito a sério, então acho melhor continuar segurando – falei, e ele revirou os olhos.

Matt continuou resmungando, mas eu o ignorei. Uma brisa quente de outono soprava acima da gente, e eu fechei os olhos, inalando-a. Era um cheiro maravilhosamente doce, como milho recém-cortado junto com grama e folhas molhadas. Um sino dos ventos balançava levemente nas proximidades e me deixava receosa em relação ao inverno que chegaria e acabaria com tudo isso.

Estava perdida no momento, aproveitando a perfeição, porém algo fez aquela sensação desaparecer. Era difícil descrever exatamente o que era, mas os pelos de trás do meu pescoço arrepiaram-se. De repente, o ar ficou gelado, e eu sabia que havia alguém nos observando.

Olhei ao redor, tentando ver quem era, e um medo estranho tomou conta de mim. Tínhamos uma cerca privada no fundo do quintal, e uma fileira grossa de sebes protegia a casa em cada uma das laterais. Procurei algum sinal de vultos agachados ou de olhos espiando. Não achei nada, e a sensação continuou.

– Se vai ficar aqui fora, é melhor colocar sapatos – disse Matt, tirando-me dos meus pensamentos. Ele levantou-se, alongou as costas e olhou para mim. – Wendy?

– Estou bem – respondi, desatenta.

Achei que tinha visto algum movimento numa lateral da casa, então fui até lá. Matt me chamou, eu o ignorei. Quando contornei o terreno, parei bruscamente. Finn Holmes estava na calçada, porém, estranhamente, não olhava para mim. Ele estava olhando fixamente para algo mais à frente na rua, algo que eu não conseguia ver.

Por mais estranho que isso possa parecer, assim que o vi, a ansiedade começou a se dissipar. Meu primeiro pensamento deveria ter sido que ele estava causando a minha inquietação, já que sempre ficava me olhando de um jeito muito bizarro. No entanto, não foi isso o que pensei.

O que quer que eu tivesse sentido no quintal, não foi por causa dele. Quando ele me encarava, eu ficava constrangida. Mas aquilo... aquilo me deixava arrepiada.

Após um segundo, Finn virou-se e olhou para mim. Seus olhos escuros me encararam por um instante, o rosto sem expressão, como sempre. Depois, sem dar uma palavra, ele virou-se e partiu na mesma direção para onde estava olhando.

– Wendy, o que está acontecendo? – perguntou Matt, aproximando-se de mim.

– Achei que tinha visto algo. – Balancei a cabeça.

– É? – Ele olhou bem para mim, com uma preocupação visível em seu rosto. – Você está bem?

– Estou bem, sim. – Forcei um sorriso e voltei para o quintal. – Venha. Temos muito trabalho a fazer se eu ainda quiser ir para o baile.

– Continua com isso na cabeça? – Matt fez uma careta.

Contar para Maggie sobre o baile deve ter sido a pior ideia que já tive, e a minha vida é feita quase inteiramente de ideias ruins. Eu não queria ir, mas, assim que ela soube, decidiu que aquilo seria a coisa mais fantástica do universo. Eu nunca havia ido a um baile antes, e ela estava tão animada que deixei que tivesse essa pequena vitória.

Já que o baile era às sete, ela imaginou que teria tempo suficiente de terminar a demão de tinta no banheiro. Matt começou a reclamar, mas Maggie o ignorou. Para que não a atrapalhasse, ela mandou-o terminar o trabalho do quintal. Matt obedeceu porque sabia que não tinha como fazê-la parar dessa vez.

Apesar das tentativas de Matt de nos atrasar, terminamos o jardim em tempo recorde, e fui lá para dentro me arrumar. Enquanto eu revirava o meu closet, Maggie estava sentada na cama, dando sugestões e fazendo comentários sobre tudo. Isso incluía uma sequência infinita de perguntas sobre Finn. De vez em quando, meu irmão resmungava ou caçoava das minhas respostas, por isso eu sabia que ele estava por perto, ouvindo.

Depois de escolher um vestido azul simples que Maggie insistira que tinha ficado maravilhoso em mim, deixei que ela me penteasse. Meu cabelo recusava-se a cooperar com qualquer coisa que eu tentasse fazer, e, por mais que não fosse exatamente obediente com Maggie, ela conseguiu domá-lo. Deixou umas mechas soltas, para que os cachos emoldurassem meu rosto, e prendeu o restante.

Quando Matt me viu, ficou bastante irritado e um pouco impressionado, o que me fez imaginar que devia estar bem bonita.

Maggie levou-me ao baile, pois nós duas não estávamos convencidas de que Matt me deixaria sair do carro. Ele não parava de insistir que eu voltasse às nove, apesar de o baile terminar às dez. Eu achava que voltaria bem antes disso, mas Maggie disse para eu ficar o tempo que quisesse.

Tudo o que eu sabia sobre bailes tinha visto na TV, mas a realidade não era tão diferente. O tema parecia ser "Papel Crepom no Ginásio", e havia sido produzido com perfeição.

As cores do colégio eram branco e azul-marinho, então todos os ornamentos eram dessas cores, assim como os balões. Para uma iluminação romântica, penduraram luzes brancas de Natal por todo o ambiente.

As bebidas estavam dispostas numa mesa lateral, e a banda que tocava no palco improvisado embaixo da cesta de basquete não era tão ruim. O repertório parecia ter apenas músicas de filmes do John Hughes, e eu cheguei no meio de um cover de "Weird Science".

A maior diferença entre a vida real e o que os filmes tinham me ensinado era que ninguém realmente dançava. Um grupo de garotas estava bem na frente do palco, derretendo-se pelo cantor do grupo, mas, fora isso, a pista estava praticamente vazia.

As pessoas estavam espalhadas pelas arquibancadas, e, tentando me enturmar, sentei-me na primeira fileira. Tirei os sapatos depressa, porque, geralmente, eu odeio sapatos. Sem nada para fazer, resolvi ficar observando as pessoas. À medida que a noite passava, me senti cada vez mais sozinha e entediada.

O pessoal até começou a dançar à medida que o ginásio enchia, e a banda passou a tocar algo que me pareceu ser Tears for Fears. Decidi que já tinha ficado ali tempo demais e estava planejando a minha fuga quando Finn apareceu na porta.

Vestindo jeans escuros e uma camisa social preta e justa, ele estava bonito. Tinha as mangas enroladas e um botão desabotoado na camisa, e me perguntei como é que eu nunca tinha percebido antes o quanto Finn era atraente.

Os nossos olhares se cruzaram, e ele veio em minha direção, surpreendendo-me com a sua abordagem direta. Por mais que ficasse olhando para mim com frequência, nunca havia iniciado contato antes. Nem hoje, quando passou pela minha casa.

– Não achei que você fosse do tipo que dança – comentou Finn quando chegou perto de mim.

– Estava pensando o mesmo de você – eu disse, e ele deu de ombros.

Finn sentou-se na arquibancada ao meu lado, e eu endireitei um pouco a postura. Ele olhou para mim, mas não falou nada. Mal chegara e já estava mal-humorado. Um silêncio incômodo pairava entre nós dois, e eu me apressei em preenchê-lo.

– Você chegou incrivelmente tarde. Não sabia o que vestir? – impliquei com ele.

– Estava fazendo umas coisas do trabalho – explicou Finn vagamente.

– Ah, é? Trabalha em algum lugar perto da minha casa?

– Algo assim – suspirou Finn, claramente querendo mudar de assunto. – Você já dançou?

– Não – respondi. – Dançar é coisa de otário.

– É por isso que veio a um baile? – Finn olhou para os meus pés descalços. – Você não está usando sapatos adequados para dançar. Você sequer está usando sapatos adequados para andar.

– Não gosto de sapatos – defendi-me. A bainha terminava em cima dos meus joelhos, mas tentei puxá-la, como se fosse possível fazê-la cobrir a vergonha de estar com os pés descalços.

Finn lançou-me um olhar que não consegui interpretar de maneira alguma, depois voltou a observar as pessoas dançando à nossa frente. A essa altura, a pista estava quase cheia. Ainda havia gente nas arquibancadas, mas eram praticamente só os que usavam aparelho nos dentes e os que tinham caspa.

— Então é isso que vai ficar fazendo? Ver os outros dançarem? — perguntou Finn.

— Acho que sim. — Dei de ombros.

Finn inclinou-se para a frente, apoiando os cotovelos nos joelhos; eu endireitei a postura. Meu vestido era um tomara que caia, e passei as mãos nos meus braços descobertos, sentindo-me pouco à vontade e nua.

— Está com frio? — Finn olhou para mim, e balancei a cabeça.

— Está frio aqui dentro.

— Está um pouco frio — admiti. — Mas nada que eu não possa aguentar.

Finn mal olhava para mim, o que era totalmente oposto àquelas encaradas constantes e bizarras. Por alguma razão, eu achava isso pior. Não sei por que ele havia vindo para o baile se o odiava tanto. Eu estava prestes a perguntar isso quando ele se virou para mim.

— Está a fim de dançar? — perguntou Finn com indiferença.

— Está me convidando para dançar com você?

— É — Finn deu de ombros.

— É? — disse eu, repetindo o gesto dele sarcasticamente. — Você sabe mesmo como conquistar uma garota.

Sua boca insinuou aquele sorriso dele, que oficialmente me conquistou, como sempre acontecia. Eu me odiei por isso.

— Tudo bem. — Finn levantou-se e estendeu a mão para mim. — Wendy Everly, você quer me dar o prazer desta dança?

— Claro. — Coloquei a mão na dele, tentando ignorar sua pele quente e meu coração acelerado, e me levantei.

Claro que a banda tinha acabado de começar a tocar "If You Leave", da OMD, fazendo com que eu sentisse que tinha entrado na cena perfeita de um filme. Finn levou-me até a pista de dança e colocou a mão em minha lombar. Coloquei uma mão em seu ombro e ele segurou a outra.

Estava tão perto dele que sentia o calor delicioso que irradiava de seu corpo. Seus olhos eram os mais escuros que eu já tinha visto, e eles estavam olhando apenas para mim. Por um minuto incrível, tudo na vida pareceu perfeito, de um jeito que nunca tinha acontecido antes. Era como se houvesse um holofote em cima da gente, as duas únicas pessoas do mundo.

Em seguida algo mudou na expressão de Finn, algo que eu não conseguia entender, mas ela com certeza ficou mais sombria.

– Você não dança muito bem – comentou ele com seu jeito inexpressivo.

– Obrigada? – respondi, sem muita segurança. Nós praticamente dançávamos apenas em um pequeno círculo, e eu não sabia como seria possível fazer aquilo errado; além disso, parecia que estávamos dançando exatamente da mesma maneira que todos os outros. Talvez ele estivesse brincando, então tentei soar brincalhona ao dizer:

– Você também não é tão bom assim.

– Sou um dançarino maravilhoso – respondeu Finn com franqueza. – Só preciso de uma parceira melhor.

– Certo. – Parei de olhar para ele e olhei para a frente, por cima de seu ombro. – Não sei o que responder.

– Por que você precisa responder alguma coisa? Você não precisa ficar falando sem parar. Não sei se você já percebeu isso. – O tom da voz de Finn ficou gélido, mas continuei a dançar com ele, pois não consegui encontrar uma boa justificativa para sair dali.

– Eu mal falei alguma coisa. Estava apenas dançando com você. – Engoli a seco e não estava gostando de como me sentia arrasada. – E você me convidou para dançar! Não é como se estivesse me fazendo um favor.

– Ah, fala sério – disse Finn depreciativamente, revirando os olhos de forma exagerada. – Você estava exalando desespero. Praticamente implorando para dançar comigo. Estou, *sim*, lhe fazendo um favor.

– Caramba. – Afastei-me dele, sentindo lágrimas brotarem e uma dor terrível crescendo dentro de mim. – Não sei o que fiz para você! – A expressão dele suavizou-se, mas era tarde demais.

– Wendy...

– Não! – interrompi-o. Todo mundo perto da gente parou de dançar para olhar, mas não me importei. – Você é um babaca!

– Wendy! – repetiu Finn, mas eu me virei e saí correndo no meio da multidão.

Não havia nada que eu quisesse mais no mundo do que ir embora dali. Patrick, um garoto da minha turma de biologia, estava ao lado do ponche, e fui correndo até ele. Não éramos amigos, no entanto, ele tinha sido uma das poucas pessoas que foram legais comigo. Quando me viu, ficou confuso e preocupado, mas pelo menos ele estava prestando atenção em mim.

– Quero ir embora. *Agora* – sussurrei para ele.

– O quê... – Antes que Patrick conseguisse terminar de perguntar o que acontecera, Finn apareceu do meu lado.

– Olhe, Wendy, me desculpe. – Finn estava sendo sincero, o que me deixou com mais raiva ainda.

– Não quero ouvir uma palavra sua! – vociferei e me recusei a olhar para ele. Patrick olhava para um e para o outro, tentando decifrar o que estava acontecendo.

– Wendy – gaguejou Finn. – Não quis...

— Eu disse que não quero ouvir nada! — Cravei os olhos nele, mas apenas por um segundo.

— Talvez você devesse deixar o cara se desculpar — sugeriu Patrick com delicadeza.

— Não, não devo. — Depois, como uma criança pequena, bati o pé no chão. — Quero ir embora!

Finn estava bem ao nosso lado, olhando para mim com atenção. Cerrei os punhos e olhei bem nos olhos de Patrick. Não gostava de fazer isso enquanto havia gente olhando, mas eu tinha que sair dali. Fiquei entoando na cabeça o que eu queria, sem parar. *Quero ir para casa, apenas me leve para casa, por favor, por favor, apenas me leve para casa. Não posso mais ficar aqui.*

O rosto de Patrick começou a mudar, sua expressão foi ficando relaxada e distante. Mesmo piscando, ele me encarou sem expressão por um minuto.

— Acho melhor levá-la para casa — disse Patrick, um pouco grogue.

— O que foi que você acabou de fazer? — perguntou Finn, estreitando os olhos.

Meu coração parou de bater e, por um segundo aterrorizante, tive certeza de que ele sabia o que eu havia feito. Depois percebi que isso era impossível, então deixei para lá.

— Não fiz nada! — vociferei e olhei para Patrick. — Vamos embora.

— Wendy! — disse Finn, olhando seriamente para mim. — Você sequer sabe o que acabou de fazer?

— Não fiz nada! — Agarrei o pulso de Patrick, arrastando-o em direção à saída, e, para meu alívio, Finn não veio atrás da gente.

No carro, Patrick tentou me perguntar o que havia acontecido com Finn, só que eu não queria falar no assunto. Ele dirigiu por um tempo. Quando cheguei em casa, eu estava razoavelmente calma e não tinha palavras para agradecer-lhe.

Matt e Maggie estavam me esperando perto da porta, mas mal falei com eles. Isso deixou meu irmão desesperado e ele começou a ameaçar matar todos os garotos do baile, mas consegui convencê-lo de que eu estava bem e de que nada de ruim havia acontecido. Finalmente Matt me deixou subir para o meu quarto, onde tratei de me jogar na cama, me esforçando para não chorar.

A noite girava na minha cabeça como em algum sonho bizarro. Não conseguia entender o que sentia por Finn. Ele quase sempre parecia estranho, mesmo assustador. Depois aconteceu aquele momento glorioso em que dançamos juntos, antes que ele o arruinasse completamente.

Mesmo agora, depois do que acontecera, eu não conseguia me livrar da sensação maravilhosa de estar nos braços dele. Em geral, nunca gostava de ser tocada ou de ficar perto das pessoas, porém, adorava a maneira como tinha me sentido com Finn.

A sua mão, forte e quente, na minha lombar; o calor suave que emanava dele. Quando ele me olhou naquele momento, com tanta sinceridade, achei que...

Não sei o que achei, mas terminou sendo uma mentira.

O mais estranho de tudo é que ele parecia capaz de perceber que eu tinha feito algo com Patrick. Como alguém poderia saber? Eu sequer tinha certeza do que estava fazendo. E uma pessoa normal e sã nem suspeitaria de que eu era capaz de fazer aquilo.

De repente encontrei a explicação para todo o comportamento estranho de Finn: ele era completamente maluco.

No fim das contas, eu não sabia nada sobre ele. Mal sabia distinguir quando ele estava zoando comigo de quando era sincero. Às vezes achava que ele gostava de mim, e outras ficava bem claro que me odiava.

Não havia nada que eu soubesse sobre ele com muita certeza. Exceto o fato de que, apesar de tudo, eu estava começando a gostar dele.

Em algum momento da noite, após vestir uma calça de moletom e uma regata e passar bastante tempo revirando na cama, finalmente peguei no sono. Quando acordei, ainda estava escuro lá fora, e havia lágrimas secando em minhas bochechas. Eu estava chorando enquanto dormia, o que me pareceu injusto, já que nunca me permitia chorar quando estava acordada.

Virei para o outro lado e olhei para o alarme. Os números ameaçadores indicavam que era um pouco mais de três da manhã, e eu não sabia direito por que estava acordada. Acendi o abajur da cabeceira, que lançou uma luz acolhedora no ambiente, e vi algo que me assustou tanto que fez meu coração parar.

TRÊS

rastreador

Um vulto estava agachado fora da minha janela, da minha janela no *segundo andar*. Tudo bem que há um pequeno telhado bem na frente, mas uma pessoa em cima dele era a última coisa que eu esperava ver. Além disso, não era uma pessoa qualquer.

Finn Holmes parecia esperançoso, não estava com nenhuma vergonha nem medo por ter sido descoberto espiando o meu quarto. Ele bateu levemente no vidro, só aí percebi que era aquilo que tinha me acordado.

Ele não estava apenas espiando; estava tentando entrar no meu quarto. Aquilo era *um pouquinho* menos assustador, imaginei.

Por alguma razão, me levantei e fui até a janela. Vi meu reflexo no espelho: eu não estava nada bonita. Meu pijama era do tipo deplorável e confortável. Meu cabelo estava totalmente desarrumado, e meus olhos estavam inchados e vermelhos.

Eu sabia que não devia deixar Finn entrar no meu quarto. Além de provavelmente ser um sociopata, ele fazia com que eu não me sentisse bem a respeito de mim mesma. E, também, Matt mataria nós dois se ele o encontrasse lá.

Então fiquei parada na frente da janela, com os braços cruzados, olhando para ele furiosamente. Estava zangada e magoada, e queria que ele soubesse. Normalmente, eu me orgulhava de não ficar magoada, e mais ainda de não dizer para as pessoas que elas tinham me magoado. Porém, dessa vez, achei que seria melhor se ele soubesse que era um babaca.

– Desculpe! – gritou Finn, para que sua voz atravessasse o vidro. Seus olhos ecoavam culpa. Ele parecia genuinamente arrependido, no entanto, eu ainda não estava pronta para aceitar as desculpas dele. Talvez nunca ficasse pronta.

– O que você quer? – perguntei o mais alto possível sem que Matt me ouvisse.

– Pedir desculpas. E falar com você. – Finn me olhava com sinceridade. – É importante.

Mordi o lábio, dividida entre o que sabia que devia fazer e o que queria fazer de verdade.

– Por favor – disse ele.

Mesmo sabendo que era errado, abri a janela. Não mexi na tela e dei um passo para trás, sentando-me na beira da cama. Finn levantou a tela com facilidade, e eu me perguntei o quanto de experiência ele teria em entrar escondido pelas janelas das casas de garotas.

Com cuidado, ele entrou no meu quarto, fechando a janela em seguida. Olhou ao redor, deixando-me constrangida. Estava uma bagunça e tanto, com roupas e livros espalhados, mas a maioria das minhas coisas estava em duas caixas de papelão enormes e em um baú no canto do quarto.

– Então, o que você quer? – disse eu, tentando atrair a atenção dele de volta para mim, desviando-a das minhas coisas.

– Desculpe – repetiu Finn, com a mesma sinceridade que demonstrara lá fora. – Fui cruel hoje à noite. – Ele olhou para o lado, pensativo, antes de continuar. – Não quero magoar você.

– Então por que magoou? – perguntei rapidamente.

Molhando os lábios, ele suspirou profundamente e mudou de posição. Tinha me tratado mal de propósito. Não foi algum acidente por ele ser metido ou por não perceber como tratava as pessoas. Tudo o que ele fazia era meticuloso e intencional.

– Não quero mentir para você e prometo que não menti – respondeu Finn cuidadosamente. – Quero deixar as coisas assim.

– Acho que tenho o direito de saber o que está acontecendo – vociferei. Depois lembrei que Matt e Maggie estavam dormindo no mesmo andar e baixei depressa a voz.

– Vim aqui para lhe contar – garantiu Finn. – Para explicar tudo. Normalmente não é assim que procedemos, então tive que fazer uma ligação antes de vir aqui ver você. Estava tentando resolver as coisas. É por isso que vim tão tarde. Desculpe.

– Ligação para quem? Resolver o quê? – Dei um passo para trás.

– É sobre o que você fez hoje com Patrick – disse Finn calmamente, e o frio na minha barriga aumentou.

– Não fiz nada com Patrick. – Balancei a cabeça. – Não sei sobre o que você está falando.

– Não sabe mesmo? – Finn olhou para mim com desconfiança, sem saber se acreditava ou não em mim.

— Eu... Eu não sei do que você está falando – gaguejei. Um arrepio percorreu meu corpo e comecei a me sentir vagamente nauseada.

— Sabe, sim. – Finn fez que sim com a cabeça solenemente. – Só não sabe ainda o que é.

— Eu sou apenas uma pessoa muito... convincente – falei, sem nenhuma segurança. Não queria continuar negando, mas conversar sobre aquilo, dando credibilidade à minha própria insanidade, assustava-me mais ainda.

— Você é mesmo – admitiu Finn. – Mas não pode fazer aquilo de novo. Não como fez hoje.

— Não fiz nada! E, mesmo se tivesse feito, quem é você para tentar me impedir? – Veio outro pensamento, e olhei para ele. – Você seria capaz de me impedir?

— Você não conseguiria usar em mim agora. – Finn balançou a cabeça, distraidamente. – Não é nada de mais, especialmente da maneira como você está usando.

— E o que é? – perguntei baixinho, tendo dificuldades para movimentar a minha boca. Parei de vez de fingir que não sabia o que estava acontecendo, e meus ombros relaxaram.

— Chama-se *persuasão* – disse Finn de forma enfática, como se aquilo de alguma maneira fosse diferente do que eu estava dizendo. – Tecnicamente, chamamos de psicocinese. É uma forma de controle da mente.

Achei perturbador o jeito direto como ele falava sobre tudo isso, como se estivéssemos conversando sobre o dever de casa de biologia, não sobre a possibilidade de eu ter algum tipo de habilidade paranormal.

— Como você sabe? — perguntei. — Como você sabe o que tenho? Como é que você sequer soube o que eu estava fazendo?

— Experiência. — Ele deu de ombros.

— Como assim?

— É complicado. — Ele esfregou a parte de trás da cabeça e olhou para o chão. — Você não vai acreditar em mim. Mas não menti para você e nunca vou mentir. Acredita nisso pelo menos?

— Acho que sim — respondi, hesitante. Levando em conta que havíamos nos falado apenas umas poucas vezes, ele não tivera muitas oportunidades de mentir para mim.

— Já é um começo. — Finn respirou fundo, e eu fiquei puxando nervosamente uma mecha de cabelo enquanto o observava. Quase acanhado, ele disse: — Você é uma changeling. — Ele olhou para mim com ansiedade, esperando alguma espécie de reação dramática.

— Não sei nem o que é isso. — Dei de ombros. — Não é o nome de um filme da Angelina Jolie ou algo assim? — Balancei a cabeça. — Não sei o que quer dizer.

— Você não sabe o que é? — Finn sorriu ironicamente. — Claro que você não sabe. Tudo ficaria bem mais fácil se você tivesse a mínima noção do que está acontecendo.

— Ficaria mesmo, não é? — concordei.

— Changeling é uma criança que foi trocada secretamente por outra.

A atmosfera ficou estranha e nebulosa. Lembrei-me da minha mãe e das coisas que ela havia gritado para mim. Sempre soube que aqui não era o meu lugar, no entanto, ao mesmo tempo, nunca acreditei de maneira consciente que fosse verdade.

Mas agora, de repente, Finn confirmava todas as minhas suspeitas. Todas as coisas horríveis que minha mãe tinha me dito eram verdade.

– Como... – Desorientada, balancei a cabeça, depois uma questão fundamental me veio à mente. – Como você saberia disso? Como é que você pode saber disso? Mesmo se fosse verdade?

– Bem... – Finn observou-me por um instante enquanto eu tentava fazer cair toda aquela ficha. – Você é uma Trylle. É o que nós fazemos.

– Trylle? Isso é o seu sobrenome ou algo do tipo? – perguntei.

– Não. – Finn sorriu. – Trylle é o nome da nossa "tribo", se preferir. – Ele esfregou a lateral da têmpora. – Isso é difícil de explicar. Nós somos... hum... trolls.

– Você está dizendo que sou uma troll? – Ergui a sobrancelha e decidi de vez que ele era louco.

Eu não era nada parecida com aquele boneco de cabelo rosa com uma joia no estômago, nem com o monstrinho assustador que morava debaixo de uma ponte. Reconheço que eu era um pouco baixinha, mas Finn tinha pelo menos 1,80 metro de altura.

– Você está pensando na imagem distorcida que as pessoas têm dos trolls, claro. – Finn apressou-se em explicar. – É por isso que preferimos Trylle. Assim a pessoa não pensa em histórias de terror. Agora você está olhando para mim como se eu tivesse perdido completamente a cabeça.

– Você perdeu a cabeça. – Eu tremia de choque e de medo, sem saber o que pensar. Devia tê-lo expulsado do meu quarto ou, ainda, não deveria nem ter deixado ele entrar.

— Certo. Pense bem, Wendy. — Finn passou a tentar raciocinar comigo, como se sua ideia tivesse algum mérito real. — Você nunca se encaixou de verdade em nenhum lugar. Você é esquentada. É muito inteligente e chata para comer. Odeia sapatos. Seu cabelo, por mais que seja bonito, é difícil de domar. Você tem cabelos castanho-escuros, olhos castanho-escuros.

— O que a cor dos meus olhos tem a ver com isso? — retruquei. — Ou qualquer uma dessas coisas...

— São tons de terra. Nossos olhos e cabelos sempre têm tons de terra — respondeu Finn. — E, muitas vezes, nossa pele quase chega a ter uma tonalidade verde.

— Eu não sou verde! — Olhei para minha pele mesmo assim, apenas para confirmar, mas ela não tinha nada de verde.

— É bem fraco quando as pessoas têm — disse Finn. — Mas não, você não tem. Não muito. Às vezes predomina depois que você convive com outros Trylle por um tempo.

— Não sou uma troll — insisto veementemente. — Isso nem faz sentido. Isso não... Tudo bem que sou esquentada e diferente. A maioria dos adolescentes acha que é assim. Não quer dizer nada. — Penteei o cabelo com a mão, como se quisesse provar que ele não era tão selvagem assim. Meus dedos ficaram presos, provando que era Finn que tinha razão, não eu, e suspirei. — Isso não quer dizer nada.

— Não estou apenas chutando, Wendy — informou-me Finn com um sorriso forçado. — Eu sei quem você é. Você é uma Trylle. Por isso vim procurá-la.

— Você veio me procurar? — Meu queixo caiu. — É por isso que você fica me olhando o tempo inteiro no colégio. Você está me perseguindo!

– Não estou *perseguindo*. – Finn olhou para mim defensivamente. – Sou um rastreador. É o meu trabalho. Eu encontro os changelings e os levo de volta.

De todas as coisas fundamentais que havia de errado nessa situação, a que mais me incomodou foi ele dizer que esse era o trabalho dele. Não existiu nenhuma atração entre a gente. Ele estava apenas cumprindo sua tarefa, que era ficar me seguindo.

Ele estava me perseguindo, e eu só fiquei chateada com isso porque estava fazendo isso por obrigação, não por vontade.

– Eu sei que é muito para assimilar – admitiu Finn. – Desculpe. Normalmente esperamos até a pessoa ficar mais velha. Porém, se você já está usando a persuasão, acho que precisa voltar para o condomínio. Você está desenvolvendo cedo.

– Estou o quê? – Fiquei apenas olhando para ele.

– Desenvolvendo. A psicocinese – disse Finn, como se isso fosse óbvio. – Os Trylle têm graus variados de habilidades. O seu é claramente mais avançado.

– Eles têm *habilidades*? – Engoli em seco. – Você tem habilidades? – Percebi uma coisa nova, que fez meu estômago revirar. – Você consegue ler a minha mente?

– Não, não consigo ler mentes.

– Está mentindo?

– Não vou mentir para você – prometeu Finn.

Se ele não estivesse tão charmoso ali na minha frente, no meu quarto, teria sido mais fácil ignorá-lo. E, se eu não tivesse sentido essa ligação patética com ele, teria mandado ele embora num instante.

Foi difícil olhar em seus olhos e não acreditar nele. Ainda assim, depois de tudo o que ele disse, não dava para acreditar. Se eu acreditasse, significaria que minha mãe estava certa. Que eu era malvada, um monstro. Eu tinha passado a vida toda tentando provar que ela estava errada, tentando ser uma pessoa boa e fazer as coisas certas, e eu não deixaria que isso fosse verdade.

– Não posso acreditar em você.

– Wendy. – Finn parecia exasperado. – Você sabe que não estou mentindo.

– Eu sei. – Fiz que sim com a cabeça. – Depois do que passei com minha mãe, não estou pronta para deixar outra pessoa maluca fazer parte da minha vida. Por isso, você tem que ir embora.

– Wendy! – Ele estava completamente incrédulo.

– Você achou mesmo que eu ia reagir de outro jeito? – Levantei-me, mantendo os braços cruzados com firmeza na minha frente, tentando demonstrar o máximo de segurança possível. – Achou que poderia me tratar como merda no baile, depois entrar escondido no meu quarto no meio da noite e me dizer que sou uma troll com poderes mágicos, e aí eu ficaria tipo: "Ah, é, faz sentido"? E o que você esperava conseguir com isso? – perguntei-lhe diretamente. – Estava tentando me convencer a fazer o quê?

– Você deveria voltar comigo para o condomínio – disse Finn, frustrado.

– E você achou que eu simplesmente iria com você? – Dei um sorriso falso para disfarçar o fato de que eu estava me sentindo muito tentada a fazer aquilo. Mesmo se ele fosse maluco.

– É o que as pessoas fazem em geral – respondeu Finn de uma maneira que me irritou completamente.

Sério, aquela resposta foi o que me fez perder a cabeça. Talvez eu estivesse disposta a aceitar aquelas loucuras porque gostava dele mais do que deveria, mas, quando ele fez parecer que muitas outras garotas antes de mim já tinham se disposto a fazer o mesmo, boa parte da atração que eu sentia desapareceu. Louca eu poderia ser. Mas fácil, nem tanto.

– Você tem que ir embora – disse-lhe com firmeza.

– Você precisa pensar sobre isso. Está claro que é diferente para você em comparação a todos os outros, compreendo. Então vou dar um tempo para você pensar sobre o assunto. – Ele virou-se e abriu a janela. – Mas existe um lugar do qual você faz parte. Existe um lugar onde você tem uma família. Simplesmente pense sobre isso.

– Com certeza. – Lancei um falso sorriso para ele.

Ele começou a se inclinar para sair pela janela, e eu me aproximei para fechá-la depois. Depois, ele parou e se virou para mim. Estava perigosamente perto, e nos seus olhos transparecia uma intensidade ardente.

Quando ele me olhou daquele jeito, tirou todo o ar dos meus pulmões, e fiquei me perguntando se não foi assim que Patrick se sentiu quando eu o persuadi.

– Quase esqueci – disse Finn baixinho, com o rosto tão perto do meu que dava para sentir a respiração dele nas minhas bochechas. – Você estava *muito* bonita hoje à noite. – Ele permaneceu daquele jeito mais um instante, cativando-me por completo, depois se virou abruptamente e saiu pela janela.

Eu fiquei lá parada, quase sem respirar, olhando-o se segurar num galho da árvore ao lado da minha casa e se balançar para baixo até chegar ao chão. Uma brisa fria penetrou no quarto, por isso fechei a janela e puxei bem as cortinas.

Sentindo-me atordoada, cambaleei até a cama e desmoronei nela. Nunca tinha me sentido tão desorientada em toda a minha vida.

Não dormi quase nada. No pouco que dormi, tive vários sonhos com trolls pequeninos e esverdeados vindo me buscar. Fiquei deitada na cama por horas após acordar. Estava tudo uma confusão só.

Eu sabia muito bem que nada do que Finn dissera fazia sentido, mas não dava para ignorar o quanto eu queria que fosse verdade. Nunca havia tido a sensação de pertencer a algum lugar. Até recentemente, Matt era a única pessoa com quem eu sentia algum tipo de ligação.

Às seis e meia da manhã, deitada na cama, dava para ouvir os pássaros piando ruidosamente na minha janela. Levantei-me e desci as escadas silenciosamente. Não queria acordar Matt e Maggie tão cedo. Matt se levanta todos os dias na mesma hora que eu para garantir que eu não durma demais e depois me levar para o colégio; então, essa era a única hora que ele tinha para dormir um pouco mais.

Por alguma razão, fiquei desesperada para encontrar algo que comprovasse que éramos uma família. Passei toda a minha vida tentando provar o contrário, mas, assim que Finn mencionou que aquilo era mesmo uma possibilidade, eu me senti estranhamente protetora.

Matt e Maggie haviam sacrificado tudo por mim. Eu nunca tinha sido muito boa com nenhum dos dois, e mesmo assim eles me amavam incondicionalmente. Isso já não era prova suficiente?

Agachei-me no chão ao lado de uma das caixas de papelão na sala de estar. A palavra "lembranças" estava escrita com a letra bonita de Maggie.

Embaixo dos diplomas de Matt e de Maggie, e de muitas fotos da formatura de Matt, encontrei vários álbuns de fotos. Pela capa, dava para perceber quais haviam sido comprados por ela. Maggie escolhia álbuns cobertos de flores e de bolinhas e com temas alegres.

Minha mãe tinha apenas um, que era adornado com uma capa marrom meio apagada e genérica. Havia também um álbum do bebê, azul e desgastado. Cuidadosamente, tirei-o da caixa, junto com o álbum de fotos da minha mãe.

Meu livro de bebê era azul porque todos os ultrassons indicaram que eu era um menino. Guardada na parte de trás do livro, havia até uma foto de ultrassom rachada em que o médico havia circulado o que eles presumiram erroneamente ser meu pênis.

A maioria das famílias teria feito alguma piada com isso, mas não a minha. Minha mãe simplesmente olhou para mim com desdém e disse:

– Era para você ter sido um garoto.

A maioria das mães começa a preencher o álbum do bebê e depois esquece com o passar do tempo. A minha, não. Ela nunca escreveu uma palavra nele. A letra ou era do meu pai ou de Maggie.

As marcas dos meus pés estavam lá, junto com minhas medidas e uma cópia da minha certidão de nascimento. Toquei-a delicadamente, comprovando que meu nascimento era real e tangível. Eu havia nascido naquela família, quer minha mãe gostasse disso ou não.

– O que está fazendo, menina? – perguntou Maggie baixinho atrás de mim, e tomei um pequeno susto. – Desculpe, não queria assustar você. – Maggie, envolta em seu casaco de ficar em casa, bocejou e passou a mão nos cabelos desarrumados de sono.

— Tudo bem. — Tentei cobrir meu livro do bebê, como se eu tivesse sido descoberta fazendo algo errado. — O que está fazendo acordada?

— Pergunto o mesmo para você – respondeu Maggie, sorrindo. Ela sentou-se no chão ao meu lado, recostando-se no sofá. — Escutei você se levantar. — Ela apontou a cabeça em direção à pilha de álbuns no meu colo. — Está se sentindo nostálgica?

— Não sei exatamente.

— O que você está vendo? – Maggie inclinou-se para dar uma olhada no álbum de fotos. — Ah, essa foto é velha. Você era ainda bebê.

Abri o álbum e ele estava em ordem cronológica, por isso as primeiras páginas eram de quando eu e Matt éramos pequenos. Maggie viu as fotos comigo, fazendo muxoxos ao ver meu pai. Ela tocou a foto dele com carinho e comentou como era bonito.

Apesar de todos concordarem que meu pai era um cara legal, raramente falávamos dele. Era a nossa maneira de não falar da minha mãe nem do que tinha acontecido. Todos os acontecimentos anteriores ao meu sexto aniversário eram ignorados, e por acaso isso incluía as memórias do meu pai.

A maioria das fotos eram de Matt; havia muitas com minha mãe, meu pai e Matt parecendo pateticamente felizes. Todos os três tinham cabelos loiros e olhos azuis. Eles pareciam ter saído de um comercial da Hallmark.

Perto do fim do álbum, tudo mudou. Assim que as minhas fotos começaram, minha mãe começou a parecer mal-humorada e sombria. Na primeira foto de todas, eu tinha apenas alguns dias. Estava com uma roupa estampada com trenzinhos azuis, e minha mãe me olhava penetrantemente.

Trocada

– Você era um bebê tão lindo! – Maggie riu. – Mas eu me lembro disso. Você vestiu roupas masculinas no primeiro mês porque eles estavam certos de que você seria um menino.

– Isso explica muita coisa – balbuciei, e Maggie riu. – Por que eles simplesmente não compraram roupas novas para mim? Eles tinham dinheiro suficiente.

– Ah, não sei – suspirou Maggie, com olhar distante. – Era algo que sua mãe queria. – Ela balançou a cabeça. – Ela era estranha com algumas coisas.

– Qual seria meu nome?

– Hum... – Maggie estalou os dedos quando lembrou. – Michael! Michael Conrad Everly. Terminou que você era garota, e isso foi por água abaixo.

– E como é que isso virou Wendy? – Enruguei o nariz. – Michelle faria mais sentido.

– Bem... – Maggie olhou para o teto, pensando. – Sua mãe se recusou a escolher um nome para você, e seu pai... acho que ele não conseguiu pensar em nada. Então Matt escolheu.

– Ah, é. – Eu me lembrava vagamente de ter ouvido aquilo antes. – Mas por que Wendy?

– Ele gostava do nome. – Maggie deu de ombros. – Ele era muito fã de *Peter Pan*, o que é irônico porque *Peter Pan* é a história de um garoto que nunca vira adulto, e Matt é um garoto que sempre foi adulto. – Dei um sorriso. – Talvez seja por isso que ele sempre foi protetor em relação a você. Ele escolheu seu nome. Você era dele.

Bati os olhos em uma foto minha, de quando eu tinha uns dois ou três anos, com Matt me segurando. Estava deitada de barriga para baixo, braços e pernas abertos, enquanto ele ria como um bobo. Ele costumava correr pela casa daquele jeito, fingindo que eu estava voando e me chamando de "Pássaro Wendy". Eu passava horas rindo.

À medida que fiquei mais velha, ficou mais e mais evidente que eu não parecia nada com minha família. Meus olhos escuros e meu cabelo encaracolado contrastavam demais com os deles.

Em toda foto minha, minha mãe parecia estar completamente irritada, como se estivesse brigando comigo. Muito provavelmente era isso mesmo o que tinha acontecido. Eu sempre fui contra tudo o que ela representava.

— Você era uma criança teimosa — confirmou Maggie, olhando para uma foto do meu quinto aniversário em que eu estava coberta de bolo de chocolate. — Você queria que as coisas acontecessem do seu jeito. E, quando era bebê, você era emburrada. Mas sempre foi uma criança encantadora e era engraçada e inteligente. — Maggie afastou uma mecha de cabelo do meu rosto com carinho. — Você *sempre* mereceu ser amada. Nunca fez nada de errado, Wendy. Era ela que tinha um problema, não você.

— Eu sei. — Concordei com a cabeça.

No entanto, pela primeira vez, estava acreditando de verdade que tudo isso podia ser totalmente minha culpa. Se Finn dizia a verdade, o que essas fotos pareciam confirmar, eu não era filha deles. Não era nem humana. Eu era exatamente o que minha mãe me acusava de ser. Ela era apenas mais intuitiva do que todos.

— O que há de errado? — perguntou Maggie, preocupada. — O que está acontecendo com você?

— Nada — menti e fechei o álbum de fotos.

— Aconteceu algo ontem à noite? — Os olhos dela estavam cheios de amor e de preocupação, e era difícil pensar que ela não era minha família. — Você ao menos dormiu?

Trocada

— Dormi, eu só... acabei de acordar, eu acho — respondi vagamente.

— O que aconteceu no baile? — Maggie recostou-se no sofá, apoiando a mão no queixo ao me observar. — Aconteceu algo com um garoto?

— As coisas não aconteceram como eu esperava, só isso — disse-lhe com franqueza. — Na verdade, é impossível que elas tivessem acontecido de um jeito mais diferente do que esperava.

— Aquele garoto Finn a tratou mal? — perguntou Maggie num tom protetor.

— Não, não, nada assim — garanti. — Ele foi ótimo. Mas ele é apenas um amigo.

— Ah. — Seu olhar pareceu compreensivo, e percebi que ela provavelmente tinha entendido da maneira errada, mas tudo bem, contanto que não perguntasse mais nada. — Ser adolescente é difícil, não importa a família da pessoa.

— Nem me diga — murmurei.

Ouvi o barulho de Matt levantando e se movimentando lá em cima. Maggie lançou um olhar nervoso para mim, então me apressei em guardar os álbuns de fotografias. Ele não ficaria exatamente chateado por eu estar vendo aquilo, mas com certeza também não ficaria feliz. Não queria me envolver numa briga com meu irmão logo depois de acordar, ainda por cima quando já me preocupava com o fato de ele ser ou não meu irmão de verdade.

— Sabe, você pode conversar comigo sobre esses assuntos a qualquer momento — sussurrou Maggie enquanto eu colocava os álbuns de volta na caixa de papelão. — Bem, ao menos quando Matt não estiver por perto.

– Eu sei. – Sorri para ela.

– Acho que devo preparar seu café da manhã. – Maggie levantou-se e se alongou, depois olhou para mim. – O que acha de aveia com morangos frescos? Você come essas coisas, não?

– Sim, está ótimo. – Concordei com a cabeça; porém, algo doeu em mim quando ela perguntou aquilo.

Havia tantas coisas que eu não comia, e eu estava constantemente com fome. Era o maior trabalho me alimentar. Quando eu era bebê, não tomava nem leite materno, o que colocava mais lenha na ideia de que eu não era filha da minha mãe.

Maggie estava indo para a cozinha quando eu a chamei.

– Ei, Mags. Obrigada por tudo. Tipo... fazer comida para mim e tal.

– É? – Maggie ficou surpresa e sorriu. – Sem problema.

Matt desceu um minuto depois, extremamente confuso com o fato de tanto eu quanto Maggie termos nos levantado antes dele. Tomamos o café da manhã juntos pela primeira vez em anos, e Maggie estava feliz demais, graças ao meu pequeno elogio. Eu fiquei quieta, mas consegui aparentar algo semelhante à alegria.

Não sabia se eles eram minha família de verdade ou não. Havia tantos sinais indicando o contrário. Eles tinham me criado e ficaram ao meu lado quando mais ninguém fez isso. Até minha própria mãe tinha me desapontado, mas Matt e Maggie, não. O amor deles por mim era infalível, e, na maior parte do tempo, eles não tinham recebido quase nada em troca.

Talvez essa última parte fosse a prova de que minha mãe estava certa. Eles só faziam dar, e eu só recebia.

QUATRO

changeling

O fim de semana foi agitado. Fiquei esperando que Finn aparecesse na minha janela novamente, mas ele não veio, e eu não sabia se aquilo era bom ou ruim. Queria falar com ele, embora estivesse apavorada. Apavorada com a possibilidade de ele estar mentindo e com a possibilidade de estar dizendo a verdade.

Fiquei procurando pistas em tudo. Tipo, Matt é bem baixinho, e eu também, então ele deve ser meu irmão. No entanto, um minuto depois, ele dizia que preferia o inverno ao verão, e eu odeio o inverno, então ele não devia ser meu irmão.

Não eram bem pistas, no fundo eu sabia disso. Toda a minha vida era agora uma pergunta gigantesca, e eu estava desesperada atrás de respostas.

Havia também aquela pergunta urgente e sem resposta sobre o que exatamente Finn queria comigo. Às vezes ele me tratava como se eu não fosse nada além de irritante. Outras vezes ele olhava para mim e me deixava sem ar.

Eu esperava que o colégio trouxesse alguma solução para tudo isso. Quando me levantei na segunda-feira de manhã, demorei mais me arrumando para ficar bonita, mas tentei fingir que não havia nenhum motivo específico. Não era porque seria a primeira vez que eu veria Finn desde que ele entrou no meu quarto, nem porque eu ainda queria falar com ele. Eu ainda queria impressioná-lo.

Quando o sinal da primeira aula tocou e Finn ainda não tinha se sentado na carteira dele algumas fileiras atrás de mim, um nó começou a crescer no meu estômago. Procurei por ele o dia inteiro, meio que esperando que estivesse à espreita em algum canto. Porém, ele não estava.

Não prestei atenção em quase nada o dia inteiro no colégio e me senti incrivelmente arrasada ao andar até o carro de Matt. Eu esperava obter algo naquele dia, mas terminei ficando com mais perguntas ainda.

Matt percebeu meu mau humor e tentou me perguntar a respeito, mas o ignorei. Ele estava ficando cada vez mais preocupado desde a noite do baile, e eu não conseguia tranquilizá-lo.

Eu já sentia a dor aguda da ausência de Finn. Por que eu não tinha ido com ele? Nunca tinha sentido tanta atração por ninguém, além disso, não era apenas algo físico. Em geral não me interessava pelas pessoas, mas por ele sim.

Ele me prometeu uma vida na qual eu me encaixaria, na qual eu seria especial, e, talvez o mais importante de tudo, uma vida com ele. Por que eu ainda estava aqui?

Porque ainda não estava convencida de que eu era má. Não estava pronta para desistir de todo o bem pelo qual tinha me esforçado tanto a vida inteira.

Conhecia uma única pessoa que sempre conseguia enxergar além da minha fachada e que sabia exatamente quem eu era. Ela me diria se eu tinha alguma coisa boa dentro de mim, ou se eu devia simplesmente ceder, desistir e ir embora com Finn.

– Ei, Matt! – Olhei para minhas mãos. – Você tem algum compromisso hoje à tarde?

– Acho que não... – respondeu Matt, hesitante, ao chegar ao quarteirão de nossa casa. – Por quê? O que tem em mente?

– Estava pensando... queria visitar minha mãe.

– De jeito nenhum! – Matt lançou um olhar lívido. – Por que você quer fazer isso? Está completamente fora de questão. Não mesmo, Wendy. É um absurdo.

Ele virou-se para mim novamente e, naquele momento, olhando-o bem nos olhos, repeti os mesmos pensamentos sem parar. *Quero ver a minha mãe. Leve-me para vê-la. Por favor. Quero vê-la.* A expressão dele estava séria, mas, finalmente, ele começou a descontrair.

– Vou levá-la para ver nossa mãe. – Matt parecia estar dormindo ao falar.

Na mesma hora, senti culpa pelo que estava fazendo. Era manipulador e cruel. Mas eu não estava fazendo aquilo só para ver se conseguia. Precisava ver minha mãe, e aquela era a única maneira de tornar isso possível.

Eu estava nervosa e nauseada, e sabia que Matt ficaria irado quando descobrisse o que estava acontecendo. Não sabia o quanto essa persuasão duraria. Talvez nem desse tempo de chegarmos ao hospital onde minha mãe morava. No entanto, eu tinha que tentar.

Seria a primeira vez em que veria minha mãe em mais de onze anos.

Durante o longo percurso de carro, houve vários instantes em que Matt pareceu perceber que estava fazendo algo que nunca faria. Ele começava a vociferar o quanto minha mãe era terrível e que ele não acreditava que tinha deixado que eu o convencesse a fazer aquilo.

Seja como for, em nenhum momento ele pensou em voltar, embora talvez não *pudesse* pensar nisso.

— Ela é uma pessoa horrível! — disse Matt ao nos aproximarmos do hospital psiquiátrico.

Dava para ver o quanto ele estava se debatendo por trás da careta e dos olhos azuis atormentados. A mão dele estava presa ao volante; havia algo na maneira como o segurava que dava a entender que estava tentando soltá-lo, mas não conseguia.

A culpa tomou conta de mim novamente, mas tentei afastá-la. Não queria magoá-lo, e controlá-lo daquele jeito era algo repreensível.

O único consolo de verdade era saber que eu não estava fazendo nada de errado. Queria ver minha mãe, tinha todo o direito. Matt, mais uma vez, estava apenas sendo excessivamente cauteloso no seu dever de me proteger.

— Ela não pode fazer nada que vá me machucar — lembrei-lhe pela centésima vez. — Ela está internada e sedada. Vou ficar bem.

— Não é que ela vá estrangulá-la ou algo do tipo — admitiu Matt; porém, seu tom de voz indicava que ele não havia descartado completamente essa possibilidade. — Ela é apenas... uma pessoa má. Não sei o que você espera conseguir nesse encontro!

— Eu apenas preciso fazer isso — falei baixinho e olhei pela janela.

Eu nunca havia ido ao hospital, mas não era exatamente como eu pensava. Minha única referência era o Arkham Asylum, então sempre imaginei uma estrutura de tijolos grandiosa, sempre com relâmpagos no céu logo acima.

Chovia um pouco, o céu estava carregado quando chegamos, mas essa era a única semelhança com o hospital psiquiátrico da minha imaginação. Era um prédio largo e branco no meio da densa floresta de pinheiros e de colinas onduladas, que parecia mais um resort do que um hospital.

Depois que minha mãe tentou me matar e Matt a segurou na cozinha, alguém ligou para a emergência. Ela foi levada numa viatura policial, ainda gritando que eu era monstruosa, enquanto me colocavam numa ambulância.

Fizeram denúncias contra minha mãe, mas ela admitiu a culpa alegando insanidade, e o caso nunca foi a tribunal. Inicialmente, ela foi diagnosticada com uma mistura de depressão pós-parto latente e de psicose temporária causada pela morte do meu pai.

Com medicação e terapia, esperava-se que ela saísse em relativamente pouco tempo.

Onze anos depois meu irmão estava falando com o segurança para que pudéssemos entrar no hospital. Pelo que soube, ela não admitia sentir qualquer remorso pelo que tinha feito.

Matt visitou-a uma vez, cinco anos atrás, e o que eu soube a respeito foi que ela não sabia que tinha feito algo de errado. Apesar disso não ter sido dito explicitamente, dava para concluir que, se saísse, ela voltaria a fazer a mesma coisa.

Houve muita movimentação quando finalmente conseguimos entrar. Uma enfermeira teve que chamar um psiquiatra para saber se eu poderia vê-la. Matt andava de um lado para o outro perto de mim, murmurando que todos eram malucos.

Esperamos numa pequena sala cheia de cadeiras de plástico e de revistas por quarenta e cinco minutos até o médico vir ao meu encontro. Tivemos uma breve conversa, contei que queria apenas falar com ela. Mesmo sem persuasão, ele pareceu achar que seria bom para que eu me confortasse e encerrasse o assunto.

Matt queria ir vê-la comigo, com medo de que ela fosse me machucar de alguma maneira, mas o médico garantiu-lhe que haveria enfermeiros e que minha mãe não tendia a ser violenta. Matt cedeu, para meu alívio, pois eu estava prestes a usar a persuasão nele.

Ele não poderia estar presente quando eu falasse com ela. Eu queria uma conversa sincera.

Uma enfermeira me levou a uma sala de atividades. Um sofá e algumas cadeiras preenchiam o cômodo, assim como algumas mesas pequenas, umas com quebra-cabeças pela metade. Em uma parede, um armário estava transbordando de jogos desgastados e de caixas de quebra-cabeças corroídas. Havia plantas nas janelas; fora isso, o lugar era destituído de vida.

A enfermeira disse-me que minha mãe chegaria em breve, então me sentei a uma das mesas e esperei.

Um enfermeiro muito grande, muito forte, trouxe-a para a sala. Levantei-me quando ela entrou, numa espécie de demonstração de respeito fora de contexto. Ela estava mais envelhecida do que eu esperava. Na minha cabeça, ela tinha congelado da maneira como eu a vi pela última vez, mas agora ela estava com uns quarenta e cinco anos.

O cabelo loiro tinha se tornado bagunçado e encrespado graças aos anos de negligência, e estava preso num rabo de cavalo

Trocada

curto. Estava magra, como sempre tinha sido, de uma maneira elegante e bonita, mas que beirava à anorexia. Vestia um roupão enorme azul, surrado e roto, cujas mangas cobriam suas mãos. Sua pele era pálida como porcelana, e, mesmo sem maquiagem, ela era deslumbrantemente bonita. Mais do que isso, tinha certo jeito de realeza. Era óbvio que tinha nascido em berço de ouro, que passara a vida no topo, dominando o colégio, os círculos sociais, até a própria família.

– Eles disseram que você estava aqui, mas não acreditei.
– Minha mãe sorriu ironicamente.

Ela estava a alguns passos de distância, e eu não sabia o que fazer. Olhava para mim do mesmo modo como alguém observaria um inseto particularmente horroroso antes de esmagá-lo debaixo do sapato.

– Oi, mãe – falei humildemente, sem conseguir pensar em nada melhor para dizer.

– Kim – corrigiu ela friamente. – Meu nome é Kim. Sem fingimento. Não sou sua mãe, nós duas sabemos disso. – Ela apontou vagamente para a cadeira que eu havia empurrado para trás de mim e foi até a mesa. – Sente-se.

– Obrigada – balbuciei, sentando. Ela sentou-se na minha frente, com as pernas cruzadas, recostando-se na cadeira, como se eu fosse contagiosa e ela não quisesse adoecer.

– É por causa disso que você veio, não é? – Ela balançou a mão na frente do rosto, depois colocou-a delicadamente na mesa. As unhas estavam longas e perfeitas, recém-pintadas com um esmalte incolor. – Você finalmente descobriu. Ou sempre soube? Não dava para perceber.

– Não, nunca soube – disse, baixinho. – Ainda não sei.

— Olhe só para você. Você não é minha filha. — Minha mãe lançou um olhar frio e estalou a língua. — Você não sabe se vestir, nem andar, nem falar. Você mutila as unhas. — Ela apontou o dedo feito para as minhas unhas roídas. — E esse cabelo!

— Seu cabelo não está nada melhor – refutei. Embora meus cachos escuros estivessem presos no coque de sempre, hoje de manhã eu realmente me dei o trabalho de arrumá-lo. Achei que estivesse bem bonito, mas, aparentemente, eu estava errada.

— Bem... — Ela sorriu, sem nenhum bom humor. — Meus recursos são limitados. — Ela desviou o olhar por um instante, depois voltou a fixar os olhos insensíveis em mim. — Mas e você? Deve ter todos os produtos de beleza do mundo. Com Matthew e Maggie, tenho certeza de que você é mimada até dizer basta.

— Eu me viro direitinho – admiti amargamente. Pelo que ela estava dizendo, parecia que era para eu ter vergonha do que tinha, como se eu tivesse roubado tudo. Imagino que, na cabeça dela, era mais ou menos isso o que eu tinha feito.

— E quem trouxe você aqui? – Estava claro que havia acabado de pensar nisso. Ela olhou para trás, como se esperasse ver Matt ou Maggie esperando nas alas.

— Matt – respondi.

— Matthew? – Ela pareceu genuinamente chocada. – Ele não permitiria isso de jeito nenhum. Ele nem... – A tristeza inundou o seu rosto, e ela balançou a cabeça. – Ele nunca compreendeu. Eu fiz o que fiz também para protegê-lo. Nunca quis que você enfiasse suas garras nele. – Ela tocou no próprio cabelo enquanto lágrimas apareciam em seus olhos, mas logo piscou para que elas sumissem, e sua expressão glacial voltou.

— Ele acha que deve me proteger – informei-lhe, mais porque sabia que a incomodaria. Para o meu desapontamento, ela não pareceu ficar tão chateada. Apenas fez que sim com a cabeça, compreendendo.

– Apesar de todo o bom-senso e maturidade dele, Matt é incrivelmente ingênuo. Ele sempre pensou em você como um cachorrinho perdido e doente, precisando de cuidados. – Ela tirou um fio de cabelo embaraçado da testa e ficou encarando um ponto no chão. – Ele a ama porque é um homem bom, assim como o pai. Essa sempre foi a fraqueza dele. – Depois ela olhou para cima esperançosamente. – Ele vem me visitar hoje?

– Não. – Quase me senti mal por lhe dizer aquilo, mas ela sorriu amargamente para mim, e eu me lembrei da razão de ela estar ali.

– Você fez ele se voltar contra mim. Sabia que você faria isso. Mas... – Ela deu de ombros inutilmente. – Isso não facilita as coisas, não é?

– Não sei. – Inclinei-me para perto dela. – Olha, ma...Kim. Estou aqui por um motivo. Quero saber o que sou. – Rapidamente me corrigi. – Quer dizer, o que você acha que sou.

– Você é uma changeling – disse ela com franqueza. – Fico surpresa por você ainda não saber disso.

Meu coração partiu-se, mas tentei manter a expressão neutra no rosto. Pressionei as mãos na mesa para que elas não tremessem. Era exatamente o que eu suspeitava, e talvez eu sempre soubesse.

Quando Finn me contou, aquilo fez sentido na hora, porém, ouvir dela tornava tudo diferente, não sei por quê.

– Como é que você pode saber disso? – perguntei.

– Soube que você não era minha no segundo em que o médico a colocou nos meus braços. – Kim remexia no cabelo e não olhava para mim. – Meu marido recusou-se a me escutar. Eu dizia repetidamente que você não era nossa, mas ele... – Ela engoliu em seco, com a dor da memória do homem que amava.

– Foi apenas depois que vim pra cá, quando tive todo o tempo do mundo, que descobri o que você era de verdade – continuou ela, com os olhos se endurecendo e a voz se fortalecendo de convicção. – Li livro após livro procurando uma explicação. Num livro antigo de contos de fadas, descobri exatamente que tipo de parasita você é: uma changeling.

– Uma changeling? – Esforcei-me para continuar com a voz normal. – O que isso significa?

– O que acha que significa? – retrucou ela, olhando para mim como se eu fosse idiota. – Changeling! Você foi trocada por outra criança! Meu filho foi levado e colocaram você no lugar dele!

Suas bochechas coraram de raiva, e o enfermeiro deu um passo para perto dela. Ela ergueu a mão, tendo dificuldade de se conter.

– Por quê? – perguntei, percebendo que deveria ter perguntado isso a Finn dias antes. – Por que alguém faria isso? Por que eles levariam seu bebê? O que eles fizeram com ele?

– Não sei que tipo de jogo você está fazendo. – Ela sorriu tristemente enquanto novas lágrimas surgiam em seus olhos. As mãos tremiam ao tocar no cabelo, e ela realmente se negava a olhar para mim. – Você sabe o que você fez com ele. Sabe muito melhor do que eu.

– Não, não sei! – O enfermeiro olhou para mim severamente, e eu sabia que deveria ao menos aparentar que não tinha surtado. Com a voz mais baixa, perguntei. – Sobre o que você está falando?

– Você o matou, Wendy! – vociferou minha mãe, com o sorriso triste cobrindo o rosto. Ela inclinou-se em minha direção, com o punho cerrado, e eu sabia que ela estava usando toda a sua força de vontade para não me machucar. – Primeiro você matou meu filho, depois fez com que meu marido enlouquecesse e o matou. Você *matou* os dois!

– Mãe... Kim, que seja! – Fechei os olhos e esfreguei as têmporas. – Isso não faz sentido nenhum. Eu era apenas um bebê! Como eu poderia matar alguém?

– Como você conseguiu que Matt a trouxesse aqui? – perguntou ela, rangendo os dentes. Um frio glacial percorreu minha espinha. – Ele nunca a traria até aqui. Nunca deixaria que você viesse me ver. Mas deixou mesmo assim. O que você fez para que ele fizesse isso? – Eu baixei os olhos, incapaz sequer de fingir ser inocente. – Talvez seja exatamente isso o que você tenha feito com Michael! – Os punhos dela estavam cerrados, e ela respirava tão profundamente que suas narinas delicadas alargavam-se.

– Eu era apenas um bebê – insisti, sem nenhuma convicção. – Não dava para eu ter... Mesmo se desse, tinha que ter mais gente envolvida. Isso não explica nada! Por que alguém o levaria ou o machucaria e me colocaria no lugar?

– Você sempre foi má. – Ela ignorou minha pergunta. – Soube desde o momento em que a segurei nos braços. – Ela acalmou-se um pouco e recostou-se na cadeira. – Dava para ver em seus olhos. Eles não eram humanos. Não eram meigos nem bons.

– Então por que você simplesmente não me matou? – perguntei, ficando irritada.

– Você era um bebê! – As mãos dela tremiam e os lábios começaram a estremecer. Ela estava perdendo a confiança inicial. – Bem, achei que você era. Você sabe muito bem que não tinha como eu ter certeza. – Ela apertou os lábios, tentando segurar as lágrimas.

– E como teve certeza? – perguntei. – O que fez você se decidir naquele dia? No meu aniversário de seis anos. Por que aquele dia? O que aconteceu?

– Você não era minha. Eu sabia que não era. – Ela passou a mão nos olhos para que as lágrimas não caíssem. – Sempre soube. Mas eu não conseguia parar de pensar em como aquele dia deveria ter sido. Com o meu marido, com o meu filho. Era Michael que deveria ter feito seis anos naquele dia, não você. Você era uma criança terrível, terrível, e estava viva. E eles estavam mortos. Eu simplesmente... comecei a achar que havia algo de errado. – Ela respirou fundo e balançou a cabeça. – Ainda acho.

– Eu tinha seis anos. – Minha voz começou a tremer. Eu nunca tinha sentido nada a respeito dela ou do que tinha acontecido, então fiquei surpresa por isso me abalar tanto. – *Seis anos.* Entende? Eu era uma criança, e era para você ser minha mãe! – O fato de ela ser ou não minha mãe de verdade era irrelevante. Eu era uma criança, e ela era responsável pela minha criação. – Nunca fiz nada para ninguém. Eu sequer *conheci* Michael.

– Está *mentindo* – sussurrou minha mãe. – Você sempre foi uma mentirosa e um monstro! Sei que você está fazendo coisas com o Matthew! Deixe-o em paz, só isso! Ele é um bom garoto. – Ela esticou o braço por cima da mesa e agarrou meu pulso com força. O enfermeiro posicionou-se atrás dela. – Pegue o que quiser, pegue qualquer coisa. Mas deixe Matthew em paz!

– Kimberly, vamos. – O enfermeiro colocou a mão forte no braço dela, e ela tentou se soltar. – Kimberly!

– Deixe-o em paz – gritou ela novamente, e o enfermeiro começou a levantá-la. Ela enfrentou-o, enquanto gritava comigo.

— Está me ouvindo, Wendy? Eu vou sair daqui um dia! E, se você machucar aquele garoto, eu vou terminar o que comecei!

— Já basta! – gritou o enfermeiro, conduzindo-a para fora da sala.

— Você não é humana, Wendy! Eu sei disso! – Aquela foi a última coisa que ela gritou antes de ser carregada para fora da minha vista.

Fiquei sentada na sala por um bom tempo depois que ela foi embora, tentando recuperar o fôlego e me controlar. Matt não podia me ver daquele jeito. Eu achei até que fosse vomitar, mas consegui segurar.

Era tudo verdade. Eu era uma changeling. Não era humana. Ela não era minha mãe. Era apenas Kim, uma mulher que havia perdido a noção da realidade ao perceber que eu não era filha dela. Eu tinha sido trocada pelo filho dela, Michael, e não fazia ideia do que tinha acontecido com ele.

Talvez ele estivesse morto. Talvez eu realmente o tivesse matado, ou alguma outra pessoa tivesse feito isso. Talvez alguém como Finn.

Ela me convenceu de que eu era um monstro, e não dava para contestar. Minha vida inteira eu só causara dor. Tinha arruinado a vida de Matt, e ainda estava arruinando.

Além de ter que se mudar constantemente por minha causa e de passar cada minuto se preocupando comigo, eu o estava manipulando e controlando. O pior é que não dava para saber com certeza havia quanto tempo aquilo estava acontecendo. Eu também não sabia os efeitos que isso causava a longo prazo.

Talvez fosse melhor se ela tivesse me matado quando eu tinha seis anos. Ou, melhor ainda, enquanto eu era bebê. Assim, não teria machucado ninguém.

Quando finalmente fui para a sala de espera, Matt correu para me abraçar. Fiquei parada, mas não correspondi ao seu abraço. Ele me observou para se certificar de que eu estava bem. Tinha ouvido falar em algum tipo de tumulto e ficou petrificado com medo de que algo tivesse acontecido comigo. Apenas fiz que sim com a cabeça e saí de lá o mais rápido possível.

CINCO

loucura

— Então... — Matt começou a dizer na volta para casa. Encostei minha testa no vidro gelado da janela do carro e me recusei a olhar para ele. Mal tinha dito uma palavra desde que saímos de lá. — O que disse para ela?
— Coisas — respondi vagamente.
— Não, sério — insistiu ele. — O que aconteceu?
— Tentei conversar, mas ela ficou chateada — falei, suspirando. — Kim disse que eu era um monstro. Você sabe, o mesmo de sempre.
— Nem ao menos sei por que você queria vê-la. Ela é uma pessoa terrível.
— Ah, ela não é tão ruim assim. — Minha respiração embaçava a janela, e comecei a desenhar estrelas no vidro. — Ela está realmente preocupada com você. Está com medo de que eu o machuque.
— Aquela mulher é louca — zombou Matt. — Literalmente, já que ela mora lá, mas... você não pode lhe dar ouvidos, Wendy. Não está deixando nada do que ela disse abalá-la, não é?

— Não – menti. Puxando minha manga por cima da mão, apaguei os desenhos na janela e endireitei a postura. – Como você sabe?

— O quê?

— Que ela é louca. Que... eu não sou um monstro. – Girei nervosamente o anel no meu dedão e fiquei olhando para Matt, que apenas balançou a cabeça. – Estou falando sério. E se eu for má?

De repente, Matt ligou a seta e parou o carro no acostamento. A chuva batia com força nas janelas enquanto os outros carros passavam por nós na autoestrada. Ele virou completamente o rosto para mim, colocando o braço atrás do meu banco.

— Wendy Luella Everly, não há nenhum mal em você. *Nenhum* – enfatizou Matt solenemente. – Aquela mulher é totalmente louca. O motivo eu não sei, mas ela nunca foi uma mãe para você. Não pode lhe dar ouvidos. Ela não sabe o que está falando.

— Seja sincero, Matt. – Balancei a cabeça. – Fui expulsa de todos os colégios em que estudei. Sou desobediente, reclamona, teimosa e tão exigente. Sei o trabalho que você e Maggie têm comigo o tempo inteiro.

— Isso não quer dizer que você seja má. Você teve uma infância *muito* traumática, e, tudo bem, você ainda está aprendendo algumas coisas, mas não é má – insistiu Matt. – Você é uma adolescente decidida e que não tem medo de nada. Só isso.

— Em algum momento isso vai ter que deixar de ser uma desculpa. Claro, ela tentou me matar, mas tenho que me responsabilizar pela pessoa que sou.

— Você está fazendo isso! – disse Matt, sorrindo. – Desde que nos mudamos para cá, você deu tantos sinais disso: suas notas estão subindo, você está fazendo amizades. Mesmo que eu não fique tão à vontade com isso, sei que é bom para você. Você está crescendo, Wendy, e vai ficar bem.

– Certo. – Concordei com a cabeça, sem conseguir contestar aquilo.

– Sei que não digo muito isso, mas tenho orgulho de você, e amo você. – Matt inclinou-se para beijar o topo da minha cabeça. Ele não fazia aquilo desde que eu era pequena, e isso mexeu comigo. Fechei os olhos, me recusando a chorar. Ele recostou-se no banco e olhou para mim seriamente. – Está certo? Você está bem agora?

– Sim, estou bem. – Forcei um sorriso.

– Que bom. – Ele voltou para o tráfego, rumando para casa.

Por mais que eu tivesse sido um inconveniente para Matt e Maggie, eles ficariam de coração partido se eu fosse embora. Mesmo se ir com Finn fosse mais promissor, isso os magoaria demais. Ir embora seria colocar as minhas necessidades acima das deles. Ficar, portanto, seria colocá-los em primeiro lugar.

Ficar seria a única prova de que eu não sou má.

Quando chegamos em casa, subi para o quarto antes que Maggie falasse comigo. Meu quarto estava quieto demais, então peguei meu iPod e comecei a procurar uma música para ouvir. O barulho de uma leve batida me assustou, interrompendo minha busca, e meu coração parou.

Fui até a janela. Quando puxei a cortina, lá estava Finn, agachado no parapeito do lado de fora. Pensei em fechar a cortina e ignorá-lo, mas seus olhos escuros eram demais. Além disso, assim eu teria a oportunidade de me despedir de verdade.

– O que você está fazendo? – perguntou Finn assim que abri a janela. Ele ficou lá fora, mas eu não havia me afastado para que ele pudesse entrar.

– O que *você* está fazendo? – rebati, cruzando os braços.
– Vim aqui ver se você está bem – disse ele, com preocupação nos olhos.
– Por que eu não estaria bem? – perguntei.
– Foi só uma sensação que tive. – Ele evitou meu olhar e ficou olhando para trás, observando um homem que estava caminhando com o cachorro na calçada, antes de se virar novamente para mim. – Você se incomoda se eu entrar para que a gente termine nossa conversa?
– Tanto faz.
Dei um passo para trás e tentei demonstrar o máximo de indiferença possível, mas, quando ele desceu da janela e passou do meu lado, meu batimento cardíaco acelerou. Ele ficou parado na minha frente, com os olhos escuros cravados nos meus, e isso fazia o resto do mundo desaparecer. Balancei a cabeça e me afastei para não ficar mais hipnotizada por ele.
– Por que entrou pela janela? – perguntei.
– Não dava para simplesmente bater na porta. Aquele cara nunca me deixaria entrar para vê-la. – Finn provavelmente estava certo. Matt odiava-o desde o baile.
– Aquele *cara* é meu irmão, e o nome dele é Matt. – Sentia-me bem protetora e defensiva em relação a ele, principalmente depois de como ele me amparou quando vimos Kim.
– Ele não é seu irmão. Você precisa parar de pensar nele assim.
– Finn lançou um olhar desdenhoso pelo meu quarto. – Então é tudo por causa disso? É esse o motivo de você não querer ir embora?
– Você não entenderia nunca as minhas razões. – Fui até minha cama e me sentei, fazendo questão de marcar meu território nessa área.

— O que aconteceu esta noite? — perguntou Finn, ignorando as minhas tentativas de provocação.

— Como você tem tanta certeza de que aconteceu algo?

— Você sumiu — disse ele, sem nenhum medo de que eu achasse perturbador o fato de ele saber quando eu chegava e quando saía.

— Fui ver minha mãe. Hum, bem... a mulher que é supostamente minha mãe. — Balancei a cabeça, odiando como tudo isso estava soando. Pensei em mentir, mas ele já sabia mais a respeito disso tudo do que qualquer outra pessoa. — Como vocês a chamam? Têm um nome para ela?

— Normalmente o nome dela é suficiente — respondeu Finn, e me senti uma idiota.

— Certo. É claro. — Respirei fundo. — Enfim, fui ver Kim. — Olhei para ele. — Você sabe a respeito dela? Quero dizer... o quanto você sabe mesmo sobre mim?

— Sinceramente, não muito. — Finn parecia desaprovar sua própria falta de conhecimento. — Você foi incrivelmente elusiva. Foi bem desconcertante.

— Então você não... — Baixei a voz, percebendo, aflita, que estava prestes a chorar. — Ela sabia que eu não era sua filha. Quando eu tinha seis anos, ela tentou me matar. Ela sempre me disse que eu era um monstro, que era má. Acho que sempre acreditei nela.

— Você não é má — insistiu Finn com sinceridade, e eu sorri levemente para ele, disfarçando minha tristeza. — Você não pode ficar aqui, Wendy.

— Não é mais assim. — Balancei a cabeça, desviando o olhar. — Ela não mora aqui. Além disso, meu irmão e minha tia fariam qualquer coisa por mim. Não posso simplesmente abandoná-los. Não vou fazer isso.

Finn olhou, atento, para mim, tentando determinar se eu estava sendo sincera. Eu odiava o quanto ele era atraente e aquele poder que ele tinha sobre mim, seja lá qual fosse. Mesmo agora, com minha vida num caos completo, a maneira como ele me olhava fazia com que fosse difícil pensar em qualquer outra coisa além do meu coração acelerado.

— Você percebe do que está abrindo mão? — perguntou Finn baixinho. — A vida tem tanto a lhe oferecer. Mais do que qualquer coisa que eles possam lhe dar aqui. Se Matt soubesse o que o futuro guarda para você, ele mesmo a mandaria para lá.

— Tem razão. Se ele achasse que é o melhor para mim, mandaria mesmo — admiti. — E é por isso que tenho que ficar.

— Bem, também quero o melhor para você. É por isso que a encontrei, e por isso que estou tentando levá-la de volta para casa. — A afeição latente em sua voz fez meu corpo estremecer. — Acha mesmo que eu a encorajaria a fazer isso se fosse para algo ruim acontecer?

— Acho que você não sabe o que é melhor para mim — respondi com a voz mais normal possível.

Finn me deixou confusa ao insinuar que se importava comigo, e tive que lembrar que aquilo fazia parte do trabalho dele. Tudo aquilo. Ele precisava garantir que eu estava bem e me convencer a ir para casa. Não era a mesma coisa que se importar de verdade *comigo*.

— Tem certeza de que é isso o que você quer? — perguntou ele cuidadosamente.

— Certeza absoluta. — Demonstrei mais segurança do que realmente sentia.

— Gostaria de dizer que entendo; mas não entendo. — Finn suspirou resignadamente. — Posso dizer que estou desapontado.

— Desculpe – falei humildemente.

— Não precisa se desculpar. — Ele passou a mão nos cabelos pretos e olhou para mim novamente. — Não vou mais para o colégio. Parece desnecessário, e não quero atrapalhar seus estudos. Você pelo menos tem que receber uma educação.

— O quê? E você não precisa? — Meu coração desceu até o estômago quando percebi que aquela talvez fosse a última vez em que eu veria Finn.

— Wendy — Finn deu uma pequena risada sem graça —, achei que você soubesse. Tenho vinte anos. Já acabei meus estudos.

— Por que você estava... — Parei de falar, já descobrindo a resposta da minha pergunta.

— Eu estava lá apenas para me informar a seu respeito, e agora já encontrei você. — Finn abaixou os olhos e suspirou. — Quando mudar de ideia... — Ele hesitou um instante. — Eu venho encontrá-la.

— Você vai embora? — perguntei, tentando não demonstrar na voz o desapontamento.

— Você ainda está aqui, então também vou ficar. Pelo menos por um tempo – explicou Finn.

— Por quanto tempo?

— Depende dos acontecimentos. — Finn balançou a cabeça. — O seu caso é bem diferente em todos os aspectos. É difícil ter certeza de alguma coisa.

— Você não para de dizer que sou diferente. O que isso significa? Sobre o que está falando?

— Normalmente, nós esperamos até que os changelings tenham alguns anos a mais. Até lá eles já vão ter percebido que não são humanos – explicou Finn. – Quando o rastreador vem encontrar a pessoa, ela fica aliviada e louca para ir embora.

– Então por que veio atrás de mim agora? – perguntei.

– Você se mudou tanto. – Finn apontou para a casa. – Ficamos com medo de que houvesse algum problema. Por isso, fiquei por aqui, monitorando-a até você ficar pronta, e achei que você estivesse. – Ele respirou profundamente. – Acho que me enganei.

– Você não pode simplesmente me "persuadir" a ir embora? – perguntei, e uma parte de mim, a parte que queria ir com ele, esperava que pudesse.

– Não posso. – Finn balançou a cabeça. – Não posso forçá-la a vir comigo. Se essa é a sua decisão, tenho que respeitá-la.

Fiz que sim com a cabeça, sabendo muito bem que estava rejeitando qualquer chance de conhecer meus pais verdadeiros, meu histórico familiar, e de passar mais tempo com Finn. Sem falar nas minhas habilidades, como a persuasão, que ele garantira que aumentariam à medida que eu ficasse mais velha. Sozinha, eu nunca seria capaz de dominá-las ou de entendê-las.

Olhamos um para o outro, e eu queria que ele não estivesse tão longe de mim. Estava me perguntando se seria apropriado nos abraçarmos quando a porta do meu quarto abriu.

Matt tinha vindo conferir se eu estava bem. Assim que viu Finn, seus olhos pegaram fogo. Rapidamente pulei da cama, indo para a frente de Finn para impedir qualquer tentativa de Matt de matá-lo.

– Matt! Está tudo bem! – Ergui as mãos.

– Não está tudo bem! – resmungou Matt. – Quem diabos é esse cara?

— Matt, por favor! – Coloquei as mãos no peito dele, tentando mantê-lo afastado de Finn, mas era como tentar empurrar uma parede de tijolos. Matt esticou o braço por cima do meu ombro, apontando para ele enquanto gritava. Olhei para Finn, que encarava inexpressivamente meu irmão.

— Você é muito cara de pau! – gritou Matt. – Ela tem dezessete anos! Não sei que diabos você acha que está fazendo no quarto dela, mas você nunca mais vai fazer nada com ela!

— Matt, por favor, pare – implorei. – Ele estava apenas se despedindo. *Por favor!*

— Talvez você devesse ouvir o que ela está dizendo – opinou Finn calmamente.

Sabia que a compostura dele deveria estar irritando Matt mais ainda. A noite de Matt também tinha sido horrível, e a última coisa de que ele precisava era de um garoto qualquer, aqui dentro, me corrompendo. A única reação de Finn foi ficar imóvel, tranquilo e com sangue-frio. Matt queria que ele estivesse com tanto medo que nunca mais se aproximasse de mim.

Matt me empurrou, tirando-me do seu caminho, e eu caí de costas no chão. Os olhos de Finn se lançaram na minha direção, e, quando Matt o empurrou, ele não se mexeu um centímetro. Apenas fulminava meu irmão com o olhar. Eu sabia que, se eles brigassem, era Matt quem sairia muito machucado.

— Matt! – Pulei do chão.

Já estava começando a entoar *Saia do meu quarto. Saia do meu quarto. Você precisa se acalmar e sair do meu quarto. Por favor.* Não sabia o quanto isso seria eficaz sem eu estar olhando para ele, então agarrei seu braço e o obriguei a se virar para mim.

Imediatamente ele tentou desviar o olhar, mas consegui segurá-lo. Deixei meus olhos focados e apenas fiquei repetindo aquilo na cabeça sem parar. Por fim, a expressão dele suavizou-se e os seus olhos ficaram vidrados.

– Vou sair do seu quarto agora – disse Matt roboticamente. Para o meu alívio, ele realmente se virou e saiu para o corredor, fechando a porta atrás de si. Não sabia se ele tinha andado mais do que isso, ou quanto tempo eu ainda teria, então me virei para Finn.

– Você tem que ir – insisti ansiosamente, mas a expressão dele tinha se transformado em preocupação.

– Ele faz muito isso? – perguntou Finn.

– Faz o quê?

– Ele empurrou você. Está na cara que ele tem problemas de raiva. – Finn fulminava com o olhar a porta por onde Matt tinha saído. – Ele é instável. Você não deveria ficar aqui com ele.

– É, bem, e vocês deveriam ter mais cuidado com as pessoas com quem vocês deixam os bebês – resmunguei, e fui para a janela. – Não sei quanto tempo ainda temos, por isso, você precisa ir embora.

– Ele provavelmente não deveria entrar nunca mais no seu quarto – disse Finn distraidamente. – Estou falando sério, Wendy. Não quero deixá-la com ele.

– Você não tem muita escolha! – Passei a mão no cabelo, exasperada. – Matt não é assim normalmente, ele nunca me machucaria. Ele apenas teve um dia *muito* ruim e acha que estou chateada por sua culpa, e ele não está errado. – À medida que o pânico ia passando, percebi que tinha acabado de usar a persuasão em Matt novamente e fiquei nauseada. – *Odeio* fazer isso com ele. Não é justo e não é certo.

– Desculpe. – Finn olhou para mim com franqueza. – Eu sei que você fez isso para protegê-lo, e a culpa é minha. Eu deveria apenas ter me afastado, mas quando ele a empurrou... – Ele balançou a cabeça. – Meus instintos entraram em ação.

– Ele não vai me machucar – prometi.

– Desculpe pelos problemas que lhe causei.

Finn olhou novamente para a porta; dava para perceber que ele não queria ir embora de verdade. Quando voltou a olhar para mim, suspirou com força. Ele provavelmente estava se controlando para não me jogar por cima do ombro e me levar com ele. Em vez disso, ele saiu pela janela e desceu.

Depois ele deu a volta na sebe dos vizinhos, e eu não consegui mais vê-lo. Continuei procurando por ele, desejando que isso não significasse que teríamos de nos despedir.

A verdade terrível era que eu estava mais do que um pouco triste de ver Finn ir embora. Por fim, fechei a janela e puxei as cortinas.

Depois que ele partiu, encontrei Matt sentado nos degraus, parecendo confuso e irritado. Ele queria gritar comigo por causa de Finn, mas não conseguia entender exatamente o que tinha acontecido. Tudo o que Matt disse foi jurar que o mataria caso ele se aproximasse de mim, e eu fingi que achava aquilo sensato.

No dia seguinte, o tempo do colégio passou muito devagar. O fato de eu estar constantemente à procura de Finn não ajudava. Uma parte de mim continuava teimando que os últimos dias tinham sido um pesadelo e que Finn ainda deveria estar por ali, olhando para mim como sempre fazia.

Além disso, eu não parava de sentir que estava sendo observada. Meu pescoço ficava com aquela sensação de coceira, igual a quando ele me encarava por muito tempo, mas toda vez que eu me virava, não havia ninguém. Pelo menos ninguém em quem valesse a pena reparar.

Em casa, fiquei distraída e inquieta. Eu me retirei do jantar um pouco antes e subi para meu quarto. Fiquei espiando pelas cortinas na esperança de encontrar Finn escondido em algum lugar por ali, mas não dei sorte. Toda vez que eu procurava por ele, sem encontrá-lo, meu coração apertava um pouco mais.

Fiquei revirando na cama a noite inteira, tentando não pensar em quanto tempo Finn ainda ficaria por perto. Ele tinha deixado dolorosamente claro que logo teria de partir para encontrar outra pessoa.

Eu não estava pronta para isso. Não gostava da ideia de ele partir quando eu ainda não tinha feito isso.

Perto das cinco da manhã, desisti totalmente de tentar dormir. Olhei pela janela novamente e, dessa vez, achei ter visto alguma coisa. Não foi nada além de uma mancha indistinta movimentando-se no canto do meu olho, mas foi o suficiente para indicar que ele estava lá fora, escondendo-se nas proximidades.

Eu precisava apenas ir lá e falar com ele, para ter certeza de que ainda estava por perto. Não me dei nem o trabalho de tirar o pijama ou de ajeitar o cabelo.

Saí para o telhado apressadamente. Tentei me segurar no galho e descer como Finn tinha feito. Assim que meus dedos agarraram o galho, eles escorregaram e eu despenquei, caindo de costas no chão. Fiquei sem nenhum ar e tossi, dolorida.

Teria adorado ficar deitada no chão mais dez minutos enquanto a dor passava, mas estava com medo de que Matt ou Maggie tivessem ouvido algo. Levantei-me com dificuldade e dei a volta nas sebes em direção à casa dos vizinhos.

A rua estava totalmente deserta. Apertei os braços em volta do corpo para me proteger um pouco do frio e olhei ao redor. Eu *sabia* que ele tinha estado ali. O que mais estaria perambulando ali fora um pouco antes do amanhecer? Talvez o susto com a minha queda o tivesse feito ir embora, achando ser Matt ou algo assim.

Decidi andar mais um pouco na rua e investigar a grama de todo mundo, à procura de um rastro ocultado. Minhas costas doíam da queda, eu sentia o joelho um pouco torcido e estranho. Com isso, fiquei mancando pela rua, de pijama, às cinco da manhã. Tinha mesmo perdido a cabeça.

Foi quando ouvi alguma coisa. Passos? Com certeza havia alguém me seguindo, e, pelo arrepio que senti nas costas, não era Finn. Era difícil explicar como eu sabia que não era ele, mas ainda assim eu sabia. Lentamente, me virei.

SEIS

monstros

Havia uma garota alguns metros atrás de mim. Sob a luz do poste, ela parecia encantadora. O cabelo curtinho e castanho era todo espetado para cima. Sua saia era curta e seu casaco preto de couro ia até as panturrilhas. Um vento soprou, fazendo o casaco esvoaçar um pouco, e ela ficou parecendo algum tipo de estrela de um filme de ação, como se estivesse em *Matrix*.

Porém, o que mais me chamou a atenção foi o fato de ela estar descalça.

Tudo o que fazia era me encarar, então achei que devia dizer algo.

– Certo... Hum, acho que vou para casa agora – avisei.

– Wendy Everly, acho que você deveria vir com a gente – disse ela com um sorriso malicioso.

– A gente? – perguntei, e depois senti que ele estava atrás de mim.

Não sei onde ele estava antes, mas, de repente, senti sua presença atrás de mim. Olhei por cima do ombro e vi um homem alto, de cabelo preto penteado para trás, que estava me encarando. Ele vestia o mesmo casaco que a garota, e achei legal eles estarem de roupas combinando, como uma dupla que luta contra o crime.

Ele sorriu para mim, e foi então que percebi que estava em apuros.

– É um convite muito gentil, mas moro a três casas daqui. – Apontei em direção à minha casa, como se eles já não soubessem exatamente onde eu morava. – Acho que devo voltar para lá antes que meu irmão comece a me procurar.

– Você deveria ter pensado nisso antes de sair de casa – sugeriu o cara atrás de mim.

Eu queria dar um passo à frente, para me afastar dele, mas achei que isso apenas o encorajaria a pular em cima de mim. Eu provavelmente me viraria com a garota, mas com ele eu não tinha tanta certeza. Ele era uns trinta centímetros mais alto que eu.

– Vocês são rastreadores? – perguntei. Havia algo no jeito como eles me olhavam que lembrava Finn, principalmente quando o vi pela primeira vez.

– Você é bem espertinha, não é? – A garota sorriu mais ainda, e aquilo não me pareceu bom.

Eles podiam ser rastreadores, mas não eram do mesmo tipo de Finn. Talvez fossem caçadores de recompensas ou sequestradores, ou talvez eles simplesmente curtissem cortar garotas em pedacinhos e jogá-las numa vala. Embora o medo arrepiasse meu corpo, tentei não demonstrá-lo.

– Bem, isso foi muito divertido, mas tenho que me arrumar para o colégio. Prova importante e tal. – Comecei a me afastar; porém, a mão do cara prendeu meu braço dolorosamente.

— Não a danifique — insistiu a garota, com os olhos bem abertos. — Ela não deve ser machucada.

— É, vai com calma. — Tentei puxar meu braço, mas ele não quis soltar.

Eu já tinha decidido que não iria para onde quer que eles quisessem me levar. Como eles haviam recebido algum tipo de ordem para não me machucar, eu levaria vantagem numa briga. Só precisava passar por algumas casas para chegar à minha, onde Matt guardava uma arma debaixo da cama.

Dei uma cotovelada no estômago do cara o mais forte possível. Ele fez um barulho de tosse e se curvou, mas sem soltar meu braço. Chutei-o na canela e mordi a mão que estava me segurando.

Ele uivou de dor, depois a garota apareceu na minha frente. Ele teve que me soltar, e ela tentou me agarrar, por isso dei um murro nela. Ela desviou, e o meu punho só fez encostar em seu ombro.

Eu me desequilibrei, e o cara me agarrou pela cintura. Gritei e chutei o mais forte possível. Aparentemente ele se cansou disso, porque me soltou no chão.

Fiquei de pé na mesma hora, porém, ele agarrou meu braço novamente e me virou para que eu ficasse de frente para ele. Depois ergueu a mão e me deu o tapa mais forte que eu já recebi. Ficou tudo branco e meu ouvido começou a zunir. Ele me soltou, e caí de costas na grama.

— Eu disse para não machucá-la — falou a garota baixinho.

— Não estava machucando. Estava fazendo ela se acalmar. — O cara resmungou e me olhou. — E, se ela não parar, vou fazê-la se acalmar de novo, mas com mais força.

Trocada

Meu pescoço doía da força do golpe dele, e meu maxilar gritava dolorosamente. Uma dor latejante espalhava-se por trás do meu olho esquerdo, e eu ainda tentava com dificuldade me levantar. Ela me chutou, não com força suficiente para me machucar de verdade, mas foi suficiente para que eu caísse de novo.

Eu estava deitada de costas, olhando para o céu. Do canto do olho, vi uma luz acendendo numa casa atrás de mim. Estávamos fazendo barulho suficiente para acordar os vizinhos, mesmo se não estivéssemos perto o suficiente para Matt nos ouvir.

Abri a boca para berrar e gritar por socorro, mas o rastreador deve ter percebido o que eu ia fazer. Pouco mais de um gritinho tinha escapado dos meus lábios quando senti o pé dele pressionar com força a minha garganta.

– Se der um pio, vou dificultar bastante as coisas para você – advertiu o cara. – Posso não ter permissão para quebrar seu pescoço, mas posso fazer você desejar estar morta.

Eu não conseguia respirar e agarrei o pé dele, tentando tirá-lo de cima de mim. Quando ele perguntou se eu prometia me comportar, concordei com a cabeça loucamente. Eu teria concordado com qualquer coisa para poder respirar de novo.

O cara deu um passo para trás e eu ofeguei, inalando várias golfadas de ar que arderam na minha garganta.

– Vamos apenas levá-la para o carro – disse a garota, exasperada.

Ele abaixou-se para me levantar, mas bati em suas mãos. Estava deitada de costas e levantei as pernas. Não iria realmente chutá-lo, apenas usar as pernas para empurrá-lo caso viesse para cima de mim.

Ele reagiu batendo na minha panturrilha com tanta força que me deu cãibras, o que fez meus dentes rangerem. Colocou o joelho no meu estômago, prendendo-me no chão para que eu não pudesse lutar tanto.

Quando ele tentou me agarrar, empurrei-o para trás com as mãos. Porém, ele agarrou meus pulsos, apertando-os juntos fortemente com a mão.

— Pare — ordenou ele. Tentei soltar minhas mãos, mas ele apertou-as ainda com mais força; parecia que meus ossos iam se quebrar. — Pare de uma vez. Nós vamos levá-la, não importa o que aconteça.

— Um cacete que vão! — berrou Finn, cuja voz surgiu do nada.

Virei a cabeça para poder vê-lo. Nunca fiquei tão feliz de ver alguém na minha vida.

— Ah, droga. — A garota suspirou. — Se você não tivesse gastado tanto tempo brigando com ela, já teríamos saído daqui.

— Era ela que estava brigando comigo — insistiu o cara.

— Agora eu é que estou brigando com você! — resmungou Finn, lançando um olhar fulminante. — Saia de cima dela! *Agora!*

— Finn, será que podemos simplesmente conversar sobre isso? — Ela tentou parecer provocante e sedutora ao se aproximar de Finn, mas ele nem olhou para ela. — Sei como você se sente em relação ao trabalho, mas deve haver algum tipo de acordo a que possamos chegar.

Ela deu mais um passo para perto dele, e Finn a empurrou com tanta força que ela tropeçou e caiu para trás.

— Odeio brigar com você, Finn. — O cara soltou minhas mãos e tirou o joelho do meu estômago. Aproveitei a oportunidade para chutá-lo no saco. Como reflexo, ele reagiu rapidamente e me deu mais um tapa com força.

Trocada

Antes que eu conseguisse xingá-lo por me bater de novo, Finn foi para cima dele. Eu havia rolado para o lado, cobrindo meu rosto machucado com as mãos de forma a ver apenas parcialmente o que estava acontecendo.

Meu agressor tinha conseguido ficar de pé, e ouvi Finn dar um murro nele. A garota pulou nas costas dele para que parasse, mas Finn acotovelou-a no rosto. Ela caiu no chão, segurando o nariz ensanguentado.

– Basta! – O cara estava encolhido de medo, com os braços protegendo o rosto de novos golpes. – Desistimos! A gente vai embora daqui!

– É melhor irem mesmo – gritou Finn. – Se chegarem perto dela de novo, eu mato vocês!

O cara aproximou-se da garota e a ajudou a se levantar, depois ambos foram em direção a um SUV preto estacionado no fim do quarteirão. Finn estava na calçada, na minha frente, observando-os ir embora a toda velocidade.

Logo a seguir ele ajoelhou-se no chão ao meu lado. Colocou a mão onde eu tinha levado o tapa, na minha bochecha. A pele estava sensível, por isso latejava um pouco, mas me recusei a demonstrar dor. Sentir a mão dele era reconfortante, não queria afastá-la.

Seus olhos escuros me olhavam angustiados. Por mais terrível que tudo tivesse sido, eu não teria mudado nada, pois tive a chance de vivenciar esse momento, com ele me tocando e me olhando daquele jeito.

– Desculpe por ter demorado tanto. – Ele pressionou os lábios, claramente se culpando. – Estava dormindo e só acordei quando você ficou completamente em pânico.

— Você dorme de roupa? — perguntei, olhando para a roupa dele de sempre, o jeans escuro e a blusa de botão.

— Às vezes. — Finn tirou a mão do meu rosto. — Eu sabia que ia acontecer alguma coisa hoje. Dava para sentir, mas não sabia exatamente o que era porque não pude ficar tão perto de você quanto gostaria. Eu nem deveria ter dormido.

— Não, você não pode se culpar. Foi culpa minha, por ter saído do quarto.

— O que estava fazendo aqui fora? — perguntou Finn com curiosidade, e eu desviei o olhar, sentindo-me envergonhada.

— Achei que tinha visto você — admiti baixinho. O rosto dele ficou pesaroso.

— Eu deveria ter chegado antes — sussurrou ele, depois se levantou. Finn estendeu a mão e me ajudou a levantar. Senti um pouco de dor, mas tentei não demonstrar. — Você está bem?

— Sim, estou bem. — Forcei um sorriso. — Um pouco dolorida, mas bem.

Finn tocou minha bochecha mais uma vez, apenas com as pontas dos dedos, deixando-me bem nervosa. Analisou minha ferida atentamente, e então os olhos dele, escuros e maravilhosos, encontraram os meus. Foi naquele momento que soube oficialmente que estava apaixonada por ele.

— Você vai ficar com um machucado — murmurou Finn, tirando a mão. — Sinto muito.

— Não é sua culpa — insisti. — É minha. Fui uma imbecil. Eu deveria saber que... — Parei de falar. Estava prestes a dizer que deveria saber que era perigoso, mas como é que eu poderia saber disso? Não tinha ideia de quem eram aquelas pessoas. — Quem eram eles? O que queriam?

— Vittra — resmungou Finn, cravando os olhos na rua como se eles fossem aparecer ao ouvirem o próprio nome. Ele ficou tenso ao percorrer o horizonte com os olhos, depois colocou a mão na minha lombar para me tirar dali. — Vamos. Explico mais no carro.

— No carro? — Parei onde estava, fazendo-o pressionar a palma da mão com mais força nas minhas costas até ele perceber que eu não ia a lugar nenhum. A mão dele ficou lá, e eu tive que ignorar esse pequeno prazer para que pudesse discutir. — Não vou entrar no carro. Tenho que voltar para casa antes que Matt perceba que não estou lá.

— Você não pode voltar para lá — Finn estava pesaroso, mas decidido. — Desculpe. Eu sei que é contra o seu desejo, mas aqui não é mais seguro para você. Os Vittra a encontraram. Não vou deixá-la aqui.

— Eu nem entendo o que é isso de Vittra, e Matt... — Desconfortavelmente, mudei de posição e olhei em direção à minha casa.

Matt era forte em comparação às outras pessoas, mas eu não tinha certeza se ele seria capaz de enfrentar o cara que me atacou. Mesmo se ele fosse capaz de derrotá-lo, eu não queria levar aquela situação para dentro de casa. Se algo acontecesse com Matt ou com Maggie por minha causa, nunca me perdoaria.

Luzes azuis e vermelhas iluminaram a vizinhança quando uma viatura se aproximou. Os vizinhos deviam ter chamado a polícia ao ouvirem minha briga com os rastreadores. Aparentemente a briga tinha parecido perigosa o suficiente para justificar sirenes, mas as luzes estavam piscando a ainda alguns quarteirões de distância.

— Wendy, temos que nos apressar — insistiu Finn. A aproximação da polícia aumentou sua urgência, então fiz que sim com a cabeça e deixei que ele me levasse.

Pelo jeito, Finn tinha vindo me salvar correndo a pé, pois seu carro ainda estava estacionado em sua casa, a duas quadras de distância. Corremos para a casa dele, porém, quando os carros da polícia aproximaram-se, nós nos agachamos atrás de um barracão para nos esconder.

— Isto vai partir o coração de Matt — sussurrei enquanto esperávamos a polícia passar.

— Ele iria querer que você estivesse segura — tranquilizou-me Finn, e ele tinha razão. No entanto, Matt não saberia que eu estava segura. Ele ficaria sem saber nada sobre mim.

Quando ele teve certeza de que o caminho estava livre, saímos de trás do barracão e corremos para o carro de Finn.

— Você tem um celular? — perguntei.

— Por quê? — Finn não parava de olhar ao redor quando nos aproximávamos do carro. Ele tirou as chaves do bolso e usou o controle para destravá-lo.

— Preciso ligar para Matt e dizer que estou bem — eu disse. Finn segurou a porta do lado do passageiro para eu entrar. Assim que ele se sentou no banco de motorista, virei-me para ele. — E então? Posso ligar para ele?

— Quer mesmo? — perguntou Finn ao ligar o carro.

— Sim, claro que quero! Por que tanta surpresa?

Finn colocou o carro em marcha e saiu a toda velocidade pela rua. A cidade inteira ainda dormia, exceto a gente. Ele olhou para mim, tentando decidir. Por fim, vasculhou o bolso e tirou o celular.

— Obrigada. — Sorri agradecida para ele.

Quando comecei a teclar no telefone, minhas mãos tremeram e me senti nauseada. Aquela seria a conversa mais difícil da minha vida. Segurei o telefone no ouvido, escutando-o tocar, e tentei acalmar a respiração.

– Alô? – Matt atendeu um pouco grogue. Obviamente ele acordara naquele momento, então ainda não sabia que eu não estava lá. Eu não sabia se isso era bom ou não. Fechei os olhos e respirei fundo.

– Alô? Quem é?

– Matt?

– Wendy? – Matt ficou desperto instantaneamente, com pânico na voz. – Onde você está? O que está acontecendo? Você está bem?

– Sim, estou bem. – Meu rosto ainda doía, mas eu estava bem. Mesmo que não estivesse, não podia dizer isso para ele. – Hum, estou ligando porque... estou indo embora, e queria que você soubesse que estou segura.

– Como assim você vai embora? – perguntou Matt. Deu para escutar a porta dele se abrindo, depois o barulho da minha porta sendo escancarada. – Onde você está, Wendy? Você precisa vir para casa agora!

– Não posso, Matt. – Esfreguei a testa e soltei a respiração, trêmula.

– Por quê? Alguém pegou você? Finn levou você? – insistia Matt. Ao fundo, dava para escutar Maggie fazendo perguntas. Ele devia tê-la acordado com toda a comoção. – Vou matar aquele canalha se ele encostar um dedo em você.

– Sim, estou com Finn, mas não é o que você está pensando – falei com firmeza. – Queria poder lhe explicar tudo, mas não posso. Ele está tomando conta de mim. Está fazendo tudo para que eu fique segura.

— Segura contra o quê? — vociferou Matt. — Sou eu que tomo conta de você! Por que está fazendo isso? — Ele respirou fundo e tentou se acalmar. — Se estamos fazendo algo errado, podemos mudar, Wendy. Você só precisa vir para casa agora. — A voz dele estava falhando, e isso partiu meu coração. — Por favor, Wendy.

— Você não está fazendo nada errado. — Lágrimas silenciosas escorriam pelo meu rosto, e eu tentei engolir o nó na garganta. — Você não fez nada. Isso não tem nada a ver com você nem Maggie, juro. Eu amo vocês, teria trazido vocês comigo se pudesse. Mas não posso.

— Por que você fica dizendo que "não pode"? Ele está levando você à força? — rosnou Matt. — Diga onde está que vou ligar para a polícia.

— Ele não está me levando à força, Matt. — Suspirei e me perguntei se ligar não tinha sido uma má ideia. Talvez só piorasse as coisas para ele. — Por favor, não tente me encontrar. Você não vai conseguir, e não quero que faça isso. Só queria que soubesse que estou bem, que eu te amo e que você nunca fez nada de errado. Está bem? Só quero que seja feliz.

— Wendy, por que está falando assim? — Nunca tinha ouvido Matt demonstrar tanto medo, e, não dava para ter certeza, mas acho que ele começou a chorar. — Fica parecendo que não vai voltar nunca. Você não pode ir embora para sempre. Você... Seja o que for que estiver acontecendo, eu resolvo. Eu faço tudo o que for necessário. Apenas volte, Wendy.

— Desculpe mesmo, Matt, mas não posso. — Eu limpei os olhos e balancei a cabeça. — Ligo de novo para você se puder. Se eu não der notícias, não se preocupe, eu estou bem.

– Wendy! Pare de falar assim! – gritou Matt. – Você precisa voltar para cá! Wendy!

– Adeus, Matt. – Desliguei enquanto ele gritava meu nome.

Respirei fundo e lembrei que isso era a única coisa que eu podia fazer. Era a única maneira de deixá-los em segurança, e era o mais seguro para mim, exatamente o que Matt iria querer.

Se ele soubesse o que estava acontecendo, concordaria plenamente. Mas isso não mudava o fato de que tinha sido uma tortura enorme me despedir dele daquela maneira. Escutar pelo telefone sua dor e sua frustração tão evidentes...

– Ei, Wendy. Você fez a coisa certa – tranquilizou-me Finn, mas eu apenas funguei.

Ele esticou o braço e pegou minha mão, apertando-a levemente. Normalmente, eu ficaria encantada com aquilo, porém, agora estava usando todas as minhas forças para não cair aos prantos nem vomitar. Enxuguei as lágrimas, mas, pelo jeito, eu não conseguiria parar de chorar.

– Vem aqui – disse Finn baixinho. Ele colocou o braço ao redor dos meus ombros e me puxou para perto. Descansei a cabeça em seu ombro, e ele me abraçou com força.

SETE

förening

Respirando fundo, finalmente consegui parar de chorar. Apesar de Finn não estar mais com o braço ao meu redor, ainda estávamos sentados tão juntos que um praticamente encostava no outro. Quando o olhei, ele notou isso e colocou o braço mais longe.

— O que está acontecendo? – perguntei. – Quem eram aquelas pessoas? Por que a gente teve que fugir?

Finn olhou para mim por um instante, depois voltou a olhar para a rua e respirou fundo.

— Essa resposta é bem longa e vai ser explicada melhor pela sua mãe.

— Minha mãe? – Eu não entendia o que mais Kim poderia saber sobre isso, então percebi que ele estava falando sobre a minha *verdadeira* mãe. – Vamos vê-la? Onde ela está? Para onde vamos?

— Förening – explicou Finn. – É onde eu moro, onde você vai morar. – Ele deu um pequeno sorriso para aliviar as minhas preocupações, e aquilo funcionou um pouco. – Infelizmente, é uma viagem de cerca de sete horas de carro.

– Onde fica?

– Em Minnesota, ao longo do rio Mississipi, numa área bem isolada – disse Finn.

– E o que é este lugar para onde estamos indo, Förening? – perguntei, olhando para ele.

– É mais ou menos uma cidade – disse Finn. – Eles acham que está mais para um condomínio, mas feito um condomínio dos Kennedy. É apenas uma comunidade fechada exagerada, sério.

– Então tem pessoas morando lá também? Quer dizer, humanos. – Já estava me perguntando se poderia levar Matt comigo.

– Humanos no sentido como você está falando, não. – Ele hesitou antes de continuar e olhou para mim pelo canto do olho. – São todos Trylle, rastreadores e mänsklig. No total, uns cinco mil moram lá. Temos postos de gasolina, um pequeno mercado e um colégio. É apenas uma comunidade muito pequena e quieta.

– Caraca. – Meus olhos arregalaram-se. – Está dizendo que existe uma cidade inteira só de... trolls? Em Minnesota? E ninguém nunca percebeu?

– Nós vivemos muito discretamente – reiterou Finn. – E existem maneiras de fazer com que as pessoas não percebam.

– Assim fica parecendo que você é da máfia – comentei, e Finn deu um sorriso torto. – Vocês colocam as pessoas para comer capim pela raiz, algo assim?

– A persuasão é uma habilidade muito poderosa – disse ele, e seu sorriso desapareceu.

– Então você tem persuasão? – perguntei cuidadosamente. Parecia que algo o tinha chateado. Como imaginei, ele balançou a cabeça. – Por que não?

— Sou um rastreador. Nossas habilidades são diferentes. – Ele olhou para mim e, sentindo que eu faria mais perguntas, continuou. – Elas são mais apropriadas para rastrear, é claro. A persuasão não é muito útil nessa área.

— E o que é útil? – insisti, e ele suspirou cansadamente.

— É difícil explicar. Não são nem habilidades de verdade no sentido da palavra. – Seu maxilar estalou, e ele mudou de posição no banco. – É mais instinto e intuição. Como um cão de caça seguindo um cheiro, exceto que não sinto de fato o cheiro de uma coisa. É apenas algo que sei. – Ele olhou para mim, para ver se eu estava entendendo, porém, apenas o fitei inexpressivamente.

— Por exemplo, quando você foi visitar aquela mulher outro dia. – Aquela mulher que eu passei a vida toda achando que era minha mãe. – Eu sabia que você estava longe e sabia que havia algo a angustiando.

— Você sabe quando estou chateada? Mesmo quando não está perto de mim? – perguntei.

— Enquanto estiver rastreando você, sim – disse Finn, concordando com a cabeça.

— Achei que você tinha dito que não era sensitivo – murmurei. – Para mim, ser capaz de saber o que estou sentindo parece sensitivo demais até.

— Não, eu disse que não conseguia ler mentes, e não consigo – acrescentou. – Eu nunca tenho nem ideia do que você está pensando. – Nem tudo o que você está sentindo eu sei – continuou ele. – Apenas angústia e medo. Eu preciso ficar alerta para situações em que você está em perigo, para poder ajudá-la. Meu trabalho é mantê-la em segurança e trazê-la para casa.

— Como você sabe como rastrear pessoas como eu? Quer dizer, antes de nos encontrar.

— Sua mãe tem coisas de quando você era bebê. Normalmente uma mecha de cabelo – detalhou Finn. – A partir daquilo eu sinto uma vibração. Além disso, seus pais normalmente têm noção de onde você está. Quando estou perto de você, começo a sentir seu cheiro de verdade, e pronto.

Um estranho calor tomou conta do meu peito. Minha mãe tinha coisas minhas. Kim nunca deu valor a nada meu, mas alguém em algum lugar havia feito isso. Ela tirou uma mecha do meu cabelo quando nasci e guardou durante todos esses anos.

— É por isso que você ficava olhando para mim o tempo todo? Porque estava tendo essa... essa sensação? – Lembrei-me dos seus olhos sempre em mim e de que eu nunca conseguia entender sua expressão.

— É. – Havia alguma coisa na resposta dele. Ele não estava exatamente mentindo, ainda assim, senti que estava deixando de falar algo. Pensei em continuar insistindo, mas havia tantas outras coisas que eu queria saber.

— E... com que frequência você faz isso?

— Você é a décima primeira pessoa. – Ele olhou para mim para sondar minha reação, então mantive meu rosto o mais inexpressivo possível.

Fiquei um pouco surpresa com a resposta dele. Primeiro de tudo, parecia um processo bem demorado. E ele parecia muito jovem para ter feito isso onze vezes. Além do mais, era enervante pensar que havia mais changelings por aí.

— Há quanto tempo faz isso?

— Desde que fiz quinze anos – respondeu Finn.

— Quinze? Não pode ser! — Balancei a cabeça. — Está tentando me dizer que quando tinha quinze anos seus pais soltaram você no mundo para rastrear e encontrar adolescentes? E esses adolescentes confiaram e acreditaram em você?

— Sou muito bom no que faço — respondeu Finn com franqueza.

— Mesmo assim. Isso parece tão... surreal. — Não conseguia entender. — Todos eles voltaram com você?

— Sim, claro — disse ele simplesmente.

— Eles sempre fazem isso? Quer dizer, com todos os rastreadores?

— Não, não fazem. Normalmente fazem, mas não sempre.

— Mas com você eles sempre voltam? — insisti.

— Sim. — Finn olhou para mim novamente. — Por que está achando tão difícil acreditar?

— Estou achando tudo difícil de acreditar. — Tentei identificar o que exatamente estava me incomodando. — Espere. Você tinha quinze anos? Então quer dizer que você nunca... você não foi um changeling. Todos são? Como isso funciona?

— Os rastreadores nunca são changelings. — Ele esfregou a nuca e contraiu os lábios. — Acho melhor a sua mãe lhe explicar sobre os changelings.

— Por que os rastreadores nunca são changelings? — questionei.

— Precisamos passar a vida toda sendo treinados para ser rastreadores — disse Finn. — E nossa juventude é uma vantagem. É muito mais fácil aproximar-se de um adolescente quando você mesmo é um adolescente do que quando tem quarenta anos.

— Boa parte do que você faz é conquistar confiança. — Fitei-o desconfiadamente.

— É isso mesmo — admitiu Finn.

— Então no baile, quando você foi o maior babaca comigo, estava conquistando minha confiança?

Por uma fração de segundo, ele pareceu angustiado, depois sua expressão normal e sem emoção voltou.

— Não. Ali eu estava colocando uma distância entre a gente. Não devia tê-la convidado para dançar. Estava tentando corrigir o erro. Precisava que você confiasse em mim, mas qualquer coisa a mais levaria a conclusões erradas.

Tudo o que havia acontecido entre a gente tinha sido apenas porque ele estava tentando me levar para o condomínio. Estava me mantendo em segurança, fazendo com que eu gostasse dele, e, quando percebeu que eu estava ficando a fim, tentou me colocar no meu lugar. Era doloroso demais, por isso apenas engoli em seco e fiquei olhando pela janela.

— Desculpe se magoei você — disse Finn baixinho.

— Não se preocupe — respondi friamente. — Você estava apenas fazendo seu trabalho.

— Sei que você está ironizando, mas eu estava mesmo fazendo meu trabalho. — Ele fez uma pausa. — Ainda estou.

— Bem, você o faz muito bem. — Cruzei os braços e olhei pela janela.

Não estava mais com vontade de conversar. Ainda tinha mil perguntas sobre tudo, mas preferia esperar e conversar com outra pessoa, qualquer pessoa. Achei que estava ansiosa e animada demais para dormir. Mesmo assim, depois de cerca de uma hora de viagem, comecei a ficar sonolenta. Esforcei-me para ficar acordada até perceber que a viagem seria mais rápida se eu simplesmente dormisse.

Quando abri os olhos, o sol brilhava fortemente acima de nós. Eu havia me encurvado no banco com os joelhos pressionando o peito, então todo o meu corpo estava dolorido. Olhei ao redor, depois sentei e me alonguei, tentando me livrar do torcicolo.

– Achei que você fosse dormir a viagem inteira – disse Finn.

– Falta quanto? – Eu bocejei e deslizei um pouco as costas no banco, apoiando os joelhos no painel.

– Não muito.

A paisagem havia começado a dar lugar a ribanceiras altas e arborizadas. O carro subia e descia pelos vales e montes; aquilo tudo era mesmo formidavelmente bonito. Em dado momento, Finn desacelerou e fez uma curva, dirigindo até o topo de uma ribanceira. Logo a estrada curvou-se para baixo novamente, serpenteando no meio das árvores. Atrás delas, dava para ver o rio Mississipi cortando o meio das ribanceiras.

Um grande portão de metal bloqueava nosso caminho, mas, quando chegamos a ele, um guarda balançou a cabeça para Finn e acenou para nós. Quando passamos, vi lindas casas espalhadas pelas ribanceiras.

Estavam todas bem escondidas pelas árvores, o que me dava a estranha sensação de que tinha mais casas do que eu de fato via. No entanto, cada uma delas parecia luxuosa e perfeitamente localizada para melhor aproveitar a vista.

Paramos na frente de uma mansão magnífica, equilibrada na borda da ribanceira. Era toda branca, com longas videiras crescendo lindamente por cima. A parte de trás, voltada para o rio, era composta inteiramente de janelas, mas parecia ter sido construída com suportes fracos. Apesar de ser maravilhosa, parecia que a casa ia despencar a qualquer momento.

– O que é isso? – Parei um pouco de ficar embasbacada com a casa e olhei para Finn.

Ele sorriu daquele jeito que me deixava arrepiada. – É aqui. Bem-vinda a sua casa, Wendy.

A família que me criara era rica, mas não era nada assim. Isso era aristocrático. Finn levou-me até a casa, e eu não conseguia acreditar que na verdade era dali que eu tinha vindo. Nunca me senti tão pequena ou insignificante em toda a minha vida.

Com uma casa assim, esperei que um mordomo viesse abrir a porta. Em vez disso, veio apenas um garoto. Ele parecia ter a minha idade, com cabelos cor de areia caindo por cima da testa. Era muito atraente, mas fazia sentido, pois não dava para imaginar que alguma coisa feia sairia de uma casa daquela. Era perfeita demais.

De início, ele pareceu confuso e surpreso, mas quando viu Finn, entendeu e abriu um grande sorriso.

– Ai, meu Deus. Você deve ser Wendy. – Ele abriu a gigantesca porta da frente para que entrássemos.

Finn deixou que eu entrasse primeiro, o que me deixou nervosa. Fiquei envergonhada com a maneira como aquele garoto olhava para mim, principalmente levando em conta que eu estava de pijama e minha bochecha estava machucada. Ele estava vestido como qualquer garoto normal dos colégios em que estudei, pelo menos os particulares, e eu achava aquilo estranho. Era como se fosse natural para ele sair por aí de smoking de manhã cedo.

– Hum, sou – murmurei desajeitadamente.

– Ah, desculpe, meu nome é Rhys. – Ele tocou no peito, apontando para si mesmo, e se virou para Finn. – Não estávamos achando que você fosse voltar tão rápido.

— Coisas acontecem — explicou Finn, evasivo.

— Adoraria ficar aqui e conversar, mas cheguei há pouco para almoçar em casa e já estou atrasado para voltar ao colégio. — Rhys deu uma olhada ao redor e olhou para nós como que pedindo desculpas. — Elora está lá embaixo, na sala de desenho. Você sabe chegar lá, não é?

— Sei — disse Finn, assentindo.

— Certo. Desculpe por ter que correr assim. — Rhys sorriu, encabulado, e pegou a bolsa a tiracolo que estava no chão, perto da porta da frente. — Foi mesmo um prazer conhecê-la, Wendy. Tenho certeza de que vamos nos ver bem mais vezes.

Quando ele saiu, parei um instante para assimilar o que havia ao meu redor. Os assoalhos eram de mármore, e havia um gigantesco candelabro de cristal em cima da gente. De onde eu estava, dava para enxergar uma vista de tirar o fôlego pelas janelas da parede traseira da casa. Era vidro do chão ao teto, e tudo o que eu via eram topos de árvores e o rio correndo abaixo. Era o suficiente para me deixar com vertigem, e olha que eu estava do outro lado da casa.

— Vamos. — Finn foi andando na minha frente, virou num corredor mobiliado, e eu corri atrás dele.

— Quem era aquele? — sussurrei, como se as paredes pudessem me ouvir. Elas estavam cheias de quadros; alguns, inclusive, eram de pintores famosos.

— Rhys.

— Sim, eu sei, mas... ele é meu irmão? — perguntei.

— Não — respondeu Finn. Esperei algo além disso, mas aparentemente era tudo o que ele tinha a dizer sobre o assunto.

Ele entrou num cômodo abruptamente. Era num dos cantos da casa, por isso duas das paredes eram todas de vidro. Uma parede interior tinha uma lareira; acima dela, havia o retrato de um senhor mais velho e atraente. A outra parede interior estava cheia de livros. A mobília do quarto era elegante e antiga, e havia uma chaise-longue de veludo aprumada na frente da lareira.

No canto havia uma mulher sentada num banco, de costas para nós. Seu vestido era escuro e leve, assim como o cabelo em suas costas. Uma grande tela estava apoiada no cavalete à sua frente. Estava pintada pela metade, mas parecia ser algum tipo de incêndio, com uma fumaça preta escoando por cima de candelabros quebrados.

Ela continuou pintando por alguns minutos enquanto estávamos lá. Olhei para Finn, que apenas balançou a cabeça, tentando me silenciar antes que eu fizesse qualquer comentário. Ele segurava as mãos atrás das costas e estava com a postura bem rígida, parecendo um soldado.

– Elora? – disse Finn com cautela, e tive a impressão de que ela o intimidava. Isso era tão enervante quanto surpreendente. Ele tinha o perfil de quem não se intimidava com ninguém.

Quando ela virou em nossa direção, eu prendi a respiração. Ela era bem mais velha do que eu esperava, provavelmente na casa dos cinquenta, mas havia algo de esplendidamente elegante e bonito nela, especialmente seus olhos grandes e escuros. Quando jovem, ela devia ser impressionantemente atraente. Mesmo naquele momento eu mal acreditava que ela era de verdade.

– Finn! – A voz dela era angélica e nítida, sua surpresa foi cativante. Com um movimento gracioso, ela levantou-se depressa, e Finn curvou-se diante ela. Isso me deixou um pouco confusa, mas tentei imitá-lo desajeitadamente, o que a fez rir. Ela olhou para Finn, apontando para mim. – É ela?

—Sim. É, sim. – Havia uma pitada de orgulho na voz dele. Ele havia me levado até ali, e eu começava a perceber que isso fora algo bem especial.

Quando ela se movimentava, parecia ainda mais majestosa e elegante. O comprimento de sua saia girava ao redor dos pés, dando a impressão de que ela flutuava em vez de andar.

Ao chegar à minha frente, ela me observou minuciosamente. Pareceu desaprovar meu pijama, especialmente as manchas de sujeira nos joelhos que adquiri durante a briga, mas foi o machucado no rosto que fez com que ela contraísse os lábios.

— Minha nossa. – Os olhos dela se arregalaram de surpresa, mas a expressão dela não tinha nada de preocupação. – O que aconteceu?

— Vittra – respondeu Finn com o mesmo desdém de antes.

— Foi? – Elora ergueu a sobrancelha. – Quais?

— Jen e Kyra – disse Finn.

— Entendo. – Elora olhou para o nada por um instante, realinhando amassados inexistentes do vestido. Suspirando com contrariedade, olhou para Finn. – Tem certeza de que foi apenas Jen e Kyra?

— Creio que sim – disse Finn, refletindo. – Não vi nenhum sinal de outros, e eles teriam pedido ajuda caso houvesse alguém a mais. Eles queriam mesmo levar Wendy. Jen foi violento com ela.

— Estou vendo. – Elora olhou de volta para mim. – Ainda assim, você é encantadora. – Ela parecia quase admirada comigo, e senti minhas bochechas corarem. – É Wendy, não é?

— Sim, senhora. – Eu sorri nervosamente para ela.

— Que nome comum para uma garota tão extraordinária. – Ela pareceu insatisfeita por um instante, depois se virou para Finn.

– Excelente trabalho. Está dispensado enquanto converso com ela. Mas fique por perto. Quando precisar de você, vou chamá-lo.

Finn curvou-se mais uma vez antes de sair da sala. Seu nível de reverência me deixou constrangida. Não sabia como agir diante dela.

– Meu nome é Elora, e não espero que você me chame de outro jeito. Sei que você ainda tem de se acostumar a muitas coisas. Lembro-me da primeira vez em que vim para cá. – Ela sorriu e balançou levemente a cabeça. – Foi uma época muito confusa. – Eu concordei com a cabeça, sem saber direito o que fazer enquanto ela gesticulava expansivamente para o cômodo. – Sente-se. Temos muito que conversar.

– Obrigada. – Sentei na beira do sofá sem muita segurança, com medo de que, se me sentasse de verdade, eu o quebraria ou algo do tipo.

Elora foi para a chaise-longue, onde se deitou de lado, deixando o vestido espalhar-se ao seu redor. Ela apoiou a cabeça na mão e me observou com intensa fascinação. Seus olhos eram escuros e bonitos, e havia algo familiar neles. Eles lembravam um animal selvagem preso numa jaula.

– Não estou certa se Finn explicou para você, mas sou sua mãe – disse Elora.

OITO

família

Era impossível. Queria corrigi-la. Devia haver algum engano. Nada tão deslumbrante e elegante como ela seria capaz de gerar algo como eu. Eu era desajeitada e impulsiva. O cabelo dela era como seda; o meu, como já haviam me dito, era como palha de aço. Não tinha como eu ser parente dela.

— Ah. Estou vendo que ele não disse. Pela sua expressão de espanto, suponho que você não esteja acreditando em mim — disse Elora. — Mas garanto que é impossível confundir quem você é. Escolhi pessoalmente a família Everly para você e eu mesma a entreguei para eles. Finn é o melhor rastreador que temos, então é impossível que você seja outra pessoa e não a minha filha.

— Desculpe. — Mudei de posição no sofá, constrangida. — Não quis duvidar de você. Eu apenas...

— Entendo. Você ainda está acostumada ao seu jeito humano de ser. Tudo isso mudará em breve. Finn explicou tudo para você sobre os Trylle?

— Na verdade, não — admiti com cuidado, com medo de causar problemas para ele.

— Tenho certeza de que você tem muitas perguntas. Deixe que eu explique tudo, e, se depois você ainda tiver dúvidas, pode perguntar quando eu terminar. – Elora tinha uma frieza na voz, e eu duvidava de que eu fosse capaz de questioná-la sobre qualquer coisa.

— Para os leigos, os Trylle são trolls, mas esse termo é antiquado e pejorativo, e, como você está vendo, não faz jus a nós. – Elora gesticulou para a extensão do quarto, com toda a sua graça e elegância, e eu fiz que sim com a cabeça. – Somos parentes próximos dos humanos, mas temos uma conexão maior com nós mesmos. Temos habilidades, inteligência e beleza que superam em muito as dos humanos.

"Duas distinções importantes nos separam dos humanos – continuou Elora. – Nós queremos viver uma vida quieta, em sintonia com a terra e com nós mesmos. Trabalhamos com o objetivo de fortalecer nossas habilidades, a fim de usá-las para melhorar nossas vidas, proteger a nós mesmos e o mundo ao nosso redor. Dedicamos nossas vidas inteiras a isso. Förening existe apenas para preservar e melhorar o jeito Trylle de viver.

"A outra distinção é a maneira como mantemos esse estilo de vida, mas isso não é tão diferente assim. – Ela olhou pela janela, pensativa. – As crianças humanas têm suas escolas, mas aqueles lugares as preparam para uma vida de servidão. Não é o que queremos. Queremos uma vida de liberdade total e completa. É por isso que temos os changelings.

"A prática de changeling data de centenas, talvez milhares de anos. – Elora olhou para mim seriamente, e eu engoli de volta a náusea que crescia no meu estômago. – Originalmente, éramos habitantes das florestas, bem menos... industrializados do que você está vendo agora. Nossos filhos tendiam a passar fome e a ter problemas de saúde, e não tínhamos um sistema educacional adequado. Por causa disso, deixávamos nossos bebês no lugar dos bebês humanos para que eles tivessem os benefícios que apenas uma infância humana seria capaz de oferecer. Depois, quando tinham idade suficiente, eles voltavam para nós.

"Essa prática evoluiu porque nós evoluímos. Os changelings eram mais saudáveis, mais instruídos e mais ricos que os Trylle correspondentes que ficavam para trás. A partir de certo momento, toda criança que nascia virava um changeling. Claro que agora seríamos capazes de ter facilmente os mesmos benefícios da população humana, mas com que finalidade? Para manter nosso nível atual de existência, teríamos que sair do conforto do condomínio e passar nossas vidas fazendo trabalhos inferiores. Simplesmente não daria certo.

"Então passamos a deixar nossas crianças com as famílias humanas mais ricas e sofisticadas. Os changelings vivem a melhor infância que o mundo tem a oferecer, depois voltam com uma herança de suas famílias hospedeiras que enche a nossa sociedade de riqueza. Claro que esse não é o único objetivo, mas é boa parte da razão de podermos viver assim. O dinheiro que a pessoa obtém de sua família hospedeira vai sustentá-la pelo resto da vida.

— Espere. Desculpe. Sei que não devo interromper, mas... – Molhei os lábios e balancei a cabeça. – Preciso apenas esclarecer algumas coisas.

— Claro – disse Elora, mas havia uma pitada de veneno em sua voz.

— Quando eu era bebê, você me deu para estranhos para eles me criarem, para que assim eu tivesse bons colégios, uma boa infância e trouxesse dinheiro de volta. É isso?

— Sim. — Elora ergueu a sobrancelha, desafiando-me a questionar aquilo.

Eu queria tanto gritar que estava tremendo. Ainda assim, continuava com medo dela. Ela parecia ser capaz de me partir na metade com a mente, então apenas girei meu anel do dedão e fiz que sim com a cabeça. Ela me abandonou com uma maluca que tentou me matar só porque não queria trabalhar e porque precisava do dinheiro.

— Posso continuar? — perguntou Elora sem nem tentar disfarçar o tom condescendente de sua voz. Assenti humildemente. — Nem lembro o que estava dizendo. — Ela balançou a mão, irritada. — Se tiver mais alguma dúvida, acho que pode perguntar agora.

— O que são os Vittra? — perguntei, tentando me distrair da raiva que estava sentindo dela. — Não entendo quem são nem o que queriam comigo.

— Förening é povoada pelos Trylle. — Elora estendeu a mão num gesto amplo. — O conceito de Trylle é algo parecido com uma tribo. Somos trolls, e, ao longo dos anos, nossa população tem diminuído. Éramos muitos, mas agora existem menos de um milhão de trolls no planeta inteiro.

"Somos uma das maiores tribos restantes, mas não somos a única — continuou Elora. — Os Vittra são uma facção rival e estão sempre querendo pegar alguns dos nossos membros. Ou para nos converter para o lado deles ou simplesmente para se livrar de nós.

— Então os Vittra querem que eu more com eles? — Eu enruguei o nariz. — Por quê? Como eu seria útil para eles?

— Eu sou a rainha. — Ela fez uma pausa, deixando que eu assimilasse. — Você é a princesa. Você é minha única filha, é o que sobrou do meu legado.

— O quê? — Senti meu queixo cair.

— Você é a princesa — explicou Elora com um sorriso condescendente. — Um dia você será rainha. Ser a líder dos Trylle acarreta muitas responsabilidades.

— Porém, se eu não estiver aqui, você não vai simplesmente achar um substituto? Quer dizer, vai haver uma rainha aqui mesmo que não seja eu — falei, esforçando-me para entender tudo isso.

— Não é tão simples. Nós não somos criados de maneira equiparada — continuou Elora. — Os Trylle são muito mais dotados que os outros. Você já faz uso da persuasão e tem potencial para muito mais. Os Vittra têm sorte quando possuem alguma habilidade. Acrescentando você à tropa, eles ganhariam muito em poder e em influência.

— Está dizendo que sou poderosa? — Ergui a sobrancelha cinicamente.

— Você vai ser — acrescentou Elora. — É por isso que precisa viver aqui, para aprender os nossos costumes, assim você poderá tomar o lugar que é seu por direito.

— Certo. — Respirei fundo e alisei a calça do meu pijama.

Nada disso parecia ser verdade ou fazia sentido. Pensar em mim mesma como rainha era algo totalmente absurdo. Eu mal conseguia me fazer passar por adolescente desajeitada.

— Finn vai ficar para tomar conta de você. Já que eles estão atrás de você, proteção extra será prudente. — Elora alisou a saia sem olhar para mim. — Tenho certeza de que você tem muitas outras perguntas, mas as respostas virão com o passar do tempo. Por que não vai tomar um banho?

— Espere — disse eu, com minha voz baixa e hesitante. Ela levantou a cabeça, olhando para mim sem se afetar. — Apenas... hum... Onde está meu pai?

— Ah. — Elora desviou o olhar para a janela. — Morto. Sinto muito. Aconteceu logo depois que você nasceu.

Finn havia me prometido uma vida diferente, onde eu teria a sensação de pertencer a algum lugar, mas, na verdade, parecia ser exatamente a mesma vida com enfeites diferentes. Minha mãe daqui parecia quase tão fria quanto minha mãe de mentira, e, nas duas vidas, meu pai estava morto.

— Além disso, eu não tenho nenhum dinheiro — Eu mudei de posição, inquieta.

— Claro que não. E provavelmente não vai ter acesso ao seu fundo fiduciário até completar vinte e um anos, mas, com persuasão, você pode pegá-lo antes. Finn diz que você já está bem avançada em relação a isso.

— O quê? — Balancei a cabeça. — Não. Eu nem tenho um fundo fiduciário.

— Eu escolhi os Everly especificamente por causa da riqueza — disse Elora com franqueza.

— Sim, eu sei que você os escolheu por causa do dinheiro, pois com certeza não foi pela saúde mental. — Abaixei os olhos, percebendo que tinha sido insolente, mas logo continuei: — Meu pai se matou quando eu tinha cinco anos, então o seguro dele não serviu para nada. Minha mãe nunca trabalhou um dia na vida e está num hospital psiquiátrico há onze anos, o que consumiu muito do dinheiro. Além disso, nós nos mudamos muito e gastamos muito dinheiro com casas e matrículas. Não somos realmente pobres, mas acho que nós não temos nem de perto a riqueza que você imagina.

— Pare de dizer "nós". Eles não são parte de você — retrucou Elora, sentando-se. — Como assim? Os Everly são uma das famílias mais ricas do país. É impossível que vocês tenham gastado tudo que eles tinham.

— Não sei quanto dinheiro nós... *eles* têm, mas nós não... é... eu não vivia como se eles fossem tão ricos assim. — Eu estava quase gritando de frustração. — E você não estava me ouvindo, eu tive uma infância *terrível*. A minha falsa mãe tentou me matar!

Elora ficou mais abalada com a revelação de que minha família não era abastada do que ao saber que Kim tentou me matar. Ela ficou imóvel por um instante, depois respirou fundo.

— Ah! Então ela era uma daquelas.

— Como assim? — insisti, e, àquela altura, estava furiosa. Não dava para acreditar na maneira despreocupada e insensível como ela reagiu ao saber da tentativa de me assassinarem. — Uma daquelas?

— Bem. — Elora balançou a cabeça, como se não devesse ter dito aquilo. — Uma vez ou outra a mãe percebe. Às vezes ela machuca o filho ou o mata.

— Ora! Você sabia que existia o risco de ela me matar? — retruquei e me levantei. — Você sabia que eu poderia morrer, mas mesmo assim me abandonou? Você não se importou nem um pouco com o que poderia acontecer comigo!

— Não seja tão melodramática — Elora revirou os olhos. — É assim que vivemos. É um risco muito pequeno, raramente acontece. E você sobreviveu. Não houve nenhum dano.

— Nenhum dano? — Levantei a camisa, mostrando a cicatriz que se estendia ao longo da minha barriga. — Eu tinha seis anos e levei sessenta pontos. Você chama isso de nenhum dano?

— Você está sendo repugnante. — Elora levantou-se e balançou a mão. — De jeito nenhum. Uma princesa não deve se comportar assim.

Eu queria protestar, mas não saiu nada da minha boca. A reação dela fez com que me sentisse estranha e confusa. Cobri novamente a barriga com a camisa e Elora deslizou em direção à janela. Ela juntou as mãos à sua frente e olhou para fora. Não falou uma palavra, mas, um minuto depois, Finn apareceu à porta.

– Precisa de algo, Elora? – Finn fez uma pequena reverência, mesmo com ela de costas, o que me fez pensar que ela provavelmente era capaz de vê-lo mesmo quando não estava olhando.

– Wendy está cansada. Acomode-a em seu quarto – ordenou Elora modestamente. – Providencie tudo de que ela precisar.

– Claro. – Finn olhou para mim. Seus olhos escuros eram reconfortantes, e, apesar de saber que era apenas o trabalho dele, senti alívio por saber que ele estava lá.

Ele saiu apressadamente, e corri atrás dele. Abracei meu próprio corpo com força, tentando acalmar os nervos. Minha cabeça ainda estava rodando com tanta coisa, tentando entender onde eu me encaixava nisso tudo.

No entanto, Elora tinha razão. Eu provavelmente precisava de um banho, e, se eu deixasse para pensar no dia seguinte, talvez tudo parecesse melhor de alguma maneira. Mas eu duvidava.

Finn levou-me por uma escada curva, depois por mais um corredor decorado. No fim, havia uma porta pesada que ele abriu, mostrando o que presumi ser meu quarto. Era gigantesco, com um teto alto abobadado e uma parede feita inteiramente de janelas, o que dava a impressão de que o quarto era ainda maior.

No centro, havia uma cama enorme de quatro colunas e, ao redor dela, um conjunto de móveis modernos e reluzentes. O quarto ostentava um laptop, uma televisão de tela plana, jogos, iPod e todos os outros aparelhos de que eu quisesse dispor. Finn abriu a porta do closet, que já estava repleto de roupas. Ele abriu outra porta e acendeu a luz, mostrando um banheiro privativo, que parecia mais um SPA.

— Como você sabe onde fica tudo? — perguntei. Ele parecia conhecer a casa muito bem. Tê-lo ali a meu lado me acalmava um pouco.

— Eu fico aqui de vez em quando — respondeu Finn, descontraído.

— O quê? Por quê? — Senti uma pontada horrível de ciúmes, aterrorizada com a ideia de que Finn estivesse de algum modo envolvido perversamente com Elora. Ele parecia mesmo reverenciá-la mais do que eu achava que deveria.

— Proteção. Sua mãe é uma mulher muito poderosa, mas ela não é todo-poderosa — explicou Finn vagamente. — Como sou rastreador, posso me conectar a ela. Posso sentir o perigo e ajudá-la se for necessário.

— E é necessário? — Naquele momento, eu não me importava mesmo se um bando de saqueadores raivosos tentasse matá-la, mas, se havia ataques frequentes ao "castelo" dela, achei que deveria saber.

— Vou ajudar você a se adaptar. Todos sabem que não é um sistema perfeito. O quarto de Rhys é no fim do corredor. O meu quarto, assim como o de Elora, fica na outra ala.

Não deixei de perceber que Finn tinha ignorado totalmente a minha pergunta, mas, como o dia tinha sido longo, deixei para lá. Com certeza eu me sentia melhor por saber que ele estaria por perto. Acho que não aguentaria tudo isso se fosse deixada sozinha naquela casa com aquela mulher. Apesar de obviamente ser poderosa e belíssima, ela não era nada afetuosa.

Até então, eu não tinha nem percebido que desejava isso. Depois de anos rejeitando as tentativas de Maggie, e até de Matt, de se aproximar de mim, eu não sabia o quanto sentiria falta de afeto humano quando não o tivesse mais.

– Então... foi você que fez isso? – Apontei para o meu quarto de alta tecnologia.

– Não. Rhys o decorou. – Finn não parecia muito interessado por nenhum dos apetrechos caros que havia pelo quarto, então fazia sentido. – E acho que todas as roupas foi Willa que escolheu. Você vai conhecê-la depois.

– Rhys não é meu irmão? – perguntei novamente. Não conseguia entender como ele se encaixava nessa história toda. Tínhamos nos conhecido rapidamente, mas ele parecia legal e normal.

– Não. Ele é mänskling – respondeu Finn, como se eu fosse entender.

– O que isso significa? – Franzi a testa para ele.

– Significa que ele não é seu irmão – respondeu Finn com franqueza e deu um passo em direção à porta. – Precisa de alguma coisa antes que eu vá embora?

A sua decisão repentina de ir embora me deixou desapontada, especialmente quando eu me sentia tão isolada e confusa, mas não tinha nenhuma razão para detê-lo ali. Ainda abraçando a mim mesma com força, balancei a cabeça e me sentei na cama. Em vez de ir embora, Finn parou e olhou para mim.

– Você vai ficar bem com tudo isso? – perguntou Finn, observando-me atentamente.

– Não sei – admiti. – Não era mesmo o que eu esperava. – Era bem mais grandioso e bem pior do que qualquer coisa que eu tivesse imaginado. – Eu apenas... Sinto como se estivesse em *O diário da princesa*, mas com Julie Andrews no papel de ladra.

— Hum — murmurou Finn, compreensivo, e voltou para perto de mim. Ele sentou-se na cama e cruzou os braços por cima do peito. — Eu sei que este modo de vida é difícil de entender para algumas pessoas.

— Eles são golpistas, Finn. — Engoli a seco. — Nada mais do que isso. É apenas uma maneira de roubar dinheiro de pessoas ricas. Mas ela se deu mal. Minha família não é tão rica.

— Garanto que, para ela, você é bem mais importante do que isso, muito mais. Elora é uma mulher complicada, e demonstrar emoções não é algo fácil para ela. Ainda assim, ela é uma mulher boa. Independentemente de você ter dinheiro ou não, você terá seu lugar aqui.

— Você sabe quanto dinheiro eles têm? Os Everly? — perguntei.

— Sei — disse Finn, quase com hesitação. — Elora me fez conferir suas finanças enquanto eu a rastreava.

— Quanto? — perguntei.

— Você quer saber seu fundo e o que vai herdar ou a riqueza total da sua guardiã e do seu irmão? — Finn estava inexpressivo. — Quer seu patrimônio líquido? Suas posses líquidas? Está incluindo propriedades, como a casa que eles ainda têm nos Hamptons? O valor em dólares?

— Na verdade, não me importo. — Balancei a cabeça. — Estava apenas... Elora tinha certeza de que nós tínhamos muito dinheiro, então fiquei curiosa. Eu só soube hoje que tinha um fundo fiduciário.

— Sim, vocês têm mesmo muito dinheiro — disse Finn. — Mais do que Elora achava inicialmente. — Balancei a cabeça e olhei para meus pés. — Você tinha um padrão de vida bem abaixo de sua riqueza.

— Acho que Maggie achou que assim seria melhor para mim e para Matt, e eu nunca me importei muito com dinheiro. — Eu continuava encarando meu pé e finalmente olhei para Finn. — Eles teriam me dado qualquer coisa. Teriam me dado tudo se eu tivesse pedido. Mas eu nunca vou pegar nenhum dinheiro deles, nem para mim e com certeza não para Elora. Diga isso para ela quando voltar para lá.

Esperava que ele protestasse de alguma maneira, mas Finn me surpreendeu. Os lábios dele insinuaram um sorriso. Se demonstrava alguma coisa, quase parecia estar orgulhoso de mim.

— Digo, sim — prometeu, com um tom de deleite na voz. — Mas agora você deveria tomar um banho. Vai se sentir melhor depois.

Finn ajudou a me acomodar no quarto. Meu closet era gigantesco e abarrotado, porém, ele sabia exatamente onde estava meu pijama. Ele me ensinou a fechar as persianas das janelas, que funcionavam por controle remoto, e como ligar o chuveiro exageradamente complicado.

Quando foi embora, sentei-me na borda da banheira e tentei não me deixar abalar com tudo aquilo. Estava começando a achar que talvez Matt e Maggie tivessem sido as únicas pessoas que me amavam pelo que eu era, e agora eu supostamente teria que roubar deles. Mesmo se não fosse roubar de verdade, sabia que eles me dariam espontaneamente qualquer coisa que eu pedisse, e isso só tornava a situação mais dolorosa.

NOVE

saudades de casa

Quando saí do banho, envolta num roupão macio, fiquei surpresa ao encontrar Rhys sentado na minha cama. Ele segurava meu iPod, que estava no quarto, e zapeava as músicas. Limpei a garganta ruidosamente, já que, pelo jeito, ele não tinha me ouvido sair do banheiro.

— Ah, oi! — Rhys colocou o iPod de lado e se levantou, sorrindo para mim de uma maneira que fazia seus olhos brilharem. — Desculpe. Não queria interromper você. Só queria saber como você está, se gostou daqui.

— Não sei. — Meu cabelo devia estar uma bagunça terrível, e passei o dedo entre os nós molhados. — Ainda é cedo demais para saber.

— Gostou das coisas? — perguntou Rhys, gesticulando para o quarto. — Escolhi tudo de que gosto, mas sei que isso parece vaidade. Pedi ajuda de Rhiannon, porque ela é uma garota, mesmo assim é difícil escolher coisas para alguém que você não conhece.

— Não, parece tudo ótimo. Você fez um trabalho muito bom. — Esfreguei os olhos e bocejei.

— Ah, desculpe. Você deve estar exausta. — Rhys levantou-se. — Acabei de sair do colégio e não tive a oportunidade de falar com você mais cedo. Mas... é, vou deixar você em paz.

— Espere. Você acabou de sair do colégio? — Franzi a testa, tentando entender. — Isso significa que você é um rastreador?

— Não. — Foi a vez dele de ficar confuso. — Sou mänks. — Ao ver o olhar perplexo no meu rosto, ele corrigiu-se. — Desculpe. É o mesmo que mänsklig.

— O que diabos isso significa? — perguntei. Minha baixa energia tornava difícil disfarçar a irritação.

— Eles vão explicar depois. — Rhys deu de ombros. — Enfim, vou deixar você descansar. Se eu não estiver no meu quarto, vou estar lá embaixo, comendo alguma coisa.

— Você é feliz aqui? — Deixei escapar antes de perceber como aquilo parecia rude. Os olhos dele encontraram-se com os meus por apenas um segundo, indicando algo a mais, depois ele os abaixou rapidamente.

— Por que eu não seria feliz? — perguntou Rhys, com reserva. Ele passou os dedos nos meus lençóis de seda, observando atentamente as cobertas. — Tenho tudo o que um garoto pode querer. Videogames, carros, jogos, dinheiro, roupas, empregados... — Ele parou de falar, mas depois um leve sorriso voltou ao seu rosto, e ele olhou para mim. — E agora tem uma princesa morando no mesmo corredor que eu. Estou nas nuvens.

— Não sou uma princesa de verdade. — Balancei a cabeça e coloquei o cabelo atrás da orelha. — Não no sentido verdadeiro da palavra. Quer dizer... acabei de chegar aqui.

— Na minha opinião, você parece uma princesa, sim. — O jeito como ele sorriu para mim fez com que eu quase corasse, então olhei para baixo, sem saber o que fazer.

— E você? — Deixei a cabeça abaixada, mas levantei os olhos para encontrar o olhar dele. O sorriso insinuante que apareceu nos meus lábios foi inesperado, mas não me importei. — É algum tipo de príncipe?

— Não mesmo. — Rhys deu uma risada. Ele passou a mão nos cabelos cor de areia, com um jeito bem tímido. — Vou deixá-la terminar de se vestir. O chef está de folga hoje, então o jantar é por minha conta.

Rhys virou-se e saiu pelo corredor, assobiando uma música que eu não identifiquei. Fechei a porta, querendo entender melhor isso tudo. Eu era uma Princesa Trylle de um império golpista, e havia um mänsklig morando no mesmo corredor que eu, seja lá o que fosse isso.

Eu morava nessa casa extraordinariamente linda com essas pessoas frias e indiferentes, e o preço de admissão seria roubar das únicas pessoas que se importavam comigo. Claro, Finn estava aqui, mas ele tinha deixado perfeitamente claro que só se interessava em mim por causa do trabalho.

Procurei no closet algo para vestir. A maioria das roupas parecia chique demais para mim. Não que eu tivesse crescido vestindo farrapos ou coisa do tipo. Na verdade, se minha mãe... bem, se Kim não tivesse enlouquecido e ido embora, seria exatamente esse tipo de roupa que me obrigaria a usar. Tudo peças de moda de alta classe. Terminei conseguindo desenterrar uma saia e uma camisa simples, que até pareciam algo que eu usaria de verdade.

Como estava faminta, fui para a cozinha, aceitando a oferta de Rhys. Sentia o frio do chão de azulejos nos meus pés; e, estranhamente, não havia nenhum carpete ou tapete na casa inteira.

Nunca gostei muito da sensação de um tapete tocando nos meus pés, na verdade nunca gostei de sentir nada tocando neles. Quando me lembrei do closet, percebi que, por mais que ele fosse enorme e abarrotado de coisas, não havia nenhum sapato. Devia ser algo característico dos Trylle, e isso era estranhamente reconfortante. Eu era parte de algo.

Passei pela sala de estar, que tinha uma lareira na meia-parede que a separava da elegante sala de jantar. A mobília parecia ser de madeira trabalhada manualmente e tinha um estofamento branco. O chão era todo de madeira dourada, e tudo estava apontado em direção à parede de vidro, forçando a pessoa a se voltar para a vista.

– Casa legal, não é? – disse Rhys. Eu me virei e vi que ele estava atrás de mim, rindo.

– É, sim. – Passei os olhos pela sala, apreciando-a. – Elora tem mesmo bom gosto.

– Tem. – Rhys deu de ombros. – Você deve estar com fome. Vamos. Vou improvisar algo na cozinha. – Ele foi saindo da sala, e fui atrás dele. – Mas você provavelmente vai odiar o que sei fazer. Você deve gostar mais daquelas comidas saudáveis como o resto do pessoal, não é?

– Não sei. – Nunca achei que eu fosse obcecada por saúde, mas as coisas de que eu gostava costumavam ser orgânicas ou veganas. – Gosto de coisas naturais, acho.

Ele assentiu, compreendendo, e me guiou pela sala de jantar decorada até chegarmos a uma cozinha gigantesca. Havia dois fogões profissionais, duas geladeiras gigantescas de aço inoxidável, uma ilha enorme no meio e muito mais guarda-louças do que eles seriam capazes de usar. Rhys foi até a geladeira e tirou uma garrafa de refrigerante e outra de água.

— Água, não é? — Rhys estendeu-a para mim, e eu a peguei. — Não sou um cozinheiro tão bom, mas você vai ter que se contentar com isso. O chef está de folga hoje.

— Com que frequência ele vem? – perguntei. Num lugar como esse, eles certamente tinham algum tipo de equipe de funcionários.

— Não muita. — Rhys deu um gole no refrigerante, depois o colocou no balcão da ilha e foi para a outra geladeira para começar a procurar coisas. — Só nos fins de semana, porque normalmente é quando nós recebemos convidados. Não sei o que Elora come durante a semana; eu me viro sozinho.

Recostei-me no balcão, bebendo minha água. A cozinha era parecida com a da nossa casa em Hamptons, onde Kim tentou cometer filicídio, porém ali era maior. Se ela não tivesse ido embora, eu provavelmente teria crescido assim. Na verdade, tenho certeza de que foi assim que ela cresceu.

Maggie teria vivido dessa forma com facilidade. Eu me lembrei do que Finn tinha dito sobre Matt e Maggie terem um padrão de vida bem abaixo da riqueza deles. Fiquei me perguntando por que seria tão importante para eles preservar o pé-de-meia da família.

A única explicação que fazia sentido era que eles estavam guardando-o para mim – a fim de garantir meu sustento pelo resto da vida. O que provavelmente parecia ainda mais necessário ao se considerar meus problemas no colégio.

Engraçado que o que Elora queria roubar deles era exatamente o que planejavam me dar.

Em vez disso, Maggie decidiu que cuidar de mim era mais importante do que gastar dinheiro. Ela tomou uma decisão que minha própria mãe nunca teria tomado.

– E você gosta de cogumelos shitake, não é? – dizia Rhys. Ele tirava coisas da geladeira, mas eu estava distraída demais com meus pensamentos para perceber. Os braços dele estavam cheios de verduras.

– Ah, é, adoro cogumelos. – Endireitei a postura e tentei ver tudo o que ele estava carregando; eu gostava da maioria daquelas coisas.

– Excelente. – Rhys sorriu para mim e colocou um monte de comida na pia. – Vou fazer o melhor yakisoba que você já comeu.

Ele começou a fatiar as coisas, e me ofereci para ajudá-lo, mas ele garantiu que dava conta sozinho. Ele falou o tempo todo sobre a moto nova que havia comprado na semana anterior. Tentei acompanhar, porém, tudo que sabia sobre motos era que eram rápidas e que eu gostava delas.

– O que vocês estão cozinhando aqui? – Finn entrou na cozinha, aparentando enojado.

Seu cabelo estava úmido, mostrando que ele acabara de tomar banho, e ele cheirava a grama depois que chove, só que mais doce. Passou por mim sem nem me olhar e foi até onde Rhys tinha jogado tudo numa panela wok, no fogão.

– Yakisoba! – proclamou Rhys.

– Sério? – Finn inclinou-se por cima do ombro dele e olhou para os ingredientes na panela. Rhys afastou-se um pouco para que Finn pudesse pegar algo de lá. Ele cheirou, depois colocou na boca. – Bom, não está horrível.

— Agora o meu coração parou! — Rhys colocou a mão por cima do coração e fingiu estar admirado. — Será que minha comida passou no teste do crítico culinário mais rigoroso de todos?

— Não. Eu só disse que não estava horrível. — Finn balançou a cabeça por causa do drama de Rhys e foi até a geladeira para pegar uma garrafa d'água. — E tenho certeza de que Elora é uma crítica culinária mais rigorosa do que jamais serei.

— Deve ser verdade, mas ela nunca me deixou cozinhar para ela — admitiu Rhys, balançando a wok para misturar mais os vegetais.

— Você não devia deixá-lo cozinhar para você — aconselhou Finn, olhando finalmente para mim. — Uma vez eu peguei uma intoxicação alimentar por causa dele.

— Não dá para ter intoxicação alimentar por causa de uma laranja! — protestou Rhys, e olhou para ele. — É impossível e pronto! Mesmo se fosse possível, eu *entreguei* a laranja para você. Não tive nem chance de contaminá-la!

— Não sei. — Finn deu de ombros. Ele estava começando a sorrir, e dava para perceber que gostava de ver Rhys ficar tão nervoso.

— Você nem comeu a parte em que toquei! Você descascou e jogou a casca fora! — Rhys parecia bem irritado. Ele não estava prestando atenção à wok enquanto se esforçava para nos convencer de que era inocente, por isso, uma chama se acendeu na comida.

— A comida está pegando fogo. — Finn apontou a cabeça em direção ao fogão.

— Droga! — Rhys pegou um copo d'água e jogou no yakisoba, e eu comecei a duvidar de que aquilo ficaria bom depois de pronto.

— Se ser exigente com comida é uma característica dos Trylle, como parece que é, por que Rhys não é assim? – perguntei. – É porque ele é mänks?

Num segundo, o rosto de Finn tornou-se uma máscara de pedra.

— Onde você ouviu essa palavra? Com Elora?

— Não, com Rhys – eu disse. Rhys ainda estava agitado perto do fogão, mas algo mudou em sua atitude. Ele quase parecia tímido. – E eu queria que um de vocês me dissesse o que isso significa. Por que tanto mistério?

Rhys virou-se, com um brilho nervoso nos olhos, e trocou um olhar com Finn que não consegui entender.

— Elora vai explicar tudo com o tempo – disse Finn. – Até lá, não cabe a nós falarmos sobre isso.

Rhys virou-se novamente, mas eu sabia que ele não tinha deixado de perceber o tom gélido da voz de Finn.

E, assim, Finn virou-se e saiu da cozinha.

— Bem, isso foi estranho – falei, para ninguém em particular.

Quando Rhys terminou de cozinhar, puxou os bancos para perto da ilha. Por sorte, o momento constrangedor tinha passado, e o clima ficou mais leve novamente.

— Então, o que achou? – Rhys apontou com um movimento de cabeça para meu prato de comida.

— Está bem gostoso. – Menti. Estava claro que ele tinha tido muito trabalho, e seus olhos azuis mostravam o quanto estava orgulhoso daquilo, portanto não dava para desapontá-lo. Para comprovar o que tinha dito, dei uma mordida e sorri.

— Ótimo. É difícil cozinhar para vocês. – Quando Rhys deu uma garfada em sua própria comida, seu cabelo cor de areia caiu nos olhos, e ele o afastou.

— E... você conhece Finn muito bem? – perguntei com cuidado, espetando o garfo num cogumelo.

A brincadeira deles tinha me deixado curiosa. Antes de o clima ter ficado estranho, pareceu-me que Finn gostava genuinamente de Rhys, mesmo sem aprovar a comida dele, e eu nunca tinha visto Finn gostar de ninguém. O mais próximo que vi disso foi o respeito e a obediência que ele demonstrou com Elora, mas eu não sabia quais eram seus verdadeiros sentimentos por ela.

— Acho que sim. – Rhys deu de ombros, como se não tivesse pensado de verdade naquilo. – Ele passa muito tempo por aqui.

— Muito tempo quanto? – insisti da maneira mais casual possível.

— Não sei. – Ele deu uma mordida e pensou um minuto. – É difícil dizer. As cegonhas se mudam muito.

— Cegonhas?

— Sim, os rastreadores. – Rhys sorriu timidamente. – Sabe como se diz para as crianças pequenas que uma cegonha traz os bebês? Bem, os rastreadores trazem os bebês aqui. Então a gente os chama de cegonhas. Mas não na frente deles.

— Entendi. – Fiquei imaginando que tipo de apelido eles teriam para alguém como eu, só que não achei que fosse a melhor hora de perguntar. – Então eles se mudam muito?

— Bem, sim. Eles passam muito tempo longe, rastreando, e Finn está sendo bastante requisitado porque ele é muito bom no que faz – explicou Rhys. – Assim que voltam, muitos ficam com algumas das famílias de mais prestígio. Finn tem ficado aqui há uns cinco anos, mas não continuamente. Quando ele não está aqui, normalmente está com outra pessoa.

— Ele é um guarda-costas?

— É, algo assim – concordou Rhys.

— Mas para que eles precisam de guarda-costas? – Pensei no portão de ferro e nos seguranças que deixaram a gente entrar em Förening.

Lembro que, quando dei uma olhada na entrada, vi um sistema de alarme complicado na porta da frente. Parecia um exagero para aquela comunidade pequena e escondida entre as ribanceiras. Fiquei imaginando se tudo aquilo era por causa dos Vittra, mas não quis perguntar.

— Ela é a rainha. É apenas o procedimento padrão – respondeu Rhys evasivamente, e ficou olhando de propósito para o prato. Ele tentou dissipar a ansiedade antes que eu percebesse e forçou um sorriso. – Então, como é ser uma princesa?

— Sinceramente? Não é tão legal quanto pensei – falei, e ele deu uma boa risada.

Rhys arrumou mais ou menos a cozinha depois que terminamos de comer, explicando que a empregada viria no dia seguinte e resolveria o resto. Ele fez um rápido tour pela casa comigo, mostrando todas as antiguidades ridículas que tinham passado de geração a geração.

Uma única sala dispunha fotos dos reis e rainhas anteriores. Quando perguntei onde haveria uma foto do meu pai, Rhys apenas balançou a cabeça e disse que não sabia nada a respeito.

Por fim, nós nos despedimos. Ele disse que tinha dever de casa para fazer e que precisava dormir por causa da aula na manhã seguinte.

Perambulei pela casa um pouco mais, e não vi nem Finn nem Elora. Brinquei um pouco com as coisas no meu quarto, mas logo me cansei delas. Sentindo-me inquieta e entediada, tentei descansar um pouco, porém, o sono me escapava.

Eu sentia uma saudade incrível de casa. Sentia falta do conforto familiar da minha casa de tamanho normal, com todas as minhas coisas comuns. Se eu estivesse em casa, Matt estaria sentado na sala de estar, lendo um livro sob a luz do abajur.

Mas agora ele provavelmente estava esperando o telefone tocar ou indo atrás de mim de carro. Maggie provavelmente estava se acabando de chorar, o que só faria Matt se sentir mais culpado.

Minha mãe de verdade estava em algum lugar nessa casa, ao menos eu supunha que sim. Ela tinha me abandonado com uma família de quem não sabia nada, exceto que era rica, e sabia que havia o risco de me matarem. Acontece às vezes. Foi o que ela disse. Quando voltei, depois de tantos anos distante, Elora não me abraçou nem pareceu muito feliz em me ver.

Tudo nessa casa parecia grande demais. Com toda essa vastidão, parecia que eu estava presa numa ilha. Sempre achei que era aquilo que eu queria, ser minha própria ilha. No entanto aqui eu era, e não sentia nada além de isolamento e confusão.

O fato de as pessoas não me contarem as coisas não ajudava. Toda vez em que eu perguntava algo, as respostas eram vagas, pela metade, e rapidamente se mudava de assunto. Para alguém que herdaria uma espécie de reino, eu tinha acesso a pouquíssima informação.

DEZ

precognição

Depois de uma noite maldormida, levantei e fiquei pronta para o dia. Perambulei pela casa, mas não foi de propósito. Estava tentando ir para a cozinha, e acabei fazendo algum desvio errado e me perdi. Rhys tinha me explicado a disposição do palácio no dia anterior, e pelo jeito não tinha sido o suficiente.

O palácio dividia-se em duas alas gigantescas, separadas pela entrada grandiosa. Todos os negócios oficiais aconteciam na ala sul, que alojava as salas de reunião, um salão de baile, uma sala de jantar gigantesca, escritórios, a sala do trono, assim como a área dos funcionários e o quarto da rainha.

A ala norte era mais informal e continha o meu quarto, os quartos de hóspedes, uma sala de estar, a cozinha e a sala de visitas.

Eu estava perambulando pela ala norte, abrindo portas e investigando. Pelo que eu podia ver, esse lugar tinha tantos quartos de hóspedes quanto um Holiday Inn, só que eles eram muito mais chiques. Terminei encontrando a sala de Elora, mas ela não estava lá, então isso não me ajudou em nada.

Segui adiante e tentei abrir a porta que ficava na frente da área de Elora, só que estava trancada. Foi a única porta que não conseguira abrir, e achei estranho. Especialmente por ser nessa ala. Na ala sul, até que trancar os negócios oficiais faria sentido.

Por sorte, eu sabia uma coisa ou outra sobre abrir fechaduras. Tentando evitar ser expulsa, eu tinha arrombado alguns escritórios de colégios e roubado documentos. Não recomendo. Além disso, no fim das contas, na maioria das vezes não adiantou de nada.

Tirei um grampo do cabelo e olhei ao redor. Não vi ninguém, assim como não tinha visto ninguém o dia inteiro, e comecei a arrombar a porta. Depois de umas giradas sem sucesso na fechadura, senti algo ceder e virei a maçaneta.

Ao empurrar a porta lentamente, dei uma olhada lá dentro, talvez esperando encontrar o banheiro real ou algo do tipo. Como ninguém gritou para que eu saísse dali, abri mais a porta e entrei. Ao contrário dos outros cômodos, este estava totalmente escuro.

Tateando a parede, encontrei o interruptor e o liguei. O lugar parecia um grande depósito. Não tinha janelas, e as paredes eram marrom-escuras. Com uma lâmpada sem lustre no teto, não tinha nada da grandiosidade do resto da casa e nem mobília.

No entanto, estava transbordando de quadros. Não estavam pendurados na parede, apenas agrupados e empilhados em todo canto disponível. Primeiro imaginei que seriam sobras do quarto do rei e da rainha, mas, pelo que pude ver, nenhum deles retratava alguém.

Ergui o que estava mais perto de mim; era um lindo quadro de um bebê recém-nascido envolto num cobertor azul. Coloquei-o de volta e ergui outro, que parecia ser de Elora, muito mais jovem e ainda mais bonita, usando um lindo vestido branco. Apesar da beleza da imagem, seus olhos pareciam tristes e arrependidos.

Enquanto segurava o quadro com o braço estendido, para poder vê-lo melhor, percebi algo. Eram as mesmas pinceladas, era a mesma técnica do quadro do bebê. Ergui outro para comparar, e também era igual.

Todos tinham sido pintados pelo mesmo artista.

Lembrei-me da sala de desenho e da pintura que tinha visto Elora fazendo. Era algo com uma fumaça preta e com candelabros. Não tinha certeza, mas achava que esses quadros eram dela.

Observei mais alguns quadros, ficando ainda mais confusa, depois vi um que fez meu coração parar. Quando o ergui, não fiquei surpresa ao ver que minhas mãos estavam tremendo.

Era eu, com praticamente a minha aparência atual, só que mais bem-vestida. Eu estava usando um vestido branco, solto, só que havia um rasgão na lateral, deixando à mostra uma fina linha de sangue. Meu cabelo estava para trás, mas começava a se soltar, com alguns fios rebeldes caindo.

No quadro, eu estava deitada de bruços numa varanda de mármore. O chão ao meu redor estava coberto de cacos de vidro que brilhavam como diamantes, mas parecia que eu não tinha percebido isso. Minha mão esticada estendia-se por cima da sacada, tentando alcançar a escuridão.

Porém, o que mais me impressionou foi meu rosto. Eu estava completamente apavorada.

Depois que superei aquilo, percebi algo ainda mais perturbador. A figura era exatamente igual a mim. E eu tinha chegado em casa havia apenas um dia. Era impossível que Elora tivesse pintado algo tão detalhado no espaço de 24 horas após ter me conhecido.

Mas como ela seria capaz de me pintar com tanta precisão se não tínhamos nos conhecido antes?

– Eu deveria ter imaginado que você estaria bisbilhotando – disse Finn atrás de mim, assustando-me tanto que soltei o quadro.

– Eu... Eu me perdi. – Virei para ele, que estava parado na porta.

– Num quarto trancado? – Ele ergueu a sobrancelha e cruzou os braços.

– Não, eu... – Comecei a formular algum tipo de desculpa esfarrapada, mas desisti. Peguei o quadro, aquele em que eu esticava o braço em direção ao nada, e o ergui para que ele visse. – O que é isto?

– Parece um quadro, e, se não deu para entender pela porta trancada, não é da sua conta. – Foi um alívio ver que Finn não estava muito chateado. Pelo menos não tão chateado quanto Elora ficaria se descobrisse que eu estava ali, com certeza.

– Esta aqui sou eu. – Toquei no quadro.

– Talvez. – Ele deu de ombros, como se não estivesse convencido.

– Não, eu não estava perguntando. Esta aqui sou eu – insisti. – O que estou fazendo?

– Não tenho a mínima ideia. – Finn suspirou. – Não fui eu que pintei.

– Foi Elora? – perguntei. Como ele não falou nada, aceitei aquilo como resposta afirmativa. – Por que ela pintaria isto? *Como* ela pintou isto? Nós só nos conhecemos ontem.

— Ela deu você à luz. Vocês já se conheciam – respondeu Finn secamente.

— Sim, quando eu era bebê. Isso não conta. – Ergui mais o quadro para que ele não pudesse deixar de olhar. – Por que ela pintaria isto? Ou qualquer um destes?

— Com toda a sua miríade de perguntas sobre este quarto, em algum minuto você parou para se perguntar *por que* este quarto está trancado? – Finn lançou um olhar severo. – Que talvez Elora não queira que as pessoas o vejam?

— Pensei nisso, sim. – Olhei novamente para o quadro, ignorando-o. – Mas esta sou eu. Tenho o direito de saber.

— Não é assim que funciona. Você não tem o direito de saber os pensamentos de outras pessoas só porque eles a incluem – disse ele. – Da mesma forma, não tenho o direito de saber os seus só porque eles são sobre mim.

— Está supondo que eu penso em você? – Lutei contra o rubor que aparecia em meu rosto e balancei a cabeça, tentando voltar à questão. – Apenas me fale o que está acontecendo. E não diga apenas para esperar que Elora me conte, pois não é suficiente. Não depois de ter visto isto aqui.

Coloquei o quadro no chão e voltei a olhar para Finn.

— Certo. Mas saia daqui antes que Elora a encontre. – Ele afastou-se da porta, abrindo espaço para que eu saísse.

Tive que passar por cima de todos os quadros em que tinha mexido, mas ele não disse para colocá-los na ordem certa, o que foi bom, pois acho que não conseguiria. O quarto não tinha nenhum método específico, e todos os quadros estavam organizados aleatoriamente.

Quando saí, Finn fechou a porta, confirmando se ficara devidamente trancada.

— E então? – perguntei, olhando-o com ansiedade. Ele estava de costas para mim, testando a porta novamente para ter certeza de que não abriria.

— Este é o quarto privado de Elora. – Ele virou-se para olhar-me e apontou para a porta. – Não entre aí. Não toque nos objetos pessoais dela.

— Não sei o que tem de tão ruim neles. Para que ela pinta, se vai esconder?

Ele saiu pelo corredor, e fui atrás.

— Ela pinta porque tem que pintar.

— Como assim? – Franzi a testa. – É como um ímpeto de artista que toma conta dela? – Pensei mais a respeito, e fez menos sentido ainda. – Elora nem tem jeito de artista.

— Na verdade ela não é – suspirou Finn. – Ela tem precognição.

— O quê? Ela consegue ver o futuro? – perguntei com hesitação.

— Mais ou menos. – Ele balançou a cabeça, como se não fosse exatamente aquilo. – Elora não consegue ver o futuro. Consegue apenas *pintá-lo*.

— Espere. – Parei de repente, e ele deu mais alguns passos antes de parar e olhar para mim. – Está dizendo que todos aqueles quadros mostravam o futuro?

— Na hora em que foram pintados, sim. – Finn balançou a cabeça. – Alguns são mais antigos, já aconteceram.

— Mas isso significa que aquele quadro meu se passa no futuro! – Apontei para o quarto. – O que aquilo significa? O que estou fazendo nele?

— Não sei. – Ele deu de ombros, como se não tivesse pensado a respeito. – Elora não sabe.

— Como ela pode não saber? Não faz sentido algum, foi ela que pintou.

— Sim, e tudo o que ela sabe é o que pinta – explicou Finn lentamente. – Ela não vê nada. Ela pega o pincel e aquilo simplesmente... sai dela. Ou pelo menos é assim que eu compreendo o processo.

— Mas por que ela me pintaria com tanto medo, assim, do nada?

— É como funciona – disse ele, com um tom de tristeza na voz. Respirando fundo, Finn começou a andar novamente. – E é por isso que o quarto fica trancado.

— Como assim? – Fui atrás dele.

— As pessoas querem saber mais sobre o que Elora pintou, mas ela não sabe as respostas – disse ele. – Ou elas querem que pinte alguma coisa em particular no futuro, e ela não consegue. Ela não tem nenhum controle sobre o que vê.

— Então para que fazer isso? – perguntei. Acelerei o passo para acompanhá-lo, observando seu perfil enquanto ele continuava olhando para a frente.

— Ela acha que é castigo.

— Pelo quê?

— Todo mundo merece ser castigado por alguma coisa. – Ele balançou a cabeça vagamente.

— Então... ela não tem ideia do que vai acontecer comigo? Ou como evitar?

— Não.

— Isso é horrível – disse eu, mais para mim mesma do que para ele. – É até pior do que não saber nada.

— Exatamente. – Finn olhou para mim e andou mais devagar, depois parou de vez.

— Eu vou ser capaz disso? De fazer pinturas precognitivas? – perguntei.

— Talvez sim, talvez não. – Os olhos dele procuraram os meus, com aquele jeito meigo que aparecia uma vez ou outra, e, se eu não estivesse preocupada com meu destino trágico iminente, teria sentido meu estômago revirar.

— Você sabe quais serão as minhas habilidades?

— Não. Só o tempo vai dizer de verdade. – Ele desviou o olhar para o nada. – Considerando sua ascendência, elas vão ser muito fortes.

— Quando vou ter certeza?

— Mais tarde. Quando seu treinamento começar e talvez quando você ficar um pouco mais velha. – Finn sorriu levemente para mim. – Muitas coisas boas lhe aguardam.

— Como o quê?

— Tudo. – Ele sorriu com mais atenção e se virou novamente para continuar andando. – Vem. Quero lhe mostrar uma coisa.

ONZE

jardim secreto

Finn e eu atravessamos a casa e seguimos por um corredor que eu nem sabia que existia. Saímos pela porta lateral, indo parar num caminho arenoso ladeado por sebes altas. Ele dava a volta na casa, fazendo-nos descer pelo terreno antes que se abrisse num belo jardim. A casa e a varanda cobriam parte dele, deixando metade na sombra, mas o resto era banhado pelo brilho luminoso do sol.

Havia paredes de tijolos cobertas por videiras grossas e floridas que isolavam o jardim do resto do mundo. Macieiras, pereiras e ameixeiras floresciam por todo o espaço, fazendo-o parecer mais um pomar do que um jardim. Flores rosa, roxas e azuis saltavam dos pequenos canteiros. Havia musgo verde, parecido com hera terrestre, brotando pelo chão.

Por ficar numa encosta, o jardim era todo inclinado. Enquanto descíamos, escorreguei um pouco, e Finn segurou minha mão para que eu me equilibrasse. Minha pele corou calorosamente, mas, assim que me equilibrei, ele me soltou. Mesmo assim, eu não ia deixar que isso estragasse meu humor.

— Como isso é possível? — perguntei ao ver borboletas e pássaros voarem pelas árvores. — Não está na época de nenhuma dessas coisas. Elas não deveriam estar nascendo.

— Elas sempre nascem, mesmo no inverno – disse Finn, como se isso fizesse mais sentido.

— Como? – repeti.

— Mágica. — Ele sorriu e seguiu em frente.

Olhei para a casa acima de nós. De onde eu estava, não dava para ver nenhuma janela. O jardim ficava propositalmente num local que não era visto da casa, escondido entre as árvores. Era um jardim secreto.

Finn estava um pouco mais adiante, e me apressei para alcançá-lo. O som do vento nas árvores e do rio correndo ecoava pelas ribanceiras, mas, por cima disso, ouvi uma risada. Dei a volta numa sebe e vi um lago que continha inexplicavelmente uma pequena cachoeira.

Achei a origem da risada em dois bancos curvos de pedra à beira dele.

Rhys estava deitado de costas em um dos bancos, rindo e olhando para o céu, e Finn estava ao lado dele, admirando o lago reluzente. Uma garota que parecia um pouco mais velha do que eu estava sentada no outro banco, com uma garrafa de refrigerante na mão. Seu cabelo era ruivo e sedoso, seus olhos eram verdes e brilhantes, e ela tinha um sorriso nervoso. Quando me viu, levantou-se e ficou um pouco pálida.

— Você chegou na hora certa, Wendy. — Rhys sorriu com malícia, sentando-se. — Estávamos fazendo um show. Rhiannon estava prestes a arrotar o alfabeto!

— Meu Deus, Rhys, não estava, não! — protestou a garota, com o rosto corando de vergonha. — Eu apenas bebi o refrigerante rápido demais e pedi desculpas! – Rhys riu novamente, e ela lançou um olhar de desculpas para mim. – Desculpe. Rhys consegue ser bem idiota às vezes. Queria causar uma primeira impressão melhor do que esta.

– Até agora você está indo bem. – Eu não estava acostumada à ideia de alguém tentando me impressionar, e não dava para imaginar que aquela garota teria de se esforçar tanto para isso. Ela já tinha um jeito simpático.

– Bem, Wendy, esta é Rhiannon, a vizinha. – Rhys gesticulou entre nós duas. – Rhiannon, esta é Wendy, a futura governante de tudo ao seu redor.

– Oi, prazer em conhecê-la. – Ela colocou o refrigerante no chão e veio até mim para que apertássemos as mãos. – Ouvi falar muito de você.

– Ah, é? O quê? – perguntei. Rhiannon atrapalhou-se por um momento e olhou para Rhys, querendo ajuda, mas ele só fez rir. – Está tudo bem. Estava só brincando.

– Ah. Desculpe. – Ela abriu um sorriso envergonhado.

– Por que não se senta, Rhiannon, e relaxa um pouco? – Rhys bateu de leve no assento ao lado dele, tentando deixá-la mais à vontade. Ela estava constrangida por minha causa, e eu ainda não tinha me acostumado com isso.

– É novo? – perguntou Finn para Rhys, apontando para o lago.

– Hum, é. – Rhys assentiu. – Acho que Elora mandou colocar quando você estava fora. Ela está deixando tudo bem arrumado, por causa de tudo que está para acontecer.

– Mmm... – disse Finn evasivamente.

Fui até o lago e a cachoeira para observá-los. A cachoeira devia ter drenado o lago, já que não havia nenhuma outra água fluindo para ela. Admirei seu forte brilho sob a luz do sol, pensando que aquilo não deveria sequer ser possível. Por outro lado, nada daquilo poderia ser possível.

Rhys continuava zoando com Rhiannon sobre tudo, e ela não parava de corar e de se desculpar por ele. A relação deles parecia ser de irmãos, normal e saudável, mas tive de afastar essa ideia para não pensar em Matt.

Sentei no banco na frente deles, e Finn sentou-se a meu lado. Rhys dominou a conversa a maior parte do tempo, com Rhiannon interrompendo-o quando ele dizia coisas que não eram verdadeiras ou me pedindo desculpas quando achava que ele estava sendo rude. Porém, ele não foi rude em nenhum instante. Rhys era engraçado, animado e não deixava que a gente ficasse sem jeito em momento algum.

Ocasionalmente, Finn olhava para mim e comentava algo baixinho enquanto Rhys e Rhiannon estavam no meio de alguma espécie de discussão. Toda vez que ele fazia isso, eu sentia seu joelho encostar no meu.

De início, supus que tinha sido um simples acidente por estarmos bem próximos, mas de fato ele havia se virado para mim, curvando-se para ficar mais perto. Foi um movimento sutil, que Rhys e Rhiannon provavelmente não perceberam, mas eu, sim.

– Você é uma peste e tanto! – resmungou ela, brincando com Rhys depois que ele fez uma flor cair em cima dela. Ela girou-a nas mãos, admirando sua beleza. – Você sabe que não deve sequer colher estas flores. Elora vai matá-lo se descobrir.

– Então, o que acha? – Finn perguntou para mim, em voz baixa. Curvei-me na direção dele para escutá-lo melhor, e os seus olhos escuros encontraram os meus.

— É muito bonito. — Sorri, gesticulando para o jardim a nosso redor, porém, sem conseguir desviar meu olhar dele.

— Queria mostrar para você que nem tudo é frio e intimidante — explicou Finn. — Queria que você visse algo reconfortante e bonito. — Um pequeno sorriso apareceu em seus lábios. — Apesar de que, quando você não está por perto, aqui não fica tão agradável assim.

— Acha mesmo? — perguntei, tentando fazer com que minha voz soasse um pouco mais sexy de alguma maneira, só que foi um fracasso total. O sorriso de Finn se alargou, e meu coração quase martelou para fora do peito.

— Desculpe interromper o lazer de vocês — disse Elora, atrás de nós. A voz dela não estava tão alta, mas, de algum modo, pareceu ecoar no meio de tudo.

Rhys e Rhiannon pararam de brigar na hora, sentaram-se rigidamente e ficaram encarando o lago. Finn afastou-se de mim e, ao mesmo tempo, virou-se na direção de Elora, fazendo parecer que tinha sido proposital. A maneira como ela olhou para mim me fez sentir culpada, apesar de ter certeza de que não tinha feito nada de errado.

— Não está interrompendo nada — garantiu-lhe Finn, mas percebi um nervosismo por trás de suas palavras calmas. — Veio se juntar a nós?

— Não, está tudo bem. — Elora observou o jardim com desgosto. — Preciso falar com você.

— Você quer que nos retiremos? — sugeriu Rhys, e Rhiannon levantou-se rapidamente.

— Não será necessário. — Elora ergueu a mão, e Rhiannon corou ao se sentar de novo. — Nós teremos convidados no jantar de amanhã. – Os olhos dela voltaram-se para Rhys e Rhiannon, que pareceram se encolher diante do olhar de Elora. – Espero que vocês dois encontrem algo útil para fazer.

– Quando eles vierem, eu vou para a casa de Rhiannon – sugeriu Rhys alegremente. Elora assentiu para ele, indicando que aquela resposta tinha sido suficiente.

– Já, você se juntará a nós – disse Elora para mim, sorrindo, mas sem conseguir disfarçar a preocupação. – Os convidados são amigos muito próximos da nossa família, e espero que você cause uma boa impressão. – Ela lançou aquele olhar intenso para Finn, encarando-o por tanto tempo que me deixou constrangida, e ele fez quem sim com a cabeça, concordando. – Finn vai se encarregar de prepará-la para o jantar.

– Certo – assenti, imaginando que era melhor dizer alguma coisa.

– Isso é tudo. Podem continuar. – Elora virou-se e foi embora, com a saia esvoaçando atrás dela. Depois ninguém falou nada por um bom tempo.

Finn suspirou, e Rhiannon praticamente estremeceu de alívio. Ela obviamente ficava ainda mais apavorada com a rainha do que eu, e fiquei imaginando o que Elora tinha feito para deixar a garota com tanto medo. Apenas Rhys pareceu voltar ao normal assim que ela foi embora.

– Não sei como você consegue aguentar aquela coisa assustadora que ela faz com você de se comunicar pela mente, Finn. – Rhys balançou a cabeça. – Eu piraria se ela estivesse dentro da minha cabeça.

– Por quê? Não tem nada dentro da sua cabeça mesmo. – Finn levantou-se, e Rhiannon riu com nervosismo.

– De todo jeito, o que foi que ela falou para você? – insistiu Rhys, olhando para ele. Finn sacudiu as folhas e a sujeira da calça, e não respondeu. – Finn? O que ela disse?

– Não é nada com que você deva se preocupar – repreendeu Finn baixinho, depois se virou para mim. – Está pronta?

– Para quê?

– Temos muito o que fazer até amanhã à noite. – Ele olhou cautelosamente para a casa, depois para mim. – Vamos. É melhor começarmos.

Enquanto voltávamos para a casa, percebi que, toda vez que Elora se retirava, eu conseguia respirar normalmente. Toda vez que ela estava presente, era como se tirasse todo o oxigênio do lugar. Respirando fundo, esfreguei meus braços a fim de conter o arrepio que percorria o meu corpo.

– Está tudo bem? – perguntou Finn, percebendo meu desconforto.

– Sim, estou ótima. – Coloquei algumas mechas atrás das orelhas. – Então... o que está acontecendo entre você e Elora?

– Como assim? – Finn olhou para mim pelo canto do olho.

– Não sei. – Dei de ombros, pensando no que Rhys dissera após ela ir embora. – É que fica parecendo que ela olha intensamente para você muitas vezes, e que você entende exatamente o que ela quer dizer. – Assim que isso saiu da minha boca, percebi. – É uma das habilidades dela, não é? Falar dentro da cabeça da pessoa? É mais ou menos o que eu faço, mas não tão manipulador. Porque ela está apenas dizendo o que a pessoa deve fazer.

– Ela não diz o que se deve fazer. Ela apenas diz – corrigiu-me Finn.

– Por que ela não fala comigo assim? – perguntei.

— Ela não sabia se você estaria disposta a isso. Se a pessoa não está acostumada, ouvir outra voz dentro da cabeça pode ser perturbador. E também não foi preciso.

— Mas com você ela precisou? — Fui mais devagar, e o passo dele se igualou ao meu. — Ela estava falando em particular com você a meu respeito, não era? — Finn parou, e deu para ver que ele estava pensando em mentir para mim.

— Em parte, sim – admitiu ele.

— Ela consegue ler mentes? — Fiquei um pouco horrorizada ao pensar nisso.

— Não. Pouquíssimos conseguem. — Quando ele olhou para mim, deu um leve sorriso. — Seus segredos estão a salvo, Wendy.

Entramos na sala de jantar, e Finn começou a me preparar para o evento. No fim das contas, eu não era tão retardada socialmente e tinha um conhecimento básico sobre boas maneiras. A maior parte do que Finn falou foi puro bom-senso, como sempre: dizer por favor e obrigada, mas ele também me orientou a ficar de bico calado sempre que possível.

Acho que o dever dele tinha menos a ver com me preparar para o jantar e mais a ver com me obrigar a me comportar. As coisas secretas que Elora tinha lhe dito eram apenas uma advertência para que ele ficasse dando uma de babá – se não...

O jantar seria às oito da noite, e os convidados chegariam às sete horas. Cerca de mais ou menos uma hora antes disso, Rhys apareceu para me desejar boa sorte e para avisar que estava indo para a casa de Rhiannon, caso isso interessasse alguém. Finn entrou assim que saí do banho, mais bem-arrumado do que o normal.

Ele tinha feito a barba pela primeira vez desde que deixou de ir ao colégio, e estava vestindo uma calça preta e uma blusa de botão da mesma cor, com uma gravata branca e fina. Normalmente isso seria um exagero, com todo aquele preto, mas nele ficava bem, e ainda por cima ele estava incrivelmente sexy.

Eu estava apenas com o roupão de banho, e me perguntei por que ninguém aqui achava inapropriado que os garotos entrassem sem pedir licença quando eu não estava vestida. Ao menos eu estava fazendo algo meio sexy; estava sentada na beira da cama, passando hidratante nas pernas. Fazia isso toda vez que tomava banho, porém, já que Finn estava no quarto, tentei fingir que era algo sensual, quando na verdade não era mesmo.

Não que Finn sequer tivesse percebido. Ele bateu uma vez, abriu a porta do meu quarto e me lançou apenas um rápido olhar enquanto ia direto para o meu closet. Depois de um tempinho, suspirei de frustração e esfreguei o resto do hidratante apressadamente, ao passo que Finn continuava vasculhando minhas roupas.

– Acho que não tem nada do seu tamanho – disse eu, e me inclinei mais na cama, tentando ver o que ele estava fazendo lá dentro.

– Muito engraçado – murmurou ele distraidamente.

– O que está fazendo aí dentro? – perguntei, observando-o, mas ele nem olhou para mim.

– Você é uma princesa e precisa se vestir como uma. – Finn estava vendo meus vestidos e tirou um longo branco e sem mangas. Era maravilhoso e chique demais para mim. Quando saiu do closet, ele o entregou para mim. – Acho que este vai ficar bom. Prove.

– Mas tudo no meu armário é adequado, não é? – Joguei o vestido na cama ao meu lado e me virei na direção dele.

— Sim, mas há roupas diferentes para ocasiões diferentes. – Ele aproximou-se da cama para esticar o vestido, garantindo que não estivesse com dobras ou rugas. – Este jantar é muito importante, Wendy.

— Por quê? Por que é tão importante?

— Os Strom são muito amigos da sua mãe, e os Kroner são pessoas muito importantes. Eles influenciam o futuro. – Finn terminou de esticar o vestido e se virou para mim. – Por que não continua se arrumando?

— Como eles influenciam o futuro? O que isso significa? – insisti.

— Essa é uma conversa para outro dia. – Finn fez um gesto com a cabeça em direção ao banheiro. – Você precisa se apressar para ficar pronta a tempo do jantar.

— Está bem. – Suspirei, levantando da cama.

— Use o cabelo solto – ordenou Finn. Meu cabelo estava molhado, então naquele momento estava bem-comportado; mas eu sabia que, assim que secasse, viraria um mato selvagem feito de cachos.

— Não posso. Meu cabelo é impossível. – Passei os dedos nas minhas mechas escuras.

— Todos nós temos cabelos difíceis. Até Elora e eu. É a praga de ser um Trylle – disse Finn. – A pessoa tem que aprender a dar um jeito.

— Seu cabelo não é nada parecido com o meu – disse eu friamente. O cabelo dele era curto e obviamente estava com algum produto, mas parecia macio, liso e bem-comportado.

— É, sim, certamente – respondeu Finn.

Eu queria provar que ele estava errado, então, impulsivamente, estiquei o braço e toquei no cabelo dele, passando os dedos entre os fios em suas têmporas. A não ser pelo fato de estar cheio de produto, parecia o meu cabelo.

Foi só depois de ter feito aquilo que percebi que havia algo de inerentemente íntimo em passar os dedos no cabelo de outra pessoa. Eu estava apenas olhando para o cabelo dele, mas, depois que encontrei seus olhos escuros, percebi exatamente o quanto estávamos perto um do outro.

Como sou baixinha, estava nas pontas dos pés, inclinando-me para cima como se fosse beijá-lo. Em algum lugar obscuro da minha mente, achei que seria uma ótima iniciativa naquele momento.

— Satisfeita? — perguntou Finn. Retraí minha mão e dei um passo para trás. — Deve ter produtos de cabelo no seu banheiro. comece a testar alguns.

Fiz que sim com a cabeça, concordando, ainda confusa demais para falar. Finn estava com uma calma fora do normal, e, em momentos como esse, eu o odiava muito por isso. Mal me lembrei de respirar antes de chegar ao banheiro.

Ficar tão perto dele me fazia esquecer tudo, exceto os seus olhos escuros, o calor de sua pele, o seu cheiro maravilhoso, a sensação de seus cabelos embaixo dos meus dedos, a curva suave de seus lábios...

Balancei a cabeça, afastando qualquer pensamento a respeito dele. Essa história tinha que terminar ali.

Naquele dia, eu tinha um jantar com que me preocupar e, não sei como, teria que dar um jeito no meu cabelo. Tentei lembrar o que Maggie usara nele antes do baile, mas parecia que aquilo tinha acontecido uma eternidade atrás.

Ainda bem que nesse dia meu cabelo decidiu magicamente se comportar, facilitando todo o processo. Finn parecia achar que meu cabelo ficava melhor solto, então o deixei solto atrás e prendi as laterais com prendedores.

O vestido terminou sendo mais complicado do que meu cabelo. Ele tinha um zíper idiota que se negava a passar da minha lombar; não importava o quanto eu me contorcia, era impossível fechá-lo. Depois de me esforçar tanto a ponto de meus dedos ficarem doendo, tive que pedir ajuda.

Com hesitação, abri a porta do banheiro. Finn estava olhando pela janela, para o sol, que se punha por cima das ribanceiras. Quando ele se virou, seus olhos fixaram-se longamente em mim antes que finalmente dissesse algo.

— Você parece uma princesa — disse Finn com um meio-sorriso.

— Preciso de ajuda com o zíper — pedi humildemente, apontando para a abertura nas minhas costas.

Ele aproximou-se, e foi praticamente um alívio ficar de costas para ele. A maneira como olhava para mim fez meu estômago revirar de nervosismo. Uma de suas mãos pressionou calorosamente meu ombro nu para segurar o tecido ao fechar o zíper, e eu tremi involuntariamente.

Quando ele terminou, fui até o espelho para investigar por mim mesma. Até eu tinha que admitir que estava encantadora. Com o vestido branco e o colar de diamantes, achei que era um pouco demais. Talvez fosse um exagero para um simples jantar.

— Está parecendo que vou me casar — comentei, e olhei para Finn. — Você acha que devo trocar?

— Não, está perfeito. — Ele olhou para mim com um jeito pensativo, e, se eu não o conhecesse, diria que estava quase triste. A campainha tocou bem alto, e Finn balançou a cabeça. — Os convidados chegaram. Vamos dar as boas-vindas.

DOZE

apresentações

Fomos juntos pelo corredor, mas, no topo da escada, Finn retardou deliberadamente os passos atrás de mim. Elora e os Kroner estavam no anexo enquanto eu descia os degraus, e todos se viraram para me olhar. Foi a primeira entrada grandiosa que fiz na vida, e foi algo maravilhoso.

A família Kroner era formada por uma belíssima mulher de longo verde-escuro, um homem bonito de terno escuro e um garoto atraente mais ou menos da minha idade. Até Elora estava mais extravagante do que o normal. Seu vestido era mais detalhado, e suas joias, mais chamativas.

Dava para senti-los me avaliando ao me aproximar, por isso tive o cuidado de dar os passos mais suaves e elegantes que consegui.

— Esta é minha filha, a princesa. — Elora sorriu de uma maneira que quase pareceu amorosa e estendeu a mão para mim. — Princesa, estes são os Kroner. Aurora, Noah e Tove.

Sorri educadamente e fiz uma pequena reverência. Um segundo depois percebi que provavelmente eram eles que deveriam fazer uma referência para mim, mas todos continuaram sorrindo simpaticamente na minha direção.

– É um prazer enorme conhecê-la. – As palavras de Aurora tinham algo de meloso que me fazia questionar se eu deveria confiar ou não nela. Alguns cachos escuros caíam com graça de seu penteado elegante, e seus olhos castanhos eram grandes e deslumbrantes.

Seu marido, Noah, fez uma pequena reverência na minha direção, assim como seu filho, Tove. Tanto Noah quanto Aurora pareciam devidamente respeitosos, porém, Tove estava vagamente entediado. Seus olhos verde-musgo encontraram os meus por um instante, depois se desviaram bruscamente, como se contato visual fosse algo que o incomodasse.

Elora conduziu-nos à sala de visitas para conversarmos até a hora do jantar. A conversa foi excessivamente educada e banal, mas suspeitei que havia algo que me passava despercebido. Elora e Aurora eram praticamente as únicas que falavam, com alguns poucos comentários de Noah. Tove não disse uma palavra, preferindo olhar para qualquer lugar, menos diretamente para alguém.

Finn ficava apenas observando, falando somente quando lhe dirigiam a palavra. Ele estava sendo educado e elegante. No entanto, pela maneira desdenhosa como Aurora o olhava, deduzi que ela não aprovava sua presença.

Os Strom chegaram elegantemente atrasados, como Finn tinha previsto. Mais cedo, ele me informara detalhadamente sobre os dois e sobre os Kroner, mas ele conhecia bem mais os Stroms e falava deles de uma maneira bem mais afetuosa.

Finn conhecia muito bem Willa e seu pai, Garrett, pois tinha sido o rastreador dela. A esposa de Garrett (mãe de Willa) tinha morrido havia alguns anos. Finn afirmou que Garrett era tranquilo, mas que Willa era um pouco nervosa. Ela tinha vinte e um anos e, antes de morar em Förening, fora mimada em excesso.

Quando a campainha tocou, interrompendo a conversa irritantemente sem graça da minha mãe com Aurora, Finn de imediato pediu licença para abrir a porta e voltou trazendo Garrett e Willa.

Garrett era um homem bastante bonito, na casa dos quarenta anos. Seu cabelo era escuro e desarrumado, o que fez eu me sentir melhor a respeito do meu próprio cabelo imperfeito. Quando ele apertou minha mão com um sorriso afetuoso, eu me senti à vontade na hora.

Willa, por sua vez, tinha aquele olhar esnobe de quem está simultaneamente entediada e irritada. Era uma garota magra, com cabelo castanho-claro e ondulado que caía ordenadamente por cima de suas costas, e estava usando uma tornozeleira de diamantes. Quando apertou minha mão, deu para perceber que ao menos o seu sorriso era sincero, fazendo com que eu a odiasse um pouco menos.

Após a chegada deles, fomos para a sala de jantar. Willa tentou puxar papo com Tove enquanto nos encaminhávamos para a outra sala, mas ele continuou totalmente em silêncio.

Finn puxou a cadeira para eu me sentar, e eu gostei, pois não me lembrava de alguém jamais ter feito isso por mim. Ele esperou que todos se sentassem antes de fazer o mesmo, e seria este o padrão do restante da noite.

Se ao menos uma pessoa estivesse em pé, Finn também estaria. Ele sempre era o primeiro a se levantar, e, mesmo com o chef e o mordomo trabalhando naquele dia, sempre se oferecia para pegar qualquer coisa que alguém precisasse.

O jantar arrastou-se bem mais do que eu imaginava. Como eu estava vestindo branco, mal comi, com medo de derrubar algo no vestido. Nunca tinha me sentido tão observada em toda a minha vida. Dava para sentir Aurora e Elora esperando que eu fizesse alguma besteira para caírem em cima de mim, mas eu não entendia como as duas se beneficiariam com meu fracasso.

Percebi que, em vários momentos, embora Garrett tentasse tornar o clima mais relaxado, ninguém deixou que isso acontecesse. Aurora e Elora dominavam a conversa, e o resto das pessoas raramente falava alguma coisa.

Tove mexia muito a sopa, e fiquei ligeiramente hipnotizada com isso. Ele soltava a colher, mas ela continuava girando ao redor da tigela, continuando o movimento sem nenhuma mão para guiá-la. Acho que cheguei a ficar de boca aberta, porque senti Finn me chutar levemente por debaixo da mesa, e eu rapidamente olhei de volta para minha própria comida.

– Que bom que você está aqui – disse Garrett para mim de repente, mudando completamente o assunto da conversa. – O que está achando do palácio até agora?

– Ah, não é um *palácio*, Garrett – disse Elora, rindo. Porém, não foi uma risada de verdade. Era o tipo de risada que pessoas ricas dão ao falar sobre novos ricos. Aurora também deu uma pequena risada, que, por alguma razão, fez Elora se calar.

– Tem razão. É melhor do que um palácio – disse Garrett, e Elora sorriu recatadamente.

– Gosto daqui. É bem agradável. – Sabia que era uma resposta sem graça, porém tive medo de falar mais do que isso.

– Está se adaptando bem? – perguntou Garrett.

– Sim, acho que sim – respondi. – Mas não estou aqui há tanto tempo.

— Demora um tempo, sim. – Garrett olhou para Willa com uma preocupação carinhosa. Seu sorriso tranquilo voltou rapidamente, e ele apontou a cabeça em direção a Finn. – Mas você tem o Finn ali para ajudá-la. Ele é um expert em ajudar os changelings a se aclimatizar.

— Não sou expert em nada – disse Finn baixinho. – Apenas faço o meu trabalho da melhor maneira possível.

— Já veio algum estilista aqui para fazer o vestido? – perguntou Aurora para Elora, dando um gole educado no vinho. Aurora não falava nada havia um minuto, então estava na hora de ela retomar a conversa. – O vestido que a princesa está usando agora é bastante encantador, no entanto, imagino que não tenha sido feito especificamente para ela.

— Não, não foi. – Elora deu um sorriso falso e lançou um olhar breve, mas bem distinto, para meu vestido. Até um segundo antes, eu achava que era a roupa mais bonita que já tinha usado. – O alfaiate está marcado para amanhã.

— Está um pouco em cima da hora para o sábado, não é? – questionou Aurora. Dava para perceber a irritação de Elora apesar de seu sorriso perfeito.

— De jeito nenhum – explicou Elora com um tom excessivamente tranquilo, quase como se estivesse falando com uma criança ou com um lulu da pomerânia. – Escolhi Frederique Von Ellsin, o mesmo que desenhou o vestido de Willa. Ele trabalha muito rapidamente, e seus vestidos são sempre impecáveis.

— Meu vestido era divino – interrompeu Willa.

— Ah, sim. – Aurora demonstrava estar impressionada. – Já deixamos um horário reservado com ele para quando nossa filha vier para casa na próxima primavera. É muito mais difícil de marcar nesse período, já que é a época em que todas as crianças voltam.

Havia algo de vagamente condescendente em sua voz, como se o fato de eu ter vindo para cá quando cheguei fosse algo de mau gosto. Elora continuava sorrindo, apesar daquilo que agora eu percebia ser uma série de alfinetadas educadas de Aurora.

— Eis uma vantagem enorme de ter a princesa voltando para casa no outono — continuou Aurora. Suas palavras ficavam apenas mais complacentes à medida que falava. — Tudo vai ser muito mais fácil de marcar. Quando Tove veio para casa na última temporada, foi tão difícil fazer com que tudo ficasse perfeito. Imagino que você vai ter tudo o que quer à sua disposição. Vai ser um baile deslumbrante.

Havia alarmes disparando na minha cabeça por vários motivos. Em primeiro lugar, eles estavam falando de mim e de Tove como se a gente nem estivesse lá, apesar de ele parecer não perceber nada do que acontecia ao seu redor e sequer se importar.

Em segundo lugar, eles estavam falando sobre algo que aconteceria no sábado, e aparentemente eu precisaria de um vestido feito especialmente para a ocasião. Ainda assim, ninguém se deu o trabalho de mencionar aquilo para mim. Por outro lado, isso não devia me surpreender. Ninguém me contava nada.

— Eu não tive o luxo de fazer planos com um ano de antecedência como a maioria das pessoas, pois a princesa veio para casa muito inesperadamente. — Havia veneno pingando do sorriso meigo de Elora, e Aurora sorriu de volta para ela como se não estivesse percebendo.

— Eu com certeza posso ajudá-la. Acabei de fazer o de Tove e, como mencionei, já estou preparando o de nossa filha — sugeriu Aurora.

— Seria ótimo. — Elora deu um longo gole em seu vinho.

O jantar continuou daquela maneira. A conversa de Elora e de Aurora mal disfarçava o quanto elas se detestavam. Noah não falava muito, mas ao menos ele conseguia não parecer entediado nem constrangido.

Willa e eu ficamos observando Tove por um bom tempo, mas por razões bem diferentes. Ela olhava-o com um desejo descarado, apesar de eu não conseguir entender o que ele tinha feito para merecer aquilo, exceto pelo fato de ser atraente. Eu continuei a observá-lo porque tinha certeza de que ele estava movendo as coisas sem tocar nelas.

Diferentemente dos Strom, os Kroner não ficaram muito tempo após o jantar. Presumi que era porque Elora realmente gostava de Garrett e de Willa.

Elora e eu fomos com os Kroner até a porta, e Finn veio junto para abri-la para eles. Depois de nos despedirmos, Aurora e Noah nos fizeram uma reverência, o que me fez sentir bem ridícula. Não havia nenhuma razão para que alguém se curvasse diante de mim.

Para minha admiração, Tove segurou minha mão suavemente, beijando-a com leveza quando se curvou. Ao se levantar, seus olhos encontraram os meus, e, muito sério, ele disse:

– Não vejo a hora de vê-la novamente, princesa.

– Igualmente. – Fiquei muito contente por ter dito algo que parecia totalmente perfeito para o momento. E depois provavelmente devo ter dado um sorriso largo demais.

Após eles saírem noite afora, o oxigênio pareceu voltar, e Elora soltou um suspiro irritado. Finn descansou a testa na porta por um momento antes de se virar em nossa direção. Eu me senti bem melhor ao saber que todos também tinham achado a noite exaustiva.

— Ah, aquela mulher. — Elora esfregou as têmporas e balançou a cabeça, depois apontou para mim. — *Você*. Você não se curva diante de ninguém, nunca. Especialmente para aquela mulher. Você a deixou felicíssima, e ela vai sair contando para todos sobre a princesinha tola que não sabia que não deveria se curvar diante de uma marksinna. — Olhei para o chão, sentindo meu orgulho desaparecer. — Você não se curva nem diante de mim, está claro?

— Sim — falei.

— Você é a princesa. Não tem *ninguém* acima de você. Entendeu bem? — vociferou Elora, e assenti. — Então precisa agir como tal. Precisa imperar no ambiente! Eles vieram aqui para vê-la, para ver a dimensão do seu poder, e você precisa mostrá-lo a eles. Eles precisam ficar seguros de que você será capaz de liderar a todos quando eu não estiver mais aqui.

Mantive os olhos fixos no chão, apesar de saber que aquilo provavelmente a incomodava, mas tinha medo de começar a chorar se olhasse para ela enquanto gritava comigo.

— Você fica lá sentada como uma joia bonita e inútil, e é exatamente isso o que ela quer. — Ela suspirou com desgosto mais uma vez. — Ah, e a maneira como você ficou olhando para aquele garoto, embasbacada...

Em seguida, ela silenciou abruptamente. Balançou a cabeça, como se estivesse exausta demais para continuar, depois se virou e voltou para a sala de visitas. Engoli meus sentimentos, e Finn tocou levemente no meu braço, sorrindo para mim.

— Você se saiu bem — garantiu-me Finn calmamente. — Ela está chateada com Aurora Kroner, não com você.

— Mas pareceu que ela estava chateada comigo — murmurei baixinho.

— Não se deixe abalar por causa dela. — Ele apertou meu braço, fazendo um arrepio quente percorrer meu corpo, e não resisti a retribuir o sorriso dele. — Vamos. Precisamos voltar para os convidados.

Na sala de estar, Garrett e Willa estavam nos esperando, num clima bem mais relaxado do que o do jantar. Finn até afrouxou a gravata. A explosão de raiva parecia ter acalmado Elora por completo, e ela reclinou-se relaxadamente na cadeira ao lado de Garrett. Ele parecia receber uma atenção desproporcional dela, mas não me importei.

Logo um outro lado de Finn se revelou. Ele se sentou a meu lado, com as pernas cruzadas, falando amenidades de um jeito encantador. Ainda estava sendo educado e respeitoso, mas conversava com facilidade. Eu mordi a língua, com medo de dizer algo errado, feliz em deixar Finn entreter Garrett e Willa. Até Elora parecia estar gostando.

Garrett e Elora começaram a falar de política, e Finn envolveu-se mais na conversa. Aparentemente, Elora tinha que indicar um novo chanceler em seis meses. Eu nem sabia o que era aquilo, e achei que perguntar me deixaria com cara de idiota.

Mais tarde, Elora pediu licença para se retirar por causa de uma dor de cabeça. Garrett e Finn lamentaram; ainda assim nenhum dos dois pareceu particularmente surpreso ou preocupado. Quando retomaram o assunto do chanceler, ficou claro que Willa tinha ficado entediada. Ela disse que precisava tomar um ar fresco e me convidou para ir junto.

Percorremos um longo corredor até chegarmos a um pequeno anexo com paredes de vidro quase invisíveis. Elas davam para a varanda que ia de um extremo ao outro da casa e que era protegida por uma grade preta que alcançava a altura do meu peito.

Fiquei congelada ao me lembrar do quadro que tinha visto no quarto de Elora. Era nessa varanda de mármore que eu estava deitada, com a mão esticada em direção ao nada e com o rosto contorcido de horror. Olhei para meu vestido, e vi que não era o mesmo. Este vestido era lindo, mas o do quadro brilhava. Além disso, o chão estava cheio de vidro quebrado, e ali não havia nenhum.

— Você vem? — Willa olhou para mim.

— Hum, sim. — Concordei com a cabeça e, respirando fundo, fui atrás dela.

Willa foi até o canto mais distante e inclinou-se na grade. Ali fora, a vista era ainda mais intimidante. A varanda ficava por cima de uma ribanceira de trinta metros. Avistava-se, abaixo, copas de bordos, carvalhos e sempre-vivas, que se espalhavam até onde o olhar alcançava. O jardim secreto continuava fora da vista.

Mais adiante se viam topos de casas, e, lá no fundo, o rio corria turbulento. Bem nesse momento, uma brisa soprou na varanda, deixando meus braços descobertos arrepiados, e Willa suspirou.

— Ah, para com isso! — resmungou Willa. Primeiro, achei que ela estivesse falando comigo.

Estava prestes a perguntar o que quis dizer quando ela ergueu a mão e mexeu levemente os dedos no ar. Quase instantaneamente, seu cabelo, que estava esvoaçando ao vento, acomodou-se em seus ombros. O vento tinha desaparecido.

— Foi você que fez isso? — perguntei, tentando não demonstrar o quanto estava impressionada.

— Sim. É a única coisa que sei fazer. Sem graça, não é? — Willa enrugou o nariz.

— Não, na verdade eu achei bem legal — admiti.

Ela controlava o vento! O vento era uma força impossível de se dominar, mas ela só fez mexer os dedos, e, magicamente, ele parou.

— Eu tinha esperança de um dia conseguir uma habilidade *de verdade*, mas minha mãe só comandava as nuvens, então pelo menos eu sei um pouco mais. — Willa deu de ombros. — Você vai ver quando suas habilidades começarem a aparecer. Todo mundo fica torcendo para ter telecinese ou pelo menos um pouco de persuasão, embora a maioria de nós tenha que se contentar com o uso básico dos elementos, se der sorte. Acho que as habilidades não são mais como eram antes.

— Você sabia que era diferente antes de vir para cá? — perguntei, olhando para ela por cima do ombro. Ela estava encostada na grade e inclinou-se para trás, deixando o cabelo ficar pendurado por cima da beirada.

— Ah, claro. Sempre soube que era melhor que todo mundo. — Seus olhos pestanejaram até fechar, e ela mexeu os dedos novamente, provocando uma leve brisa que soprou entre seus cabelos. — E você?

— Hum... mais ou menos. — Diferente, sim. Melhor, não mesmo.

— Mas você é bem mais nova do que quase todos nós — disse Willa. — Você ainda está estudando, não é?

— Estou. — Ninguém tinha feito nenhuma menção ao colégio desde que eu chegara lá, e eu não tinha ideia de quais eram as intenções deles para o futuro da minha educação.

— Mas o colégio é um saco de qualquer maneira. — Willa endireitou a postura e olhou para mim solenemente. — Então por que eles foram buscar você antes? Foi por causa dos Vittra?

— Como assim? — perguntei nervosamente.

Sabia o que ela queria dizer, mas queria ver se me contaria. Ninguém parecia muito a fim de falar sobre os Vittra, e Finn sequer tinha mencionado o ataque desde que vim para cá. Dentro do condomínio, presumi que estava em segurança, mas não sabia se eles ainda estavam atrás de mim.

— Ouvi umas histórias de que os Vittra têm rondado por aí ultimamente, tentando pegar nossos changelings — disse Willa com naturalidade. — Imaginei que você seria prioridade máxima por ser a princesa, pois isso é algo bem importante para a gente.

Ela olhou pensativamente para os dedos dos pés descalços e questionou:

— Será que eu seria prioridade máxima? Meu pai não é um rei nem nada do tipo, embora façamos parte da realeza. O que é que fica abaixo da rainha no mundo humano? É uma duquesa ou algo assim?

— Não sei — falei, dando de ombros. Eu não sabia nada sobre monarquias nem sobre títulos, o que era irônico, considerando que agora eu era parte essencial de uma monarquia.

— É, acho que sou algo assim. — Willa estreitou os olhos, concentrando-se. — Meu título oficial é marksinna, e meu pai é um markis. Mas não somos os únicos. Só em Förening, deve ter mais umas seis ou sete famílias com o mesmo título. Os Kroner seriam os próximos na linha de sucessão para a coroa se você não tivesse voltado. Eles são muito poderosos, e aquele Tove é um bom partido.

Tove era atraente, mas nada tinha me impressionado nele além de sua telecinese. Ainda assim, era estranho saber que eles almejavam o meu lugar, pois tínhamos acabado de jantar juntos.

– Mas eu não me preocuparia muito com isso – disse Willa, bocejando ruidosamente. – Desculpe. O tédio me deixa sonolenta. Talvez a gente devesse entrar.

Como eu estava ficando com frio, concordei com alegria. Assim que entramos, Willa deitou-se no sofá e praticamente pegou no sono, e Garrett avisou que ele iriam embora. Ele foi despedir-se de Elora, depois conduziu Willa até o carro.

Enquanto o mordomo arrumava tudo, Finn sugeriu que fôssemos para os nossos respectivos quartos. A noite tinha sido surpreendentemente cansativa, então obedeci imediatamente.

– O que está acontecendo? – perguntei depois que os Strom foram embora. Foi a primeira oportunidade que tive de falar com ele de verdade durante a noite inteira. – O que é este baile, festa ou seja lá o que for que vai acontecer no sábado?

– É o equivalente Trylle de um baile de debutantes, exceto pelo fato de que os garotos também passam por isso – explicou Finn ao subir a escada.

Naturalmente me lembrei de como achei formidável descer pelas escadas algumas horas antes. Pela primeira vez, eu tinha praticamente me sentido uma princesa, e agora me sentia uma criança brincando com as roupas da mãe. Aurora não se deixou iludir pela minha aparência elegante (que ela sequer achou tão elegante assim) e percebeu que eu não era especial.

– Nem sei o que é um baile de debutantes – eu disse, suspirando. Eu não sabia nada sobre a alta sociedade.

– É uma festa em que você é apresentada ao mundo – detalhou Finn. – Os changelings não são criados aqui. A comunidade não os conhece. Por isso, quando voltam, eles ganham um tempo para se adaptar e depois são apresentados à sociedade. Todo changeling pertence a uma, mas a maioria é bem pequena. Como você é a princesa, virão convidados de toda a comunidade Trylle. É uma experiência e tanto.

— Não estou pronta para tudo isso — falei, suspirando.

— Na hora vai estar — garantiu-me Finn.

Seguimos em silêncio pelo resto do caminho até meu quarto enquanto a futura festa me preocupava e me afligia. Não fazia tanto tempo que eu tinha ido ao meu primeiríssimo baile, e agora se esperava que eu fosse o foco de um baile dos mais formais.

Eu nunca conseguiria fazer isso. Esse dia tinha sido apenas um jantar semiformal, e eu nem tinha me saído bem.

— Acho que você vai ter uma boa noite de sono — disse Finn ao abrir a porta do quarto.

— Você precisa entrar comigo. — Lembrei-lhe, apontando para o vestido. — Não consigo abaixar o zíper sozinha.

— Claro.

Finn me acompanhou até o quarto escuro, e acendi a luz. A parede de vidro funcionava como um espelho graças à noite escura. No reflexo, achei que ainda estava bonita; depois percebi que provavelmente era porque outras pessoas estavam escolhendo minhas roupas. Minha opinião era falha demais. Virei-me e esperei que Finn abaixasse o zíper.

— Estraguei mesmo as coisas hoje, não foi? — perguntei tristemente.

— Não, claro que não.

As mãos de Finn pressionavam minhas costas, e senti o vestido afrouxar quando ele puxou o zíper. Coloquei os braços ao redor do corpo para que o vestido não caísse, em seguida, me virei e olhei para ele. Uma parte de mim sabia muito bem que estávamos a apenas alguns centímetros de distância, que eu mal estava vestida e que seus olhos escuros estavam cravados em mim.

– Você fez exatamente o que eu lhe falei – disse Finn. – Se alguém estragou as coisas, fui eu. Mas a noite não foi arruinada. É que Elora é muito sensível em relação aos Kroner.

– Por quê? Por que Elora se abala tanto com eles? Ela é a rainha.

– Monarcas já foram depostos antes – respondeu Finn calmamente. – Se a pessoa demonstra que é inadequada para o cargo, o próximo na linha de sucessão pode contestar e solicitar a tomada do título.

Toda a cor do meu rosto escoou. Repentinamente havia toda essa pressão gigantesca sobre mim. Fiquei enjoada e engoli em seco. O baile já tinha me assustado o suficiente antes de eu saber que, se eu fracassasse, minha mãe poderia ser deposta.

– Não se preocupe. Você vai se sair bem. – A expressão dele entristeceu-me mais uma vez, e ele acrescentou baixinho: – Elora tem um plano para evitar um conflito com eles.

– Qual? – perguntei.

Em vez de responder, seus olhos distanciaram-se, e seu rosto ficou sem expressão. Ele franziu a testa, depois assentiu com a cabeça.

– Desculpe – disse Finn. – Você tem que me dar licença. Elora está pedindo minha ajuda no quarto dela.

– Elora o chamou para o quarto dela? – perguntei gaguejando, incapaz de esconder meu choque.

Por alguma razão, parecia ligeiramente inadequado que Finn fizesse uma visita ao quarto dela àquela hora da noite. Talvez fosse porque ela o tivesse chamado pelo interior da cabeça dele, e eu não conseguia entender a natureza exata do relacionamento dos dois.

O fato de eu estar com ciúmes da minha própria mãe era mais do que bizarro e acrescentava uma sensação nauseante a tudo o mais que eu já estava sentindo.

— Sim. A enxaqueca dela está bem forte. — Finn afastou-se de mim.

— Tudo bem, divirta-se — murmurei.

Quando a porta fechou-se levemente atrás dele, entrei no banheiro para tirar as joias e vestir um pijama folgado. Foi difícil dormir naquela noite. Estava ansiosa demais com todas as coisas que se esperavam de mim.

Eu não sabia nada a respeito desse mundo ou dessas pessoas; ainda assim, supostamente deveria governá-los algum dia. Isso não teria sido tão ruim assim, a não ser pelo fato de que eu deveria aprender tudo em menos de uma semana para que eles acreditassem que eu seria capaz de governar.

Se eu não conseguisse, tudo o que minha mãe se esforçara tanto para conseguir seria tomado. Apesar de, na maioria das vezes, eu não gostar tanto de Elora, eu gostava ainda menos de Aurora e não simpatizava com a ideia de arruinar o legado inteiro da minha família.

TREZE

ser trylle

Havia domingos preguiçosos até em Förening, ainda bem. Acordei tarde e fiquei feliz ao saber que o chef ainda estava à disposição para preparar o café da manhã. Eu e Finn nos cruzamos brevemente no corredor, e nosso cumprimento não passou de um oi com a cabeça.

Eu me joguei de novo na cama, pensando que passaria o resto do dia entediada até dizer basta. Rhys bateu na minha porta, interrompendo meus planos de ficar mofando, e me convidou para ver filmes com ele e Rhiannon em seu quarto.

O quarto de Rhys era uma versão masculina do meu, o que fazia sentido, já que foi ele quem os decorou. Na frente da televisão, havia um sofá enorme e muito estofado, e essa era a maior diferença entre os nossos quartos. Terminamos assistindo à trilogia de *O Senhor dos Anéis* porque Rhys insistiu que ficava bem mais engraçado depois de eu ter passado um tempo com trolls de verdade.

Rhys sentou-se entre nós duas no sofá. Assim que o filme começou, ele estava bem no meio, mas, depois de umas três ou quatro horas de maratona, percebi que estava vindo mais para perto de mim, não que eu me importasse.

Ele falava e brincava muito com Rhiannon, e eles faziam eu me sentir à vontade. Depois de ter fracassado como a princesinha perfeita que Elora queria que eu fosse, era bom simplesmente relaxar e rir.

Rhiannon foi embora logo depois que o terceiro filme começou, dizendo que tinha que acordar cedo na manhã seguinte. Mesmo depois que ela foi embora, Rhys não se afastou de mim. Ele estava tão perto no sofá que a perna dele pressionava a minha.

Pensei em me afastar, mas eu não tinha razão para fazer isso. O filme era divertido, ele era gatinho e eu gostava de ficar com ele. Não demorou para que o braço dele "casualmente" fosse para cima dos meus ombros, e quase ri.

Ele não fazia meu coração acelerar como Finn, mas era gostoso sentir seu braço. Rhys fazia eu me sentir normal de um jeito que eu nunca tinha sentido antes, e isso só me fazia gostar mais dele. Por fim, inclinei-me para perto e descansei a cabeça em seu ombro.

O que eu não percebi foi que assistir às três versões ampliadas de *O Senhor dos Anéis* de uma vez significaria mais de onze horas vendo filmes. À uma da tarde num domingo entediante, aquilo pareceu genial. No entanto, quando deu meia-noite, virou uma guerra contra o sono, e terminei me rendendo.

De manhã, enquanto dormia pesadamente no sofá do quarto de Rhys, eu não tinha ideia da comoção que estava acontecendo na casa. Eu teria adorado continuar dormindo, mas Finn abriu a porta em pânico, acordando-me bruscamente.

– Meu Deus! – gritei, pulando do sofá. Finn tinha me dado um susto dos infernos, e meu coração estava disparado. – O que foi? Está tudo bem?

Em vez de responder, Finn ficou ali, parado, com um olhar furioso. Atrás de mim, Rhys acordou bem mais lentamente. Pelo jeito, Finn não tinha apavorado a ele tanto quanto a mim.

Olhei para Rhys, que estava vestido de camiseta e calça de moletom que, de alguma forma, caíam bem nele, e então percebi o que Finn deve ter pensado quando entrou subitamente.

Eu ainda estava com as minhas roupas confortáveis do dia de preguiça, porém nós estávamos enroscados. Mesmo se ele não tivesse percebido esse detalhe, não havia como negar que eu tinha passado a noite ali. Minha mente embaralhou-se procurando uma desculpa, mas, naquele momento, até a verdade inocente me escapou.

— Ela está aqui! — gritou Finn apaticamente.

Rhys gemeu, e eu soube que as coisas não estavam nada bem. Ele estava completamente desperto e se pusera em pé ao meu lado, timidamente. Eu queria perguntar o que estava acontecendo e por que Finn parecia sentir tanta raiva, mas não tive chance por causa de Elora.

Ela apareceu na porta, com o roupão cor de esmeralda esvoaçando dramaticamente, e seu cabelo estava preso numa trança grossa. Posicionou-se atrás de Finn, mas, de algum modo, conseguia eclipsar todo o resto.

Muitas vezes antes eu já a achara triste, mas não era nada comparado à sua expressão séria naquele momento. Ela estava franzindo tanto a testa que parecia sentir dor, e seus olhos estavam cheios de fúria.

— O que você acha que está fazendo? — A voz de Elora ecoou dolorosamente dentro da minha cabeça, e ela tinha acrescentado um pouco de sua voz psíquica para que soasse mais intensa.

— Desculpe — eu disse. — Estávamos apenas vendo filmes e peguei no sono.

— Foi culpa minha – acrescentou Rhys. – Eu coloquei o...

— Não me importa o que você estava fazendo! Você tem alguma ideia de como esse comportamento é inadequado? – Ela lançou um olhar contraído para Rhys, que se encolheu mais ainda. – Rhys, você sabe que isso é completamente inaceitável. – Ela esfregou as têmporas, dando a impressão de estar novamente com dor de cabeça, e Finn olhou para ela com preocupação. – Não quero papo com você. Vá se arrumar para o colégio e desapareça da minha frente! – disse.

— Sim, senhora. – Rhys assentiu. – Desculpe.

— Quanto a você... – Elora apontou um dedo para mim, mas não encontrou palavras para terminar. Ela parecia estar muito desapontada e indignada comigo. – Não importa como você foi criada antes de vir para cá. Você sabe muito bem qual comportamento é próprio de uma dama e qual não é.

— Eu não... – comecei a falar, mas ela ergueu a mão para me silenciar.

— Para ser sincera, Finn, você é quem mais me desaponta. – Ela tinha parado de gritar. Quando olhou para Finn, parecia simplesmente cansada. Ele abaixou os olhos de vergonha, e ela balançou a cabeça. – Não acredito que tenha deixado isso acontecer. Você sabe que precisa ficar de olho nela o tempo inteiro.

— Eu sei. Não vou deixar que aconteça novamente. – Finn curvou-se para ela num pedido de desculpas.

— Não vai mesmo. Agora conserte esta confusão ensinando a ela os costumes dos Trylle. E não quero mais ver nenhum de vocês hoje. – Ela ergueu a mão, indicando impaciência conosco, depois balançou a cabeça e saiu do quarto.

— Desculpe mesmo — disse Rhys enfaticamente. Suas bochechas estavam vermelhas de vergonha e, por alguma razão, isso só o deixava mais gatinho.

Não que eu estivesse prestando atenção à aparência dele naquele momento. Meu estômago tinha se revirado todo, e me sentia agradecida por não ter começado a chorar. Nem entendia totalmente o que tinha feito. Eu sabia que dormir no quarto de um garoto não era o ideal, mas eles estavam agindo como se fosse um crime sujeito à pena de morte.

— Você precisa se arrumar para o colégio — vociferou Finn, encarando Rhys furiosamente. Depois ele apontou para o corredor e se virou para mim. — Você. Saia. *Agora*.

Evitei-o ao passar pela porta. Normalmente eu teria adorado isso, mas naquele momento, não. Meu coração estava a mil, mas não era de felicidade. Embora Finn tentasse manter o rosto sem expressão, havia tensão e raiva irradiando de seu corpo. Escapuli para meu quarto pelo corredor, e Finn berrou algo para Rhys a respeito de ele ter que se comportar.

— Para onde está indo? — perguntou Finn quando abri a porta do meu quarto. Ele tinha acabado de sair do quarto de Rhys, batendo a porta com força, o que me sobressaltou.

— Para o meu quarto... — E apontei para o cômodo, confusa.

— Não. Você precisa vir comigo para o meu quarto — disse Finn.

— O quê? Por quê? — perguntei.

Uma pequena parte de mim ficou entusiasmada com a ideia de ir para o quarto dele. Parecia o início de alguma história da minha imaginação. Porém, pela maneira como ele estava me olhando, tive medo de que ele pudesse me matar quando ficássemos a sós.

— Preciso me arrumar para o dia, e não posso simplesmente deixar você fora de vista. — Ele estava usando calças de pijama e uma camiseta, e seu cabelo escuro não estava tão brilhoso como sempre.

Concordei com a cabeça e corri atrás dele. Ele andava com rapidez e com raiva, e me mantive um ou dois passos atrás.

— Peço mil desculpas, mesmo – disse eu. — Não quis pegar no sono lá. Estávamos apenas vendo filmes, e ficou tarde. Se soubesse que seria assim, eu os teria chamado para o meu quarto.

— Você deveria saber, Wendy! – exclamou Finn, exasperado. – Deveria saber que suas ações têm consequências e que o que você faz importa!

— Desculpe! – repeti. – Ontem estava um tédio e tanto, eu só queria fazer *alguma coisa*.

Finn virou-se para mim subitamente, assustando-me, então dei um passo para trás. Minhas costas bateram na parede, mas ele deu mais um passo em minha direção. Apoiou o braço na parede ao meu lado, com seu rosto a apenas alguns centímetros do meu. Seus olhos escuros estavam pegando fogo, porém, de alguma maneira, sua voz permaneceu calma e inalterada.

— Você sabe o que fica parecendo quando uma garota passa a noite sozinha com um garoto. Eu sei que você entende isso. Mas é *muitíssimo* pior quando uma *princesa* passa a noite sozinha com um mänsklig. Isso pode colocar tudo em risco.

— Eu... Eu não sei o que isso significa – gaguejei. – Ninguém quis me contar.

Finn continuou me fulminando com o olhar por mais um doloroso minuto, depois suspirou e deu um passo para trás. Enquanto ele estava ali, esfregando os olhos, engoli as lágrimas e recuperei o fôlego.

Quando ele olhou de volta para mim, seus olhos tinham se acalmado um pouco, mas não disse nada. Apenas andou até seu quarto, e, hesitantemente, fui atrás dele.

O quarto dele era menor que o meu, mas tinha um espaço bem mais confortável. Apesar das cortinas fechadas, dava para perceber que uma das paredes era feita inteiramente de vidro. Uma manta escura cobria sua cama, e livros transbordavam de várias estantes. Em um canto, havia uma pequena mesa com um laptop.

Assim como eu, Finn tinha um banheiro adjacente. Quando entrou lá, deixou a porta aberta, e eu o ouvi escovar os dentes. Timidamente, sentei-me na beira de sua cama e olhei ao redor.

– Você deve passar muito tempo aqui – comentei. Eu sabia que ele ficava ali de vez em quando, mas um quarto cheio de coisas era sinal de uma moradia mais permanente.

– Eu moro aqui quando não estou rastreando – disse Finn.

– Minha mãe gosta bastante de você – disse eu vagamente.

– Não neste momento. – Finn desligou a água e saiu, apoiando-se no caixilho da porta do banheiro. Ao suspirar, ele abaixou os olhos. – Desculpe por ter gritado com você.

– Tudo bem – falei, dando de ombros. Ainda não entendia por que ele tinha ficado com *tanta* raiva, mas tinha razão. Agora eu era uma princesa e tinha que começar a me comportar como tal.

– Não, você não mereceu. – Ele coçou a têmpora e balançou a cabeça. – Direcionei mal a raiva. Quando vi que você não estava no seu quarto hoje de manhã, entrei em pânico. Com tudo que está acontecendo com os Vittra... – Ele balançou a cabeça novamente.

– O que é que está acontecendo com os Vittra? – perguntei, com meu coração acelerado.

— Nada com que você deva se preocupar — disse Finn. — O que quero dizer é que minhas emoções ficaram fora de controle por não a ter encontrado e terminei sendo grosseiro com você. Peço desculpas.

— Não, a culpa é minha. Vocês têm razão — disse eu. Finn desviou o olhar em silêncio, então eu me dei conta. — E como é que você soube que eu não estava no meu quarto?

— Eu fui conferir. — Finn olhou para mim como se eu fosse uma idiota. — Eu confiro toda manhã.

— Você vem conferir enquanto estou dormindo? — falei, embasbacada. — Toda manhã? — Ele fez sim com a cabeça. — Eu não sabia disso.

— Como você saberia? Você está dormindo — salientou Finn.

— Bem... é estranho. — Balancei a cabeça. Matt e Maggie costumavam conferir se eu estava no quarto, mas era estranho saber que Finn entrava e ficava me observando dormir, mesmo se fosse só por um segundo.

— Eu tenho que me certificar de que você está sã e salva. Faz parte do meu trabalho.

— Às vezes você parece um disco arranhado — murmurei exaustivamente. — Você sempre está apenas fazendo seu trabalho.

— O que mais você quer que eu diga? — respondeu Finn, olhando para mim calmamente.

Eu apenas balancei a cabeça e desviei o olhar. De repente, minha calça tornou-se a coisa mais fascinante do mundo, e fiquei catando fiapos nela. Finn continuou olhando para mim, mas eu esperava que ele fosse continuar se arrumando. Como ele não fez isso, decidi que tinha de preencher o silêncio.

— O que é um mänsklig? — Olhei para Finn novamente, e ele suspirou.

– A tradução literal para mänsklig é "humano". – Ele inclinou a cabeça, encostando-a no caixilho da porta, e ficou olhando para mim. – Rhys é humano.

– Não entendo. Por que ele está aqui? – Balancei a cabeça.

– Por sua causa – disse Finn, só me deixando mais confusa. – Você é uma changeling, Wendy. Você foi trocada quando nasceu. O que significa que você tomou o lugar de outro bebê, e aquele bebê tinha de ir para algum outro lugar.

– Está dizendo... – Parei de falar, mas ficou extremamente óbvio depois do que Finn disse. – Rhys é Michael!

De repente, minha atração por ele virou algo muito esquisito. Ele não era meu irmão, mas era o irmão do meu irmão, apesar de Matt não ser meu irmão de verdade. Mesmo assim, aquilo de alguma maneira parecia... errado.

E, realmente, eu já devia ter percebido. Não dava para acreditar que eu não tinha pensado nisso antes. Rhys e Matt eram tão parecidos: os cabelos cor de areia, os olhos azuis, até o formato do rosto. No entanto, Matt tinha se tornado impassível por causa de suas preocupações, enquanto Rhys sorria e gargalhava com facilidade.

Talvez fosse por isso que eu não tenha percebido. O contraste entre as duas personalidades me despistara.

– Michael? – Finn parecia perplexo.

– Sim, é como minha mãe... minha falsa mãe, Kim, o chamava. Ela sabia que tinha tido um filho homem; era o Rhys. – Minha cabeça estava rodando. – Mas como... como eles fizeram isso? Como eles nos trocaram?

– É relativamente simples – explicou Finn, quase exaustivamente. – Depois que Rhys nasceu, Elora induziu seu parto e, usando persuasão na família e na equipe hospitalar, ela trocou você por ele.

— Não pode ser tão simples. A persuasão não funcionava direito com Kim — salientei.

— Normalmente fazemos trocas do mesmo sexo, menina por menina, menino por menino, mas Elora estava decidida que queria os Everly. Não dá tão certo quando a pessoa faz uma troca de menino por menina. Há o risco de as mães perceberem que há algo de errado, como foi o caso da sua mãe hospedeira.

— Espere, espere! — Ergui as mãos e olhei para ele. — Ela sabia que era mais perigoso, que havia a possibilidade de Kim enlouquecer? E o fez mesmo assim?

— Elora acreditava que os Everly eram a melhor opção para você — defendeu Finn. — E ela não estava totalmente errada. Até você admite espontaneamente que sua tia e seu irmão lhe fizeram bem.

Eu sempre meio que odiara Kim. Achava que ela tinha sido terrível e cruel, assim como meus colegas de classe humanos; mas ela sabia que eu não era filha dela. Kim na verdade tinha sido uma mãe boa demais. Ela lembrava-se do próprio filho, mesmo quando não deveria ser capaz de fazer isso, e se recusava a desistir dele. A situação toda era trágica, pensando bem.

— Então é por isso que eles não me querem com o mänsklig? Porque ele é como um meio-irmão? — Enruguei o nariz ao pensar nisso.

— Ele não é seu irmão — enfatizou Finn. — Os Trylle e os mänskligs não têm absolutamente nenhum parentesco. O problema é que eles são humanos.

— Nós somos tipo... incompatíveis fisicamente? — perguntei cuidadosamente.

– Não. Muitos Trylle saem do condomínio para viver com humanos e têm filhos normais – disse Finn. – É parte da razão porque nossa população está diminuindo.

– O que vai acontecer com Rhys agora que voltei? – perguntei, ignorando a maneira fria com que Finn explicava as coisas. Mais do que tudo, ele era profissional.

– Nada. Ele vai morar aqui enquanto quiser. Vai embora se quiser. O que ele escolher. – Finn deu de ombros. – Os mänskligs não são maltratados aqui. Rhiannon, por exemplo, é a mänsklig de Willa.

– Faz sentido. – Balancei a cabeça. Rhiannon parecia muito inquieta e nervosa, mas também parecia ser bem normal, ao contrário de todo mundo. – E então... o que eles fazem com os mänskligs?

– Eles não são criados exatamente como crianças, mas recebem tudo para que fiquem felizes e contentes – disse Finn. – Recebem educação nos nossos colégios. Há até um pequeno fundo fiduciário que é criado para eles. Quando fazem dezoito anos, ficam livres para fazer o que quiserem.

– Mas não são iguais a nós – constatei. Elora costumava falar duro com todo mundo, mas era pior com Rhys e Rhiannon. Também não dava para imaginar que Willa fosse mais gentil do que isso.

– Isto é uma monarquia. Não há iguais. – Por um instante, quase pareceu que Finn estava triste, depois se aproximou e sentou-se na cama ao meu lado. – Como sou seu rastreador, espera-se que eu a eduque, e, como Elora salientou, eu deveria ter começado antes. Você precisa entender a distinta hierarquia daqui. – Tem a realeza, em cujo topo fica você. – Finn apontou para mim. – Depois de Elora, claro. Abaixo de você, tem os markis e as marksinnas, mas eles podem virar reis e rainhas por casamento. E depois tem o Trylle comum ou as camadas populares, se você preferir. Abaixo disso, tem os rastreadores. E, abaixo de tudo, os mänskligs.

– O quê? Por que os rastreadores ficam tão embaixo?

– Somos Trylle, porém, nossa única função é rastrear. Meus pais são rastreadores, e os pais deles foram rastreadores, e por aí vai – explicou Finn. – Não temos população de changelings. Nunca. Isso significa que não temos renda. Não trazemos nada para a comunidade. Fornecemos um serviço para os outros Trylle e, em troca, recebemos casa e comida.

– Você é como um servo por contrato? – perguntei, arfando.

– Não exatamente. – Finn tentou sorrir, mas pareceu forçado. – Até nos aposentarmos do rastreamento, não precisamos fazer mais nada. Muitos rastreadores, assim como eu, vão trabalhar como guarda para algumas das famílias da cidade. Quase todos os trabalhadores de serviço, como babás, professores, chefs, empregados, são rastreadores aposentados, e eles ganham salário por hora. Alguns também são mänskligs, embora a quantidade deles esteja diminuindo por aqui.

– É por isso que você sempre se curva diante de Elora – falei atenciosamente.

– Ela é a rainha, Wendy. Todos se curvam diante dela – explicou-me Finn. – Menos você e Rhys, mas ele é bem impossível, e pais anfitriões raramente obrigam seus mänks a se curvar diante deles.

– É bom saber que o título de princesa vem com algumas regalias, como não precisar me curvar – disse eu, sorrindo ironicamente.

— Elora pode parecer fria e ausente, no entanto, é uma mulher muito poderosa. – Finn olhou para mim solenemente. – *Você* vai ser uma mulher muito poderosa. Vai receber toda oportunidade que o mundo tiver para oferecer. Sei que você não consegue enxergar isso agora, mas vai ter uma vida de muita sorte.

— Tem razão. Não consigo enxergar isso – admiti. – Provavelmente o fato de eu ter acabado de me meter em encrenca agora de manhã não ajuda, e não me sinto muito poderosa.

— Você ainda é muito nova – disse Finn, e seus lábios se inclinaram num leve sorriso.

— Acho que sim. – Eu me lembrei de como ele tinha ficado com raiva mais cedo e me virei para ele. – Não fiz nada com Rhys. Você sabe, não é? Não aconteceu nada.

Finn fitava o chão pensativamente. Observei-o, tentando perceber alguma coisa, porém, o rosto dele não mudara. Por fim, ele concordou com a cabeça.

— Sim, eu sei.

— Mas não tinha certeza mais cedo, não é? – perguntei.

Dessa vez, Finn preferiu não responder. Ele levantou-se e disse que precisava tomar banho. Pegou as roupas e entrou no banheiro.

Achei que seria um bom momento para explorar o quarto dele, mas de repente me senti muito cansada. Finn tinha me acordado cedo, e a manhã inteira havia sido incrivelmente esgotante. Deitada, eu rolei na cama e me cobri com seus cobertores. Eram macios e tinham o cheiro dele, e eu peguei rapidamente no sono.

CATORZE

reino

Com exceção do jardim dos fundos, eu tinha visto pouco do terreno do palácio. Depois do café da manhã, Finn me levou lá fora para me mostrar os arredores. O céu estava nublado e carregado, e Finn olhou ceticamente para o alto.

– Vai chover? – perguntei.

– Nunca dá para saber por aqui. – Ele parecia irritado, depois balançou a cabeça e seguiu em frente, aparentemente decidindo arriscar.

Dessa vez saímos pela porta da frente da mansão, indo parar numa entrada de garagem revestida de pedras. Havia árvores cobrindo o palácio, arqueando-se lá no alto do céu. Bem na beirada da garagem, samambaias e plantas preenchiam os espaços entre os pinheiros e os bordos.

Finn caminhou entre as árvores, afastando levemente as plantas para abrir caminho. Ele insistiu para que eu usasse sapatos nesse dia, e, enquanto eu o seguia, entendi o motivo. Haviam feito um atalho irregular, mas ele estava coberto de musgo, gravetos e pedras.

Trocada

– Para onde está indo? – perguntei na subida do caminho.
– Vou mostrar Förening para você.
– Eu já não vi Förening? – Parei e olhei ao redor. Por entre as árvores, não dava para ver muita coisa, mas suspeitei que era tudo parecido.
– Você não viu quase nada. – Finn olhou para mim, sorrindo.
– Vamos, Wendy.

Sem esperar que eu respondesse, ele continuou subindo. A trilha já estava íngreme e parecia escorregadia por causa da lama e do musgo. Finn se deslocava facilmente, segurando em galhos ou raízes protuberantes.

Eu não estava subindo com a mesma agilidade. Escorreguei e tropecei durante o caminho inteiro, arranhando a palma da mão e os joelhos em várias pedras afiadas. Finn não desacelerou e raramente olhava para trás. Ele tinha mais fé nas minhas habilidades do que eu, mas acho que isso não era nenhuma novidade.

Se eu não estivesse tendo que tomar tanto cuidado para não escorregar, talvez tivesse gostado daquilo. Os pinheiros e as folhas davam ao ar um cheiro de verde e de molhado. O rio lá embaixo parecia ecoar por todo o lugar, lembrando-me de quando eu colocava uma concha no ouvido. Piados de passarinho, que cantavam fervorosamente, sobrepunham-se ao som do rio.

Finn estava me esperando ao lado de uma pedra gigantesca, e, quando o alcancei, ele não falou nada sobre o meu ritmo lento. Antes que eu conseguisse recuperar o fôlego, ele se segurou num pequeno suporte da pedra e começou a subir.

– Tenho certeza de que não consigo subir nisso – falei, olhando a superfície escorregadia da pedra.

– Eu a ajudo. – Ele estava com o pé numa fissura e se inclinou para trás, estendendo a mão para mim.

Pensando logicamente, se me segurasse nele, o peso do meu corpo faria com que ele caísse da pedra. No entanto, ele não duvidava de que seria capaz de nos puxar para cima, então também não duvidei. Finn tinha essa capacidade de me fazer acreditar em qualquer coisa, e isso às vezes me assustava.

Segurei em sua mão, mal tendo tempo de apreciar o quanto era forte e quente antes de ele começar a me puxar em direção à pedra. Soltei um gritinho, e ele riu. Finn me conduziu para uma fissura, e de repente eu estava agarrada à pedra, tentando salvar minha vida.

Finn subia, sempre mantendo uma mão estendida para eu segurar caso escorregasse, porém subi a maior parte sozinha. Fiquei surpresa quando os meus dedos não cederam e meus pés não deslizaram. Quando me lancei para o topo da pedra, reconheço que foi inevitável sentir um pouco de orgulho.

Já de pé na pedra gigantesca, limpando a lama dos meus joelhos, comecei a fazer algum comentário sobre minha agilidade fantástica, mas então notei a vista. O topo da pedra devia ser o ponto mais alto acima das ribanceiras. Dali se via tudo e, de alguma maneira, era ainda mais incrível do que a vista do palácio.

Havia chaminés espalhadas por entre as árvores, e dava para ver os rastros de fumaça soprados pelo vento. Estradas curvavam-se e percorriam a cidade, e algumas pessoas caminhavam nelas. O palácio de Elora era cercado por videiras e árvores, mas ainda parecia assustadoramente grande, debruçado na ribanceira.

O vento soprando em meus cabelos deixava tudo aquilo emocionante. Era como se eu estivesse voando, mesmo estando parada.

— Esta é Förening. — Finn apontou para as casas escondidas no meio das folhagens verdes.

— É de tirar o fôlego — admiti. — Estou embasbacada.

— É tudo seu. — Os olhos escuros dele encontraram os meus, enfatizando a seriedade de suas palavras. Depois ele desviou o olhar, observando as árvores. — Este é o seu reino.

— É, mas... não é meu de verdade.

— Na verdade, de certa forma é, sim. — Ele deu um pequeno sorriso para mim.

Olhei de volta para a ribanceira. Em comparação aos outros reinos, sabia que esse era relativamente pequeno. Não era como se eu tivesse herdado o Império Romano ou coisa do tipo, mesmo assim era estranho o fato de eu possuir qualquer espécie de reino.

— Mas para quê? — perguntei baixinho. Como Finn não respondeu, achei que minhas palavras tinham sido levadas pelo vento, por isso perguntei mais alto. — Por que vou receber isto? O que devo fazer com isto?

— Governar. — Finn estava atrás de mim e se aproximou, vindo para o meu lado. — Tomar as decisões. Manter a paz. Declarar as guerras.

— Declarar as guerras? — perguntei, olhando para ele profundamente. — É mesmo algo que fazemos? — Ele deu de ombros. — Não entendo.

— A maioria das coisas já vai ter sido decidida quando você assumir o trono — disse Finn, olhando para as casas. — A ordem já está encaminhada. Você precisa apenas mantê-la, reforçá-la. Tudo o que você precisa fazer é morar no palácio, ir a festas e a reuniões triviais de governo e, ocasionalmente, decidir algo importante.

– Como o quê? – perguntei, não gostando do tom que a voz dele tinha assumido.

– Banimentos, por exemplo. – Ele parecia pensativo. – Sua mãe baniu uma marksinna uma vez. Isso não era feito havia anos, mas são confiadas a ela as decisões que mais bem protegem nosso povo e nosso modo de vida.

– Por que ela a baniu? – perguntei.

– Ela corrompeu uma linhagem. – Ele não falou mais nada por um minuto, e eu olhei para ele interrogativamente. – Ela teve um filho com um humano.

Queria perguntar mais a respeito, mas senti uma gota de chuva pingar na minha testa. Olhei para o céu, para ter certeza de que tinha sido chuva, e as nuvens pareceram se romper, a água correndo torrencialmente antes que eu tivesse tempo de me proteger.

– Vamos! – Finn segurou minha mão, puxando-me.

Deslizamos pela lateral da pedra, minhas costas se arranhavam naquela superfície áspera, e caímos pesadamente num bosque de samambaias. A chuva já tinha encharcado minhas roupas, deixando minha pele arrepiada. Ainda segurando minha mão, Finn me guiou para que nos abrigássemos embaixo de um pinheiro gigante.

– Esta chuva veio do nada – disse eu, olhando por entre os galhos. Não estávamos totalmente protegidos embaixo da árvore, mas apenas algumas gotas grossas de chuva nos atingiam.

– O tempo é muito instável aqui. As pessoas daqui atribuem isso ao rio, mas os Trylle têm mais a ver com isso – explicou Finn.

Pensei em Willa e na reclamação dela de só conseguir controlar o vento enquanto sua mãe manipulava as nuvens. O jardim abaixo do palácio florescia o ano inteiro graças às habilidades dos Trylle, e não era difícil imaginar que eles também desempenhavam algum papel em relação à chuva.

Os pássaros tinham silenciado, e, com o barulho da chuva, não dava para ouvir o rio. O ar estava com um cheiro forte de pinheiro. Até no meio da tempestade, eu me senti estranhamente em paz. Continuamos lá por algum tempo, observando a chuva e compartilhando o silêncio, mas logo o frio aumentou e meus dentes começaram a bater.

– Você está com frio.

– Estou bem – disse eu, balançando a cabeça.

Isso bastou para que Finn colocasse o braço ao meu redor, aproximando-me dele. Foi tão repentino que me fez esquecer de respirar, e, apesar de ele não estar nem um pouco mais quente do que eu, a força de seu abraço fez um calor se espalhar pelo meu corpo.

– Acho que não estou ajudando muito – falou ele, com a voz baixa e grave.

– Eu parei de tremer – salientei baixinho.

– É melhor voltarmos para você colocar roupas secas. – Ele respirou profundamente, olhando para mim por mais um instante.

Tão repentinamente como tinha me abraçado, ele afastou-se e começou a voltar ribanceira abaixo. A chuva caía rápida e friamente. Sem ele para me aquecer, eu não tinha vontade de ficar nela mais do que o necessário. Fui atrás correndo e deslizando até o fim.

Entramos pela porta da frente, derrapando no chão de mármore. Pingava água de nossas roupas, formando poças rapidamente. Tive apenas um segundo para me recompor antes de perceber que não estávamos a sós na entrada.

Elora veio em nossa direção com o mesmo jeito majestoso de sempre. O vestido esvoaçava a seu redor, fazendo com que parecesse flutuar enquanto andava. A seu lado havia um homem obeso e calvo, cujas papadas balançavam quando falava. O terno branco que estava usando não ficaria bem em ninguém, mas o fazia parecer uma bola de neve gigante e suada.

— Que bom que chegaram agora que o chanceler está de saída — disse Elora gelidamente, cravando os olhos em nós dois. Não sabia de quem ela estava com mais raiva.

— Sua Majestade, posso ficar para conversarmos — disse o chanceler, olhando para ela com seus olhos pequenos e entusiasmados.

— Chanceler, lamento termos perdido sua visita — disse Finn, fazendo o máximo para se recompor. Mesmo pingando, ele parecia calmo e disposto a agradar. Já eu estava com os braços ao redor do corpo e tentava não tremer.

— Não, você me deu muito em que pensar, e não quero desperdiçar mais de seu tempo. — Elora sorriu levemente para o chanceler. Seu olhar consumia-se de desprezo.

— Você vai refletir sobre o assunto, então? — Ele olhou para ela com esperança e parou. Ela estava tentando levá-lo até a porta, e seu sorriso ficou tenso quando ele parou.

— Sim, claro. — Elora parecia meiga demais, então supus que estava mentindo. — Levo todas as suas preocupações muito a sério.

— As minhas fontes são muito boas – prosseguiu o chanceler. Elora o fez continuar, apressando-o em direção à porta. – Tenho espiões em todo canto, até nos campos dos Vittra. Foi assim que consegui o meu cargo.

— Sim, eu me lembro da sua plataforma. – Elora pareceu se segurar para não revirar os olhos, mas o peito dele inflou, como se ela o tivesse elogiado.

— Se eles dizem que existe um plano, então está certo – disse o chanceler com convicção. Percebi que Finn ficou tenso a meu lado, espremendo os olhos em direção ao chanceler.

— Sim, claro que existe. – Elora fez um sinal a Finn para que segurasse a porta para o chanceler. – Adoraria conversar mais, mas você tem que se apressar caso queira evitar o pior desta tempestade. Não quero que fique preso aqui.

— Ah, sim, tem razão. – O chanceler olhou para as torrentes de chuva que caíam, e seu rosto empalideceu-se um pouco. Ele virou-se para Elora. Curvando-se, segurou a mão dela e a beijou uma vez. – Minha rainha. Estou às suas ordens, sempre.

Ela sorriu firmemente para ele, e Finn desejou-lhe boa viagem. O chanceler mal olhou na minha direção antes de mergulhar na chuva. Assim que Finn fechou a porta, Elora soltou um suspiro de alívio.

— O que estavam fazendo? – Elora olhou para mim com desdém, mas, antes que eu pudesse responder, ela balançou a mão. – Não importa. Sorte sua que o chanceler não percebeu que você é a princesa.

Olhei para minhas roupas encharcadas, pingando, sabendo que não parecia mesmo pertencer à realeza. De alguma maneira, Finn ainda estava elegante, e eu não tinha ideia de como ele conseguia fazer aquilo.

— Qual é a natureza da visita do chanceler? — perguntou Finn.

— Ah, você conhece o chanceler. — Elora revirou os olhos e começou a se retirar. — Ele está sempre inventando alguma teoria da conspiração. Eu deveria ter mudado as leis para ficar com a palavra final em relação à escolha do chanceler, em vez de deixar os Trylle votarem. As pessoas sempre cedem aos encantos de idiotas como ele.

— Ele falou algo sobre um plano Vittra — insistiu Finn. Ele seguiu-a, ficando a alguns passos de distância, e eu fui atrás.

— Tenho certeza de que não é nada. Há anos que um Vittra não entra em Förening — disse Elora com uma surpreendente segurança.

— Sim, mas com a princesa... — começou Finn. Porém, ela ergueu a mão, interrompendo-o. Ela virou-se para ele, e, pela expressão em seu rosto, percebi que estava falando em sua cabeça. Depois de um minuto, ele respirou fundo e disse: — Só estou propondo que tomemos precauções a mais, que tenhamos mais guardas a postos.

— É para isso que você está por perto, Finn. — Ela lhe sorriu, algo que quase pareceu genuíno, mas também um pouco estranho e malicioso. — Não é só pelo seu rostinho bonito.

— Sua Majestade, você confia demais em mim.

— É verdade, eu confio. — Elora suspirou e continuou andando. — Vá tirar essas roupas. Está pingando em cima de tudo.

Finn ficou observando a silhueta dela afastar-se, e eu esperei ao lado dele até ter certeza de que ela não podia mais nos ouvir, apesar de que, pensando bem, não dava para garantir nunca que ela não estivesse nos ouvindo.

– O que foi isso? – sussurrei.

– Nada. – Finn balançou a cabeça. Ele olhou para mim, quase como se tivesse esquecido que eu estava ali. – Você precisa se trocar para não ficar doente.

– Nada? Vai haver um ataque? – perguntei, no entanto, Finn só fez se virar na direção da escada. – O que é que vocês têm, hein? Estão sempre fugindo das minhas perguntas!

– Você está encharcada, Wendy – disse Finn com franqueza, e corri para alcançá-lo, sabendo que ele não me esperaria. – E você ouviu tudo o que eu ouvi. Você sabe o que eu sei.

– Não é verdade! Eu sei que ela fez com você aquela coisa bizarra de falar com a mente.

– Sim, mas ela só disse para que eu ficasse quieto. – Ele subiu a escada sem olhar para mim. – Você vai ficar bem. Você é a princesa, o bem mais importante que o reino possui neste momento, e Elora não a deixaria ficar em perigo. Ela apenas odeia o chanceler.

– Tem certeza de que estou segura? – perguntei, e não pude deixar de pensar no quadro do quarto escondido de Elora. Aquele em que eu estava aterrorizada e estendendo a mão para o nada.

– Eu nunca faria nada que a colocasse em perigo – garantiu-me Finn quando chegamos ao topo da escada. Ele apontou para o meu quarto no corredor. – Ainda temos muito o que fazer. Seria melhor se você esquecesse isso e fosse vestir algo mais quente.

QUINZE

aprendizado

Depois que troquei de roupa, Finn levou-me para uma sala no segundo andar, no mesmo corredor do meu quarto. O teto abobadado tinha uma pintura cheia de nuvens, unicórnios e anjos. Apesar disso, a mobília parecia normal e moderna, diferentemente das antiguidades caras que enchiam a maior parte da casa.

Finn explicou que ali havia sido o quarto dos brinquedos de Rhys. Depois que ele cresceu, tiveram que transformar em um quarto comum, mas ele raramente usava.

Deitada de costas no sofá, olhei para o teto. Finn sentou-se numa cadeira grossa na minha frente, com um livro aberto no colo. Havia pilhas de textos no chão a seu lado, e ele tentou me dar um curso de introdução à história dos Trylle.

Infelizmente, apesar de sermos uma espécie de criatura mítica, a história Trylle não era em nada mais emocionante do que a história humana.

– Quais são os papéis dos markis e das marksinnas? – interrogou-me Finn.

– Não sei. Nenhum – respondi sem hesitação.

– Wendy, você precisa aprender isso – disse Finn, suspirando. – Vão acontecer conversas no baile, e você precisa demonstrar que tem conhecimento. Não pode mais simplesmente ficar sentada sem dizer nada.

– Sou uma princesa. Devia poder fazer tudo o que eu bem entendesse – resmunguei. As minhas pernas estavam por cima do braço do sofá, e eu balançava os pés para frente e para trás.

– Quais são os papéis dos markis e das marksinnas? – repetiu Finn.

– Nas outras províncias, onde o rei e a rainha não moram, os markis e as marksinna são os líderes. São como governantes ou algo assim. – Dei de ombros. – Nas épocas em que o rei e a rainha não conseguem cumprir os seus deveres, um markis pode chegar e tomar o lugar deles. Em lugares como Förening, o título deles é mais uma maneira de dizer que eles são melhores que os outros, mas eles não têm nenhum poder.

– É verdade, mas você não pode dizer essa última parte – disse Finn, depois virou uma página no livro. – Qual o papel do chanceler?

– O chanceler é um funcionário eleito, assim como o primeiro-ministro na Inglaterra – respondi com cansaço. – A monarquia tem a palavra final e a maior parte do poder, mas o chanceler serve como conselheiro e ajuda a dar voz ao povo Trylle em relação ao modo de se governar. Ainda assim, não entendo – falei, olhando para ele. – Nós moramos nos Estados Unidos, aqui não é um país diferente. Não temos que obedecer às leis deles?

– Teoricamente, sim. Na maioria das vezes, as leis Trylle coincidem com as leis norte-americanas, exceto pelo fato de termos mais leis. Entretanto, vivemos isolados, em áreas separadas. Usando nossos recursos, isto é, dinheiro e persuasão, podemos desviar a atenção de funcionários públicos, assim temos liberdade de conduzir os nossos negócios em privacidade.

– Hum... – Enrosquei um fio de cabelo no dedo e refleti sobre o que ele estava dizendo. – Você sabe tudo sobre a sociedade Trylle? Quando você estava conversando com Garrett e com Elora, parecia que não tinha nada que você não soubesse.

Tenho certeza de que ele teria conquistado facilmente os Kroner se tivesse tentado. Ele presumia que seu trabalho era ficar em segundo plano quando eles estivessem presentes, por isso, ficava de boca calada. Mas Finn era mais refinado do que eu em todos os aspectos. Tranquilo, relaxado, inteligente, charmoso e bonito, ele tinha muito mais jeito de líder do que eu.

– Um homem tolo acha que é sábio. Um homem sábio sabe que é tolo – respondeu Finn distraidamente, ainda olhando para o livro.

– Que resposta de biscoito da sorte – disse eu, rindo, e ele até deu um sorriso irônico. – Mas, sério, Finn. Não faz sentido. Você é que deveria ser um governante, não eu. Eu não sei nada, e você está todo preparado.

– Nunca serei um governante – disse Finn, balançando a cabeça. – E é você a pessoa certa para o cargo. Você só não teve ainda o treinamento que eu tive.

– É uma estupidez – resmunguei. – Isso deveria ser decidido com base nas habilidades da pessoa, não na linhagem.

– É, *sim*, com base nas habilidades – insistiu Finn. – Porém, elas coincidem com a linhagem.

– Sobre o que está falando? – perguntei, e ele fechou o livro.

— Sabe a sua persuasão? Você a herdou de sua mãe – detalhou Finn. – Os markis e as marksinnas são quem são por causa das habilidades que possuem e que transmitiram para seus filhos. Os Trylle comuns têm algumas habilidades, mas elas se esvaeceram com o tempo. A sua mãe é uma das rainhas mais poderosas que tivemos depois de muito tempo, e a esperança é de que você dê continuidade à tradição de poder.

— Só que eu não consigo fazer quase nada! – exclamei, sentando. – Eu só tenho um pouco de persuasão, e você disse que sequer funcionaria em você!

— Ainda não, mas funcionará – corrigiu-me Finn. – Depois que você começar seu treinamento, vai entender melhor.

— Treinamento? Que treinamento?

— Será depois do baile deste fim de semana. Você vai começar a se dedicar às suas habilidades – disse Finn. – Agora a sua prioridade é se preparar para o baile. Então... – Ele abriu o livro novamente, mas eu não estava pronta para voltar a estudar.

— *Você* tem habilidades – refutei. – E Elora prefere você a mim. Tenho certeza de que ela preferiria que você fosse o príncipe. – Percebi com tristeza que aquilo era verdade e deitei no sofá novamente.

— Garanto que não é verdade.

— É, sim – afirmei. – O que está acontecendo entre você e Elora? Ela com certeza gosta mais de você e parece confiar em você.

— Elora não confia de verdade em ninguém. – Finn ficou em silêncio por um momento, depois exalou. – Se eu explicar isso, você promete voltar aos estudos?

— Sim! – respondi imediatamente e olhei para ele.

— O que vou dizer não pode sair deste quarto. Entendeu? — perguntou Finn seriamente, e assenti, engolindo em seco, com medo do que ele iria me contar.

Eu estava ficando cada vez mais preocupada com o relacionamento de Finn e Elora. Ela era uma coroa atraente, e ele com certeza era gatinho; eu conseguia imaginá-la dando uma de papa-anjo para cima dele. No fundo, era disso que eu tinha medo.

— Uns dezesseis anos atrás, depois que seu pai morreu, o *meu* pai veio trabalhar para sua mãe. Ele tinha se aposentado como rastreador, e Elora o contratou como segurança dela e da propriedade. — Seus olhos entristeceram, e seus lábios contraíram-se. Meu coração disparou.

— Elora apaixonou-se pelo meu pai. Ninguém sabia, exceto minha mãe, que ainda está casada com ele e que, no fim das contas, o convenceu a sair daqui. Entretanto, Elora continuou gostando muito do meu pai e, como consequência, de mim também. — Ele suspirava e falava com naturalidade, como se estivéssemos conversando sobre o clima. — Ela solicitou pessoalmente os meus serviços ao longo dos anos, e, como ela paga bem, aceitei.

Eu fitava-o, sentindo nervosismo e náusea. Já que o pai dele envolveu-se com minha mãe depois que nasci, dava para presumir que não havia risco de sermos irmãos. Pelo menos já era alguma coisa.

Mas todo o restante era bem perturbador, e fiquei me perguntando se Finn não sentia um ódio secreto de mim. Não tinha como ele não odiar Elora; ele devia estar aqui só por causa do salário alto que ela pagava. Depois imaginei se ele não seria alguma espécie de gigolô e tive que me segurar para não vomitar.

— Não estou dormindo com ela, e ela nunca tentou nada disso — esclareceu Finn, olhando para mim calmamente. — Ela gosta de mim por causa do que sentia pelo meu pai. Não a culpo pelo que aconteceu entre eles. Foi há muito tempo, e era meu pai quem tinha uma família em que pensar, não ela.

– Hum... – Olhei para o teto porque era mais fácil do que olhar para ele.

– Eu a aborreci. Desculpe – disse Finn com sinceridade. – É por isso que hesitei em contar para você.

– Não, não, estou bem. Vamos prosseguir, então – insisti, sem convicção. – Eu tenho muito o que estudar.

Finn ficou em silêncio por um minuto, deixando que eu assimilasse o que tinha acabado de dizer, mas tentei afastar aquilo da cabeça o mais rápido possível. Pensar naquilo só fazia com que eu me sentisse sórdida, e eu já estava com coisas demais na cabeça.

Depois de um tempo, Finn voltou aos textos, e me esforcei mais para prestar atenção. Se eu ficasse pensando no que exatamente consistia o trabalho de uma rainha, não poderia pensar na minha mãe gostando do pai dele.

Frederique Von Ellsin, o estilista que fez o vestido, veio ao palácio no dia seguinte. Ele era animado e extravagante, e eu não sabia direito se ele era um Trylle ou não. Eu estava vestindo apenas uma combinação enquanto ele tirava as minhas medidas e rascunhava como um louco num bloco de notas. Por fim, ele afirmou que tinha o vestido perfeito na cabeça e saiu rapidamente do meu quarto para começar a trabalhar.

Durante todo o dia houve uma movimentação irritante de pessoas no palácio. Eram todos funcionários, como o pessoal do bufê e planejadores de festa, por isso, a maioria me ignorou. Tudo o que faziam era seguir Elora enquanto ela dardejava grande quantidade de informações sobre o que esperava que eles fizessem, e todos se apressavam para anotar ou para digitar em seus BlackBerries.

No meio de toda a confusão, tive o prazer de passar o dia inteiro de moletom. Toda vez que Elora me via, fulminava minha roupa com o olhar, mas sempre estava ocupada demais fazendo exigências para alguma outra pessoa e não tinha tempo de reclamar comigo.

Tudo o que entreouvi dava a impressão de que meu baile de debutantes seria ainda mais aterrorizante. A coisa mais terrível que ouvi enquanto ela passava foi: "Vamos precisar de assentos para pelo menos quinhentos." – Quinhentas pessoas viriam para uma festa em que eu seria o centro das atenções? Esplêndido.

A única coisa boa do dia foi que passei o tempo todo com Finn. Só não foi tão agradável porque ele se recusou a falar sobre qualquer coisa que não estivesse relacionada ao meu desempenho na festa.

Passamos duas horas revisando os nomes e as fotos dos convidados mais importantes. Duas horas inteiras gastas em cima de uma espécie de anuário da Sociedade Trylle, tentando memorizar rostos, nomes e fatos notáveis de umas cem pessoas.

Depois ficamos uma hora e meia sentados à mesa de jantar. Aparentemente, eu não sabia comer direito. Havia maneiras corretas de segurar um garfo, de inclinar uma tigela, de erguer a taça e até de posicionar o guardanapo. Até aquele momento, eu nunca tinha dominado nenhuma dessas habilidades, e, julgando pela maneira como Finn me olhava, eu ainda estava longe disso.

No fim das contas, desisti. Empurrei meu prato, deitei a cabeça e pressionei a bochecha contra a madeira fria da mesa.

– Meu Deus, ele matou você? – perguntou Willa, parecendo chocada.

Ergui a cabeça e a vi do outro lado da mesa da sala de jantar, com as mãos nos quadris elegantes. Ela estava cheia de joias, com pulseiras e colares muito enfeitados, mas talvez aquilo fosse uma característica dos trolls. Todos eles pareciam gostar muito de ornamentos, o que, por alguma razão, não era o meu caso, a não ser pela minha obsessão com meu anel do dedão.

– Ele me matou de tédio também – disse Willa, sorrindo para mim, e eu não acreditei em quanto alívio senti ao vê-la. Ela jamais ficaria me interrogando sobre os nomes dos últimos trezentos monarcas.

– Mesmo assim, você parece mais viva do que nunca – disse Finn secamente, recostando-se na cadeira. – Talvez eu não tenha tentado o suficiente.

– Quer queimar meu filme, *cegonha*? – Willa repuxou o lábio, tentando fazer alguma espécie de careta sarcástica, mas não deu muito certo.

– Se está com a sensação de alguma coisa queimando, sugiro que você vá falar com um dos seus antigos parceiros sexuais. – Finn abriu um pequeno sorriso, e eu fiquei de boca aberta. Nunca o tinha visto falar assim com ninguém.

– Engraçadinho. – Willa tentou parecer séria, porém, tive a impressão de que ela achou aquilo divertido. – Enfim, eu vim aqui resgatar a princesa.

– Sério? – perguntei com entusiasmo exagerado. – Resgatar-me como?

– Para nos divertimos. – Ela deu de ombros de uma maneira charmosa, e olhei para Finn para ver se podia sair.

– Vá. – Ele acenou distraidamente para mim. – Você trabalhou duro e precisa de um intervalo.

Nunca achei que em algum momento eu ficaria feliz por sair de perto de Finn, mas fui praticamente saltitando atrás de Willa. Ela me deu o braço, tirando-me da sala de jantar e me levando para meu quarto. Imediatamente me senti mal por deixar Finn, mas não dava para aguentar outra palestra sobre a prataria.

Willa falou sem parar até chegarmos ao meu quarto, fazendo uma sequência sem fim de comentários sobre como essas primeiras semanas eram terríveis. Ela tinha certeza de que Finn iria esfaqueá-la com um garfo, ou vice-versa, antes mesmo de terminarem de testar o buffet.

— Essa é a pior parte — disse ela solenemente ao entrarmos no quarto —, toda a preparação antes do baile. — Ela enrugou o nariz. — É *horrendo*.

— É, não estou curtindo — admiti cansadamente.

— Eu aguentei, então você com certeza vai aguentar. — Ela entrou no meu banheiro e, como não fui atrás dela, olhou para mim. — Você vem?

— Para o banheiro com você?

— Praticar penteados. — Ela me lançou um olhar de *dã*, e, relutantemente, a segui. As coisas só iam de mal a pior.

— Penteados? — perguntei enquanto Willa me conduzia até o banco na frente da penteadeira.

— Sim, para o baile. — Ela vasculhou os produtos de cabelo na bancada, em seguida me olhou pelo espelho. — A não ser que sua mãe vá ajudá-la com isso.

— Não que eu saiba. — Balancei a cabeça.

— Ela certamente não faz o tipo maternal — concordou Willa, meio triste. Pegando uma garrafa de alguma coisa e uma escova, virou-se para mim. — Quer o cabelo preso ou solto?

– Não sei. – Pensei em quando conheci Willa, e Finn tinha me dito para usá-lo solto. – Solto. Eu acho.

– Boa escolha. – Ela sorriu e tirou o elástico, causando alguma dor ao soltar o meu cabelo. – E, então, Frederique veio hoje?

– Hum... sim, algumas horas atrás – falei, rangendo os dentes enquanto ela escovava meu cabelo.

– Excelente – disse Willa. – Quando for fazer a prova do vestido, tire uma foto e mande para mim. Adoraria ver como ficou.

– Sim, claro.

– Eu sei como tudo é ridículo e confuso no início. – Willa brincava e arrumava meu cabelo, conversando alegremente. – Finn sabe praticamente tudo, mas às vezes ele consegue ser um pouco... frio. E tenho certeza de que com a rainha não é tão diferente.

– Não muito – admiti. Mas frio não seria como eu descreveria Finn. Às vezes ele era distante; outras vezes, quando ele olhava para mim com seu jeito, ele era tudo, menos frio.

– Só quero que saiba que estou aqui para ajudar. – Ela parou de puxar meu cabelo e me olhou pelo espelho novamente. – E não como aquela vaca traidora da Aurora Kroner, nem porque meu pai pediu, apesar de ele ter pedido. Nem mesmo como Finn, pois é o trabalho dele. Eu apenas sei como é estar em seu lugar. Se eu puder ajudar em algo, estou aqui.

Ela me deu um meio-sorriso, e nele havia uma sinceridade que me surpreendeu. Por trás de seu jeito convencido, havia na verdade uma boa pessoa. Quase ninguém ali parecia se importar genuinamente com os outros, e era bom finalmente encontrar alguém que fosse assim.

Imediatamente após aquele momento, Willa começou um monólogo demorado sobre vestidos. Ela sabia de cor todos os que tinha visto desde que viera para Förening três anos antes e só tinha gostado de um ou dois.

Afinal, o meu treinamento com Willa terminou não sendo tão mais interessante do que o que fiz com Finn. Ela sabia bem mais fofocas, sobre quem tinha namorado quem e quem estava noivo e tudo o mais. Mas, como eu não conhecia nenhuma daquelas pessoas, não era tão emocionante.

Willa ainda estava solteira e não achava isso bom. Ficava dizendo que seu pai precisava arranjar alguém e mencionou alguns caras em que ficara de olho, mas que tinham escapado. Ela falava sobre Tove Kroner muito carinhosamente. Entretanto, salientou que, se não ficasse com ele, também se livraria de ter uma sogra monstruosa.

No fim do dia, eu tinha escolhido um penteado, estava com um "plano" de maquiagem pronto e sentia que sabia um pouco mais sobre a realeza Trylle. Pelo que ela falava, era tudo muito parecido com o ensino médio, o que teria sido reconfortante não fosse o fato de eu não ter me saído nada bem no ensino médio.

DEZESSEIS

mais instrução

Elas estavam interessadas em me ajudar, e eu devia ter ficado lisonjeada, mas queria apenas que me deixassem em paz. Elora e Aurora Kroner estavam no lado oposto da mesa. Um mapa dos assentos estava aberto sobre a enorme superfície de carvalho, e as duas debruçavam-se sobre ele, analisando-o minuciosamente.

Eu tinha a impressão de que Elora me arrastara até ali com ela porque a tristeza adora companhia. Quanto a Aurora, eu não entendia muito seu interesse em me ajudar. A melhor explicação que encontrei foi que ela queria saber mais a meu respeito para poder me prejudicar. O sorriso exagerado que ela abria para mim fazia com que eu quisesse me encolher.

Finn entrou no meu quarto bem cedo, e meu entusiasmo inicial desapareceu quando vi a maneira frenética como ele estava escolhendo minhas roupas. Ele pediu que eu me arrumasse num segundo e que me comportasse da melhor maneira possível o dia inteiro. Odiava quando ele me tratava como se eu tivesse cinco anos e aquele fosse o meu primeiro dia no jardim de infância.

Mas, sentada ali, observando-as examinarem cada mínimo detalhe de um mapa de assentos idiota, me senti mesmo uma criança de cinco anos. Uma criança que tinha se metido em encrenca e que precisava ficar parada durante um castigo muito angustiante. Tentei demonstrar interesse e atenção no assunto, muito embora não conhecesse nenhuma daquelas pessoas.

Estávamos no salão de guerra na ala sul, cujas paredes eram cobertas de mapas. Havia marcas verdes e vermelhas em todos eles, indicando outras tribos de trolls. Eu estava tentando examiná-los enquanto Elora e Aurora conversavam, mas Elora chamava minha atenção toda vez que eu me distraía.

— Se colocarmos o chanceler aqui, o markis Tormann vai ter que sair desta mesa. — Aurora tamborilou os dedos no papel.

— Não vejo outra maneira de resolver isso. — Elora sorriu com o máximo de meiguice possível, e Aurora fez exatamente o mesmo.

— Ele vai fazer uma longa viagem para poder vir ao baile. — Aurora pestanejou para Elora.

— Ele ainda ficará num lugar perto o suficiente para ouvir o batizado – disse Elora, e voltou a atenção para mim. — Está pronta para a cerimônia?

— Hum... estou – disse eu. Finn a tinha mencionado, porém, eu não estava prestando muita atenção na hora. Mas não podia dizer isso para Elora, então só sorri e tentei aparentar segurança.

— Uma princesa não diz "hum". — Elora contraiu os olhos em minha direção, e Aurora fracassou na tentativa de tentar disfarçar a risada de escárnio.

— Desculpe – falei, suspirando.

Elora parecia querer me punir mais, mas Aurora nos observava como um falcão. Elora pressionou os lábios, mordendo a língua para não demonstrar nenhum sinal de fraqueza.

Não entendia o que Aurora estava fazendo ali nem por que Elora a temia. Ela era a rainha, e, pelo que eu via, parecia que a única habilidade de Aurora era fazer falsos elogios e ameaças veladas.

A marksinna estava radiante, vestindo um longo da cor de vinho que me fazia sentir incrivelmente malvestida com minha saia simples. A beleza de Aurora quase ofuscava a de Elora, e isso em si já era algo surpreendente, mas acho que Elora não se importava com esse tipo de coisa.

– Talvez você deva continuar seu treinamento em outro lugar – sugeriu Elora, fulminando-me com o olhar.

– Sim. Excelente ideia. – Eu me levantei tão rápido que quase derrubei a cadeira atrás de mim. A expressão de diversão de Aurora transformou-se em desgosto total, e Elora revirou os olhos. – Desculpe. Estou muito agitada com tudo isso.

– Contenha-se, princesa.

Contida, saí do salão o mais calmamente possível. Queria sair em disparada; sentia-me como uma criança no último dia de aula. Não tinha certeza se sabia o caminho de volta e não fazia ideia de onde Finn estava. Porém, no instante em que achei que estava a salvo, acelerei o passo e me afastei dali quase correndo.

Havia percorrido apenas parte do corredor, passando por várias portas fechadas, quando alguém me chamou.

– Princesa! – Uma voz veio de uma das poucas portas abertas.

Parei, tentando olhar para dentro do cômodo. Parecia mais uma sala de lazer, com um carpete vermelho luxuoso no meio, cercado por cadeiras de couro. Uma parede era de vidro, mas as cortinas tinham sido puxadas e cobriam a maior parte dela, deixando o ambiente em sombras.

No canto, havia uma mesa de bar pesada, feita de mogno, e um homem estava encostado diante dela, segurando um uísque com soda na mão. Contraí os olhos, tentando ver melhor quem era. O cabelo estava desarrumado, e ele estava bem-vestido, mas de maneira informal.

– Não está me reconhecendo, princesa? – Ele tinha a voz alegre, então achei que talvez estivesse brincando.

– É que está difícil de enxergar – falei, entrando na sala.

– Garrett Strom. O pai de Willa – disse-me ele, e consegui ver seu sorriso se abrir.

– Ah, claro. Prazer em vê-lo. – Retribuí o sorriso, sentindo-me mais à vontade. Tinha-o visto apenas uma vez, no jantar, mas gostava dele. – Posso ajudá-lo em algo?

– Não. Estou apenas esperando sua mãe, mas acho que o dia vai ser longo, por isso, decidi me adiantar. – Garrett apontou para o drinque em sua mão.

– Ótimo.

– Quer tomar algo? – ofereceu Garrett. – Tenho certeza de que, com Elora pondo você à prova, você precisa de uma bebida.

Mordi o lábio, pensativa. Nunca tinha bebido nada antes, a não ser uma taça de vinho no jantar, mas, depois desses últimos dias, algo para aliviar a tensão seria muito bem-vindo. Porém, Elora me mataria se descobrisse, e Finn ficaria mais do que desapontado comigo.

– Não, estou bem. – Balancei a cabeça. – Mas obrigada.

– Não me agradeça. A bebida é sua – salientou ele. – Você parece exausta. Por que não relaxa?

– Está bem. – Dei de ombros e sentei numa cadeira. O couro podia até parecer desgastado, mas dava para ver, pela estabilidade, que a cadeira era bem nova. Eu me mexi um pouco, tentando me acomodar melhor, porém, terminei desistindo.

— O que ela está obrigando você a fazer? — perguntou Garrett, sentando-se na minha frente.

— Não sei. Ela está organizando um mapa de assentos. — Descansei a cabeça no encosto da cadeira. — Nem sei por que ela queria que eu ficasse lá, acho que era só para chamar a atenção para o que faço de errado.

— Ela só quer que você se sinta incluída nisso tudo — disse Garrett entre os goles de bebida.

— Bem, prefiro não ser incluída — murmurei. — Com ela e Aurora me lançando olhares gélidos e julgando tudo que digo e faço, fico contente em ficar de fora.

— Não se deixe abalar por ela — aconselhou Garrett.

— Qual das duas?

— Ambas. — Ele riu.

— Desculpe. Não queria despejar isso em cima de você.

— Não se desculpe. — Ele balançou a cabeça. — Sei o quanto é difícil, e tenho certeza de que Elora não está facilitando as coisas para você.

— Ela quer que eu já saiba de tudo e que me comporte perfeitamente, mas eu não estou aqui há tanto tempo assim.

— Você é determinada. Puxou isso dela, sabia? — Garrett sorriu. — Por mais estranho que possa parecer, tudo que ela está fazendo é para protegê-la.

Foi a primeira vez que alguém me comparou de alguma forma com Elora, e aquilo me reconfortou de uma maneira estranha. Percebi que ele era uma das pouquíssimas pessoas que a chamava de "Elora" em vez de "rainha", e fiquei me perguntando quão bem ele a conhecia.

— Obrigada — agradeci, sem saber o que mais dizer.

— Soube que Willa a visitou ontem à noite. — Os olhos dele fixaram-se em mim. A minha visão tinha se ajustado à escuridão da sala, e pude ver a suavidade de seu olhar.

— Visitou, sim. Ela tem ajudado bastante.

— Que bom. Fico feliz em saber. — Garret pareceu aliviado. Fiquei imaginando o que estava esperando que eu dissesse. — Sei que às vezes ela é um pouco... — ele balançou a cabeça, procurando a palavra certa — *Willa*, às vezes, mas as intenções dela são boas.

— Sim, Finn me explicou. E ele me disse que Rhiannon é uma mänsklig.

— É sim. — Ele balançou a cabeça. — Tenho tentado fazer com que Willa seja mais boazinha com os mänks. Mas é um trabalho em andamento.

— Por que ela a trata tão mal? — Eu não tinha visto Willa falando tanto com Rhiannon. No entanto, o pouco que falava era cheio de alfinetadas e de comentários sarcásticos, pior até que os de Aurora.

— Rhiannon morou comigo por dezenove anos antes de Willa chegar — explicou Garrett. — Willa sempre teve um medo secreto de que eu preferisse Rhiannon a ela, mas a verdade é que, por mais que eu ame Rhiannon, só tenho uma filha.

Nunca tinha pensado sobre o fato de ele amar Rhiannon ou sobre qualquer pessoa amar o mänsklig deixado para trás. Olhei em direção ao salão de guerra, como se eu pudesse ver Elora através da parede. Não dava para imaginar que ela amasse alguém.

Contudo os únicos bebês na sociedade Trylle eram mänsklig, e, em algum momento, os instintos paternais deviam falar mais alto. Com certeza não em todos os casos, mas fazia sentido que algumas pessoas, como Garrett, sentissem que a criança que criaram era deles mesmos.

– Você acha que Elora ama Rhys? – perguntei.

– Acho que é incrivelmente difícil se aproximar de Elora – reconheceu Garrett cuidadosamente, e depois sorriu para mim. – Mas sei que ela ama você.

– É, dá para ver – respondi secamente, sem querer nem considerar o que ele tinha dito, muito menos acreditar. Eu já tinha sido magoada o suficiente por mães malucas.

– Ela fala de você com muito carinho. Quando você não está por perto, claro. – Ele deu uma pequena risada. Algo na maneira como falou transparecia intimidade.

Uma imagem formou-se em minha mente. Elora sentada em sua penteadeira, vestindo um roupão e colocando joias, e Garrett atrás dela, ainda deitado na cama, com os lençóis cobrindo o corpo. Ela fez algum comentário espontâneo sobre eu ser mais bonita do que ela esperava e, antes que ele tivesse tempo de concordar, lhe disse que ele precisava se apressar e se vestir.

Balancei a cabeça, afastando o pensamento.

– Você está namorando Elora? – perguntei diretamente, apesar de já saber a resposta.

– Com certeza não chamaria de namoro – ironizou ele, e tomou um gole longo. – Digamos o seguinte: estou no máximo nível de proximidade que alguém consegue chegar com ela. Bem, que alguém consegue *agora*, pelo menos.

– Agora? – perguntei, franzindo a testa. – O que quer dizer?

– Elora não foi sempre a rainha controlada e de sangue-frio que você conhece e teme. – Havia um tom amargo em suas palavras, e me perguntei há quanto tempo eles estariam juntos. Será que era desde quando ela era casada com meu pai? Ou quando estava apaixonada pelo pai de Finn?

— O que fez com que ela mudasse? – perguntei.

— A mesma coisa que faz todos mudarem: experiência. – Ele inclinou o copo nas mãos, admirando o pouco de bebida que havia nele.

— O que aconteceu com meu pai?

— Está mesmo tentando investigar a fundo, não é? – Garrett ergueu a sobrancelha para mim. – Não tenho álcool suficiente para esta conversa. – Ele virou o resto num só gole.

— Por quê? O que aconteceu? – insisti, inclinando-me para a frente na cadeira.

— Foi há muito tempo. – Ele respirou fundo, ainda olhando para baixo. – E Elora ficou arrasada.

— Ela o amava de verdade, então? – Ainda achava estranho que ela já tivesse amado alguém. Parecia que não era capaz de sentir nenhuma emoção mais profunda do que raiva.

— Sinceramente, não sei. Eu não a conhecia muito bem naquela época. – Garrett levantou-se bruscamente da cadeira e foi até o bar. – Minha esposa ainda estava viva, e nós dois conhecíamos a rainha apenas informalmente. – Ele serviu outro drinque para si mesmo, de costas para mim. – Se quer saber mais sobre tudo isso, precisa falar com Elora.

— Ela não me conta nada. – Suspirei e me recostei na cadeira.

— Algumas coisas devem ser esquecidas – refletiu ele. Deu um longo gole, ainda de costas para mim, e percebi tardiamente que o tinha chateado.

— Desculpe – disse eu, levantando. Não sabia como corrigir a situação, então achei que ir embora talvez fosse o melhor jeito de resolver.

– Não precisa se desculpar. – Ele balançou a cabeça.

– De qualquer jeito, preciso voltar. – Fui em direção à porta. – Finn já deve estar me procurando.

– Deve, sim – Garrett balançou a cabeça. Eu estava quase na porta quando ele me interrompeu. – Princesa? – Ele virou a cabeça para o lado, e formaram-se sombras no seu rosto. – Elora é exigente com você porque ela tem medo de demonstrar cuidado por você. Mas ela lutaria até a morte para salvá-la.

– Obrigada – balbuciei.

Depois da escuridão da sala de lazer, achei a luz do corredor clara demais. Não sabia o que tinha dito para deixar Garrett tão chateado. Talvez tivesse trazido à tona lembranças de sua esposa falecida. Ou talvez o tivesse lembrado de que, apesar de Elora não conseguir gostar genuinamente dele agora, ela na verdade já tinha se sentido assim com alguém, mas com outro homem.

Balancei a cabeça, querendo me livrar da confusão que acabei sentindo por causa de Garrett. Não sabia se podia acreditar nas coisas que ele dissera sobre Elora. Não achava que era um mentiroso, mas ele queria fazer com que eu me sentisse melhor. Convencer-me de que eu tinha uma mãe que me amava de verdade provavelmente ajudaria, embora já tivesse desistido desse sonho havia muito tempo.

Encontrei Finn no saguão de entrada, dando instruções para vários ajudantes de Elora a respeito do planejamento do baile. Ele estava de costas para mim, por isso, não percebeu imediatamente que eu estava ali. Fiquei por um instante apenas o observando dar instruções e controlar as coisas. Ele sabia exatamente o que fazer com tudo, e não pude deixar de admirá-lo por isso.

– Princesa. – Finn viu-me quando olhou por cima do ombro, depois se virou completamente na minha direção com um sorriso.

Um ajudante perguntou-lhe alguma coisa, e ele apontou distraidamente para o refeitório antes de vir para perto de mim. – Como foi a manhã?

– Poderia ter sido pior – falei, dando de ombros.

– Isso não parece promissor. – Ele ergueu a sobrancelha. – Mas imagino que você mereça uma pequena pausa.

– Uma pausa? – Foi a minha vez de parecer cética.

– Sim, achei que poderíamos fazer algo divertido por um tempinho – disse Finn, sorrindo.

– Divertido? – Eu me lembrei de como ele tentara na véspera me convencer de que o seu treinamento entediante tinha sido divertido. – Está dizendo *divertido*? Ou está dizendo divertido como ficar olhando para fotos por duas horas? Ou como ter aula de Introdução ao Uso do Garfo?

– Falo de algo que pelo menos pareça diversão de verdade – respondeu Finn. – Vamos.

DEZESSETE

ciúme

Finn me conduzia por um corredor na ala sul, e percebi que nunca tinha entrando ali antes. Quando Garrett brincou com Elora ao dizer que ali era um palácio, estava dizendo a verdade. Havia muitos lugares que eu ainda não tinha visto. Era espantoso.

Finn apontou para alguns cômodos como a biblioteca, as salas de reunião onde negócios eram realizados, a sala de jantar luxuosa onde seria a recepção do sábado e depois, por fim, o salão de baile.

Ao abrir uma porta que parecia ter a altura de dois andares, Finn levou-me para dentro da sala mais grandiosa que eu já tinha visto. Era gigantesca e encantadora, e o teto parecia se estender infinitamente, por ser todo em claraboia. Candelabros de diamantes resplandecentes penduravam-se de vigas douradas. O chão era de mármore, as paredes eram *off-white* com detalhes dourados, e o cômodo parecia exatamente um salão de baile de um conto de fadas da Disney.

Os decoradores tinham começado a trazer os materiais, e pilhas de cadeiras e de mesas distribuíam-se em uma parede. Ao redor delas amontoavam-se toalhas de mesa, castiçais e todo tipo de enfeite. A única outra coisa que havia no salão era um enorme piano branco do lado oposto. Fora isso, o local estava vazio, exceto por Finn e por mim.

Odiava o fato de estar tão encantada com aquele esplendor. Odiava mais ainda o fato de o salão ser tão magnífico enquanto eu estava com aquela aparência. Meu cabelo estava preso num coque bagunçado, e a minha saia parecia simples demais. Finn também não estava exatamente muito bem-vestido, mas sua camisa padrão de botões e sua calça jeans escura pareciam bem mais apropriadas.

— E qual é a parte divertida? — perguntei, e minha voz ecoou nas paredes.

— Dançar. — O lábio de Finn contraiu-se num sorriso, e eu suspirei. — Já dancei com você antes, e sei que é algo em que precisa melhorar um pouco.

— As voltinhas lentas não resolvem? — perguntei, fazendo uma careta.

— Infelizmente, não. Mas uma valsa de verdade deve ser o suficiente. Se conseguir aprender a dançar, vai estar pronta para o baile de sábado.

— Ah, não. — Senti o estômago revirar ao me dar conta de uma coisa. — Vou ter que dançar com essa gente, não vou? Tipo desconhecidos, velhos e garotos estranhos de mão boba? — Finn riu, e eu só queria ficar em posição fetal e morrer.

— Eu poderia mentir, mas, sendo sincero, essas pessoas são provavelmente as únicas que vão convidá-la para dançar — admitiu Finn com um sorriso irônico.

— Nunca vi você achar algo tão divertido – falei, e isso apenas fez aumentar seu sorriso. – Bem, que bom que acha engraçado. Eu sendo apalpada por completos desconhecidos e tropeçando em cima de todos eles. Vai ser maravilhoso.

— Não vai ser tão ruim. – Ele gesticulou para que eu me aproximasse. – Vem. Se você aprender os passos básicos, ao menos não vai tropeçar neles.

Suspirei ruidosamente e fui até ele. Quase todo o meu receio de dançar com desconhecidos desapareceu no instante em que Finn segurou minha mão. De repente percebi que, antes de ter que dançar com eles, eu teria a oportunidade de dançar com *ele*.

Após algumas instruções e um começo desastroso de minha parte, estávamos dançando. O braço dele estava ao meu redor, forte e reconfortante. Ele me orientou para que eu ficasse olhando nos olhos dele, assim eu não me acostumaria a observar os pés ao dançar; porém, eu não teria olhado para nenhum outro lugar de todo jeito. Seus olhos escuros sempre me hipnotizavam.

Deveríamos manter certa distância entre nossos corpos, mas achei impossível. O corpo dele praticamente pressionava o meu, e achei aquela sensação deliciosa. Tinha certeza de que a gente não estava indo tão rápido quanto deveria, mas não me importei. Esse momento com ele parecia perfeito demais para ser verdade.

— Certo, tudo bem. – De repente Finn parou e afastou-se de mim. Desapontada, deixei as mãos caírem ao lado do corpo. – Isso você já aprendeu, mas na hora vai ter música. Então vamos ver como você se sai com ela.

— Está certo? – disse eu, sem muita certeza.

— Posso tocar algo no piano enquanto você fica contando os passos sozinha. – Finn já estava indo em direção ao piano, e fiquei imaginando o que eu tinha feito de errado para que ele parasse tão repentinamente. – Assim você vai aprender melhor.

– Hum... certo. – Dei de ombros, incrédula. – Achei que estávamos indo bem antes.

– Nós não estávamos indo rápido o suficiente. A música vai ajudá-la a contar o tempo.

Franzi a testa para ele, querendo apenas que voltasse e dançasse comigo. Eu me lembrei de como uma vez ele me dissera que eu era uma parceira de dança horrorosa, e achei que talvez fosse esse o problema.

Ele sentou-se ao piano e começou a tocar uma valsa bonita e complicada. Claro que ele era capaz disso. Era capaz de tudo. Eu só fiz observar, até ele sinalizar para que eu começasse a dançar.

Fiquei rodopiando na pista de dança, mas isso não era tão divertido quanto tinha sido com ele. Na verdade, não era nada legal. Talvez até fosse, se eu não estivesse tentando descobrir o que eu fazia de errado para que Finn sempre quisesse se afastar de mim.

Mas era difícil me concentrar nisso enquanto Finn ficava berrando para me corrigir. Engraçado, ele não percebera nada de errado enquanto dançávamos juntos.

– Não, já basta. – Arfei depois do que pareceu ser uma eternidade.

Meus pés e minhas pernas estavam doloridos, e um brilho de suor cobria meu corpo. Eu já tinha dançado o suficiente pelo dia inteiro. Sentei pesadamente no chão, depois me deitei, esparramando-me no mármore frio.

– Wendy, nem durou tanto tempo assim – insistiu Finn.

– Não me importo. Desisto! – Respirei profundamente e limpei o suor da testa.

– Nunca se esforçou em nada na vida? – reclamou Finn. Ele levantou-se do banco do piano e foi em minha direção, para poder me dar um sermão de perto. – Isso é importante.

– Eu sei. Você diz isso o dia inteiro sem parar.

– Não é verdade. – Finn cruzou os braços e olhou para mim no chão.

– Eu nunca me esforcei tanto na vida – falei, encarando-o. – Sempre desisto antes, ou nunca tento. Então não me diga que não estou me esforçando.

– Nunca se esforçou mais do que isso? Em nada? – perguntou Finn com incredulidade, e eu assenti. – Aquele seu irmão nunca a obrigou a fazer nada?

– Não muito – admiti, pensativa. – Ele me obrigava a ir para o colégio, eu acho. Praticamente só isso. – Matt e Maggie incentivaram-me a fazer várias coisas, mas eram pouquíssimas as que eles de fato me obrigavam a fazer.

– Eles a mimaram mais do que pensei. – Finn parecia surpreso.

– Eles não me mimaram. – Suspirei, e depois acrescentei: – Não fui mimada ao extremo. Não da maneira como Willa foi e como tenho certeza que muitos outros changelings foram. Eles queriam apenas que eu fosse feliz.

– A felicidade é algo que se conquista com esforço – salientou Finn.

– Ah, pare com essas idiotices de biscoito da sorte – zombei. – Nós nos esforçamos para sermos felizes como qualquer outra pessoa. Eles apenas eram muito cuidadosos comigo, provavelmente porque minha mãe tentou me matar. Isso os fez me tratarem de maneira mais carinhosa do que normalmente.

— Como sua mãe tentou matá-la? — perguntou Finn, surpreendendo-me. Eu não tinha lhe contado muito sobre o assunto, e ele raramente queria falar do meu passado.

— Era meu aniversário, e eu estava sendo a mesma peste de sempre. Estava com raiva porque ela tinha comprado um bolo de chocolate, e eu odiava chocolate. Estávamos na cozinha, e ela surtou. Começou a me perseguir com uma faca gigantesca. Ela me chamou de monstro, depois tentou me esfaquear, mas só conseguiu ferir de verdade o meu abdômen. Depois meu irmão Matt veio correndo e a empurrou, salvando minha vida.

— Ela cortou seu abdômen no meio? — Finn franziu a testa, preocupado.

— Sim. — Levantei a camisa, mostrando a cicatriz que cobria minha barriga.

Logo em seguida me arrependi. Ficar deitada no chão exibindo a parte mais gorda do meu corpo não parecia ser uma ideia muito boa.

Finn agachou-se no chão a meu lado, e, hesitantemente, as pontas de seus dedos percorreram toda a cicatriz. Minha pele estremeceu sob o toque dele, depois ele colocou a mão estendida em cima da minha barriga, cobrindo a cicatriz. Senti sua pele quente e suave. Por dentro, meu estômago revirava de nervosismo.

Ele piscou e, parecendo se dar conta do que estava fazendo, tirou a mão e se levantou. Rapidamente, abaixei a blusa. Nem estava mais tão confortável ficar deitada ali, por isso me sentei e ajeitei o coque.

— Matt salvou sua vida? — perguntou Finn, preenchendo o silêncio um pouco constrangedor que pairara entre a gente. Ele ainda estava com uma expressão contemplativa no rosto, e eu queria saber o que estava pensando.

– Foi. – Balancei a cabeça, assentindo, e me levantei. – Matt sempre me protegeu, desde que me lembro.

– Humm. – Finn olhou para mim, pensativo. – Você se apegou muito mais à sua família hospedeira do que a maioria dos changelings.

– Família hospedeira? – perguntei, fazendo uma careta. – Assim pareço uma parasita.

Depois percebi que eu provavelmente era mesmo uma parasita. Tinha sido deixada com os Everly para usar seus recursos, seu dinheiro, suas oportunidades, só para trazer tudo isso de volta para cá. É exatamente o que um parasita faz.

– Você não é uma parasita – disse Finn. – Eles a amam, e você retribuía genuinamente esse amor. Não é comum, mas isso não é ruim. Na verdade, é algo muito bom. Talvez isso tenha lhe dado uma compaixão que os líderes Trylle não têm há um bom tempo.

– Não acho que eu tenha muita compaixão – respondi, balançando a cabeça.

– Já percebi que você se incomoda com o jeito que Elora fala com as pessoas. Elora acha que a única maneira de ser respeitada é sendo temida, mas tenho a sensação de que você terá uma maneira inteiramente diferente de governar.

– E como vou governar? – Ergui a sobrancelha para ele.

– É você quem decide – disse Finn simplesmente.

Ele encerrou a nossa aula, dizendo que eu precisava descansar para o dia seguinte. O dia tinha me deixado exausta, e eu estava morrendo de vontade de me enroscar nos cobertores e de dormir até domingo, pulando direto o baile e toda a angústia que vinha junto com ele.

No entanto, o sono custou a vir. Fiquei me revirando na cama, pensando em como tinha sido dançar com Finn e na mão dele descansando calorosamente em meu estômago.

Entretanto, eu sempre terminava pensando em Matt e em como sentia saudade dele. Esperava que isso fosse diminuir à medida que eu passasse mais tempo aqui, mas só parecia piorar. Depois de tudo isso, eu precisava mesmo saber que tinha alguém com quem contar, alguém que se importava comigo de maneira incondicional.

Acordei cedo naquela manhã. Na verdade, passei a noite inteira acordando e, às seis, finalmente desisti. Levantei com a intenção de descer escondida para comer algo, mas, quando cheguei ao topo da escada, Rhys subiu em disparada para me encontrar, devorando uma rosquinha.

— Ei, o que está fazendo acordada? — disse ele, sorrindo e engolindo o que tinha mordido.

— Não consegui dormir — respondi, dando de ombros. — E você?

— Também. Tenho que me arrumar para o colégio daqui a pouco mesmo. — Rhys tirou o cabelo cor de areia dos olhos e se recostou no corrimão da escada. — Está preocupada com o baile?

— Mais ou menos — admiti.

— É bem intenso — disse ele, com os olhos bem abertos. Concordei, balançando a cabeça cautelosamente. — Tem algo mais a incomodando? Você parece bem... chateada, eu acho.

— Não. — Balancei a cabeça e suspirei, depois me sentei no degrau mais alto. Não queria mais ficar em pé e estava com vontade de chorar. — Estava apenas pensando no meu irmão.

— No seu irmão? – De repente, o rosto de Rhys mudou, e ele sentou-se a meu lado lentamente. Ele parecia estar quase sem fôlego. De início não entendi, mas depois me dei conta.

Devia ser tão estranho para Rhys. Ele soube a vida toda que essa não era a sua família de verdade, e isso não era de jeito nenhum a mesma coisa de ser adotado. A sua família não quisera se desfazer dele. Ele tinha sido roubado, e não fora sequer por uma família que o queria. Eles apenas queriam que eu tivesse a vida dele.

— Sim. Quero dizer... o *seu* irmão, na verdade – corrigi-me, e foi doloroso dizer aquilo. Matt sempre seria meu irmão, independentemente da nossa genética.

— Qual o nome dele? – perguntou Rhys baixinho.

— Matt. Ele é praticamente o cara mais legal do mundo inteiro.

— Matt? – repetiu Rhys, num tom de admiração.

— Sim. – Balancei a cabeça. – Ele é o cara mais corajoso de todos. Faria qualquer coisa para proteger as pessoas de quem gosta e é totalmente altruísta. Sempre coloca a vontade dos outros em primeiro lugar. E é muito, muito forte. Ele é... – Engoli em seco e decidi que não dava mais para falar dele. Balancei a cabeça e desviei o olhar.

— E minha mãe e meu pai? – insistiu Rhys, e eu não sabia como responder.

— Meu pai morreu quando eu tinha cinco anos – falei cuidadosamente. – Minha mãe ficou muito mal e, hum... ela tem estado hospitalizada desde então. Problemas psiquiátricos. Matt e a irmã do meu pai, Maggie, me criaram.

— Ah. — O rosto dele contorcia-se de concentração.

De repente, fiquei com mais ódio ainda de Kim. Sabia que ela tinha feito tudo porque amava Rhys, mas isso não tornava as ações dela justificáveis. Eu não tinha coragem de contar o que ela tinha feito ou que ela nunca seria capaz de ter uma vida com ele porque ficaria internada para sempre.

— Sinto muito. — Coloquei a mão delicadamente em cima da dele, para consolá-lo. — É difícil de explicar como eu sei disso, mas sua mãe o amava de verdade. Ela queria mesmo ter você. Acho que ela sempre me odiou por saber que eu não era você.

— Mesmo? — Havia algo de esperançoso e triste no olhar dele.

— Sim. Na verdade, isso terminou sendo péssimo para mim — falei, sorrindo de leve, e ele riu.

— Lamento. — Rhys sorriu também. — Acho que é difícil demais me esquecer.

— É, acho que sim — concordei. Rhys aproximou a mão para segurar a minha.

— E essa tal de Maggie? Como ela é? — perguntou Rhys.

— Ela é ótima. Dá um pouco de atenção demais às vezes, mas é ótima — respondi. — Ela aturou muita besteira minha. Os dois aturaram, na verdade. — Pensei em como tudo isso era esquisito, no fato de eles não serem mais a minha família. — É tão estranho. Eles são o seu irmão e a sua tia.

— Não, eu entendo. Eles também são a sua família — disse Rhys. — Eles a amaram e a criaram. É isso que é uma família, não é?

Eu precisava ouvir aquilo de alguém havia tanto tempo e apertei a mão dele em gratidão. Ainda os amava e sempre amaria. Precisava apenas saber que não havia nada de errado nisso.

— Wendy! — Finn veio pelo corredor, ainda de pijama. Instintivamente, afastei a mão, e Rhys se levantou. – O que está fazendo?

— Acabei de acordar. Estávamos apenas conversando. – Olhei para Rhys, que concordou balançando a cabeça.

Finn nos fulminava com o olhar, e eu me sentia como se tivesse sido pega roubando um banco.

— Sugiro que você vá se arrumar para o colégio – disse ele gelidamente.

— Certo, eu já estava fazendo isso mesmo – disse Rhys um tanto defensivamente, depois sorriu para mim. – Até mais, Wendy.

— Até mais. – Sorri de volta para ele.

— O que está fazendo? – falou Finn num tom de reprovação, olhando para mim.

— Já falei – insisti e me levantei. – Estávamos apenas conversando.

— Sobre o quê? – perguntou Finn.

— Sobre a minha família. – Dei de ombros. – Por que isso importa?

— Você não pode falar com ele sobre a sua família hospedeira – disse Finn com firmeza. – Os mänskligs não podem saber de onde vêm. Se soubessem, ficariam tentados a ir atrás das famílias, e isso arruinaria completamente toda a nossa sociedade. Entende isso?

— Não falei nada para ele! – eu disse, mas me senti uma idiota por não ter pensado naquilo. – Estava com saudade de Matt, e só falei coisas do tipo como ele era uma pessoa boa. Não contei para Rhys onde ele morava nem nada assim.

— Você precisa ser mais cuidadosa, Wendy – disse Finn.

— Desculpe. Não sabia. – Não gostava da maneira como ele estava me encarando, então me virei e segui pelo corredor em direção ao meu quarto.

— Espere. – Finn segurou meu braço com delicadeza para que eu parasse e olhasse para ele.

Ele deu um passo para perto de mim, ficando bem na minha frente, mas eu estava com raiva dele, por isso me recusei a olhá-lo. Dava para sentir o calor de seu corpo e que ele estava olhando para mim, porém, isso não ajudou em nada a aliviar a minha raiva.

— O que é? – perguntei.

— Vi que você estava segurando a mão dele – disse Finn, abaixando a voz.

— E...? – disse eu. – É algum crime?

— Não, mas... você *não pode* fazer isso. Você não pode se envolver com um mänsklig.

— Que seja. – Tirei meu braço da mão dele, irritada pelo fato de a única coisa em que ele era capaz de pensar era no trabalho. – Você só está com ciúme.

— Não estou com ciúme. – Finn afastou-se de mim. – Estou prezando pelo seu bem-estar. Você não entende como seria perigoso você se envolver com ele.

— Certo, certo – murmurei e continuei a andar em direção ao meu quarto. – Não entendo nada.

— Não foi o que eu disse. – Finn veio atrás de mim.

— Mas é a verdade, não é? – retruquei. – Eu não sei de nada.

— Wendy! – vociferou Finn, e, de má vontade, eu me virei na direção dele. – Se você não entende as coisas, é porque eu não expliquei direito.

Ele engoliu em seco e olhou para o chão, com os cílios escuros caindo sobre as bochechas. Havia algo a mais que ele queria dizer, então cruzei os braços, esperando.

– Mas você tinha razão. – Ele claramente estava lutando com as palavras, e eu o observei cuidadosamente. – Eu estava com ciúmes.

– O quê? – Meu queixo caiu, e meus olhos arregalaram-se de surpresa.

– Isso não afeta o trabalho que tenho que fazer, nem muda o fato de que você não pode de jeito nenhum se envolver com um mänsklig – disse Finn com firmeza, ainda olhando para o chão e não para mim. – Agora vá se arrumar. Hoje o nosso dia também será longo. – Ele virou-se e foi embora.

– Espere, Finn! – chamei-o, e ele parou, olhando para trás em minha direção.

– Esse assunto não está em discussão – respondeu ele friamente. – Eu prometi que nunca mentiria para você, então não menti.

Fiquei em frente à porta do meu quarto, tonta com aquela confissão. Pela primeira vez, ele tinha de fato admitido que ao menos parte de seus sentimentos por mim não tinham nada a ver com o trabalho. Ainda assim, era para eu esquecer tudo isso e continuar as atividades como se tudo estivesse normal.

DEZOITO

intimidação

Passei um bom tempo me arrumando, tentando assimilar o que Finn tinha me dito. Era maravilhoso saber que ele gostava de mim a ponto de sentir ciúmes, mas também percebi o quanto isso não adiantava de nada. Ele nunca faria algo que conflitasse com seu senso de honra e dever.

Apesar da minha demora, Finn não apareceu em nenhum momento para me buscar. Terminei indo esperá-lo no topo da escada. Pensei em descer para o quarto dele, mas não me senti à vontade para fazer isso. Além do mais, ele provavelmente me mandaria embora.

Do topo da escada, fiquei surpresa ao ver Tove Kroner empurrando a porta da frente. Ele não tinha batido nem nada, depois passou a mão nos cabelos bagunçados, olhando ao redor.

— Posso ajudá-lo? — falei para ele lá de cima. Como princesa, senti que era meu dever ser hospitaleira, mesmo sentindo uma agitação e uma confusão dos infernos.

— Hum, sim. Estou procurando você. — Ele enfiou as mãos nos bolsos, andou até a base da escada e parou ali.

– Para quê? – Enruguei o nariz e, ao perceber que isso pareceu rude, balancei a cabeça. – Quer dizer, como?

– Apenas para ajudar. – Tove deu de ombros.

Desci a escada vagarosamente, observando os olhos dele percorrerem o ambiente. Parecia que ele nunca ficava à vontade olhando para mim.

Enquanto me aproximava, percebi os reflexos suaves e naturais que atravessavam seu cabelo escuro, longo e rebelde, que ficava um pouco acima dos ombros.

Sua pele bronzeada tinha uma nuance cor de musgo sutil, era a tez verde sobre a qual Finn tinha falado. Mais ninguém tinha a pele como aquela, exceto talvez a mãe dele; no entanto, a dela era mais clara do que a de Tove.

– Me ajudar com o quê? – perguntei.

– O quê? – Ele tinha começado a roer a unha do dedão. Tove olhou para mim, ainda roendo.

– Está aqui para me ajudar com o quê? – falei lenta e cuidadosamente, com o meu tom beirando a desdém, mas acho que ele não percebeu.

– Ah. – Ele soltou a mão e olhou para o nada, como se tivesse esquecido por que tinha vindo. – Sou sensitivo.

– O quê? Você consegue ler mentes? – Fiquei tensa, tentando impedi-lo de ler todos os meus pensamentos.

– Não, não, claro que não – disse ele e saiu andando, admirando o candelabro pendurado no teto. – Consigo sentir as coisas e mexer os objetos com a mente. Não consigo ler pensamentos, mas consigo ver auras. A sua está um pouco marrom hoje.

– O que isso significa? – perguntei, cruzando os braços por cima do peito, como se assim pudesse esconder a minha aura. Eu não sabia nem o que era uma aura.

— Você está infeliz. — Tove parecia distraído e voltou a olhar para mim. — Normalmente ela é laranja.

— Também não sei o que isso significa. — Balancei a cabeça. — Não sei como isso serviria para me ajudar.

— Não serve, na verdade. — Ele parou de andar e olhou para mim. — Finn falou com você sobre o treinamento?

— Está falando do treinamento de princesa que estou tendo agora?

— Não. — Ele balançou a cabeça, mastigando o interior da bochecha. — Para as suas habilidades. Só vai começar após o batizado. Eles acham que usá-las *antes* de receber ensino de verdade pode deixar a pessoa fora de controle — Ele suspirou. — Eles querem que você fique calma e dócil.

— Isto é você sendo calmo? — Ergui a sobrancelha com ceticismo.

— Não. — Tove ficou olhando para o nada novamente, depois virou-se para mim, e seus olhos verdes encontraram os meus. — Você me intimida.

— *Eu* intimido você? — Ri, sem conseguir me controlar, mas ele não ficou ofendido. — Eu sou a pessoa menos intimidante do mundo.

— Hum... — Seu rosto ficou sem expressão, concentrado. — Talvez para algumas pessoas. Mas elas não veem o que eu vejo, nem sabem o que eu sei.

— O que você sabe? — perguntei delicadamente, surpresa com a confissão dele.

— Eles lhe contaram? — Tove olhou para mim novamente.

— Contaram o quê?

— Bem, se eles não contaram, eu é que não vou. — Ele coçou o braço e ficou de costas para mim, afastando-se e olhando a sala.

– Seja o que for que você estiver fazendo, não está ajudando – disse eu, já cansada. – Você só está me deixando mais confusa.

– Peço desculpas, princesa. – Tove parou de andar e curvou-se diante de mim. – Finn queria que eu conversasse com você sobre suas habilidades. Ele sabe que você só pode começar o treinamento de verdade depois do baile, mas quer que você esteja preparada.

– Finn pediu para que você viesse? – Meu coração martelava no peito.

– Sim. – Ele franziu a testa, confuso. – Isso a deixa chateada?

– Não, de jeito nenhum – menti. Finn provavelmente tinha mandado Tove para cá para não ter de lidar comigo. Ele estava me evitando.

– Você tem perguntas? – Tove aproximou-se, e mais uma vez eu me espantei com o discreto tom verde de sua pele. Num cara menos atraente, seria algo bizarro. Mas, nele, era estranhamente exótico.

– Milhares. – Suspirei. Ele inclinou a cabeça na minha direção. – Você vai ter que ser mais específico.

– Você não tem nada a temer, sabe. – Tove observava-me atentamente, e acho que eu preferia quando ele evitava olhar para mim.

– Não tenho medo. – Precisei me esforçar para parecer normal diante do olhar dele.

– Sei quando está mentindo – disse ele, ainda me observando. – Não porque sou sensitivo, mas porque você deixa muito na cara. Você provavelmente devia trabalhar mais nisso. Elora é muito boa em mentir.

– Vou praticar – murmurei.

— É melhor. — Tove falava com uma sinceridade que achei encantadora. A sua insana dispersão tinha certo charme. Enquanto passava a mão nos cabelos grossos, ele olhou para o chão com uma expressão triste. — Eu gosto de você assim, honesta e confusa. porém, isso não daria certo em uma rainha.

— Não, acho que não — concordei, sentindo eu mesma um pouco de melancolia.

— Eu também sou um pouco disperso, se você não percebeu. — Ele me deu um meio-sorriso, mas seus olhos verdes continuaram tristes. Com isso, ele agachou-se, pegando uma pequena pedra oval no chão. Ele ficou virando-a na mão, olhando para baixo. — Acho difícil me concentrar, estou me esforçando.

— Então... não quero parecer chata nem nada do tipo, mas por que Finn quis que *você* ajudasse? — Passei a mão no braço, esperando não tê-lo chateado.

— Porque sou forte. — Tove jogou a pedra para o lado, aparentando estar cansando dela. — E ele confia em mim. — Ele olhou de volta para mim. — Vamos ver o que você consegue fazer?

— Com o quê? — perguntei, confusa com a mudança brusca de assunto.

— Com qualquer coisa. — Ele abriu bem os braços. — Consegue mover as coisas?

— Com as mãos, sim.

— Óbvio. — Ele revirou os olhos. — Você não é paraplégica, por isso supus que você tinha capacidade física para isso.

— Não sei fazer muita coisa. Só persuasão, e não a uso desde que cheguei aqui.

— Tente. — Tove apontou para o candelabro pendurado acima de nós. — Mova aquilo.

— Não quero mover aquilo — falei, alarmada.

Uma imagem apareceu repentinamente na minha cabeça. O quadro que eu tinha visto no quarto de Elora, com a fumaça preta e o fogo vermelho ao redor de candelabros quebrados. Entretanto, a imagem na minha cabeça parecia bem mais vívida, como se eu conseguisse sentir o cheiro de fumaça e ver o fogo agitado, fazendo o quadro adquirir novo significado. O barulho de vidro quebrando ecoou em meu ouvido.

Engoli em seco e balancei a cabeça, dando vários passos para longe do candelabro. Eu não estava exatamente embaixo dele, mas queria me afastar mais.

– O que foi isso? – perguntou Tove, inclinando a cabeça para mim.

– O quê?

– Aconteceu algo. – Ele ficou me observando, tentando decifrar a minha reação, mas eu apenas balancei a cabeça. Era coisa demais para explicar, e eu não sabia ao certo se não tinha sido imaginação. – Interessante.

– Obrigada – murmurei.

– Odeio fazer isso com você tão assustada, mas preciso tirá-la da minha cabeça. – Ele olhou para o candelabro, e meus olhos seguiram os dele.

Meu coração disparou no peito, e minha garganta ficou seca. Os pedaços de cristal brilhavam e retiniam e começaram a tremeluzir. Dei vários passos para trás, querendo gritar para que ele parasse, embora não soubesse nem se ele me ouviria. Então o candelabro inteiro começou a balançar, e eu não consegui mais me conter.

– Pare! – gritei, e minha voz ecoou no hall de entrada. – Por que está fazendo isso?

— Desculpe. — Ele suspirou profundamente e olhou novamente para mim. Continuei encarando o candelabro até ter certeza de que ele tinha parado de se mexer. — Tinha que fazer algo, e não havia mais nada ali que eu pudesse mover, exceto você mesma, e achei que você também não gostaria disso.

— Por que você teve de mover alguma coisa? — vociferei. Meu pânico tinha começado a esvaecer, transformando-se em uma raiva palpitante, e cerrei os punhos ao lado do corpo.

— Quando você fica com tanto medo assim, você o projeta muito intensamente. — Ele ergueu as mãos, estendendo-as para demonstrar. — A maioria das pessoas não consegue mais ouvi-lo nem senti-lo, mas eu sou particularmente sensitivo em relação a emoções. E, quando movo os objetos, isso me ajuda a me concentrar. Assim, eu meio que desligo o barulho por um tempo. Você foi forte demais. Tive que silenciar isso. — Ele deu de ombros. — Desculpe.

— Você não precisava me assustar tanto assim. — Acalmei um pouco, mas minhas palavras ainda saíram duras. — Só não faça mais isso, por favor.

— É uma pena e tanto. — Tove observava-me, parecendo tanto perplexo quanto pesaroso. — Eles nem serão capazes de ver o que você é de verdade. Eles ficaram tão fracos que não vão nem perceber o quanto é poderosa.

— Sobre o que está falando? — Por um momento, esqueci minha raiva.

— Sua mãe é tão poderosa. — Quase pareceu que Tove estava impressionado. — Provavelmente não tanto quanto você e talvez não tanto quanto eu, mas está no sangue dela, estalando como eletricidade. Consigo senti-la caminhar num ambiente, ela é praticamente magnetizada. Já os outros... — Ele balançou a cabeça.

– Os outros Trylle? – quis esclarecer, já que Tove insistia em ser tão enigmático.

– Nós costumávamos mover a terra. – Ele parecia pensativo, e seu comportamento mudara. Ele não estava mais andando de um lado para o outro nem olhando ao redor, e percebi que mover o candelabro tinha mesmo feito alguma coisa com ele.

– Está dizendo literalmente ou metaforicamente? – perguntei.

– Literalmente. Éramos capazes de fazer montanhas, de parar rios. – Ele movia os braços dramaticamente, como se fosse capaz de movê-los agora. – Criávamos tudo ao nosso redor! Éramos mágicos!

– Não continuamos sendo mágicos? – perguntei, surpresa com a paixão em sua voz.

– Não como éramos antes. Depois que os humanos criaram sua própria mágica com a tecnologia, a dependência reverteu-se. Eles passaram a ter todo o poder e todo o dinheiro, e nós começamos a depender deles para criar as nossas crianças – zombou ele. – Os changelings pararam de voltar quando perceberam que não tínhamos mais tanto a oferecer.

– Nós voltamos – salientei inutilmente.

– A sua jardineira, que faz as flores brotarem, ela é uma marksinna! – Tove apontou para o fundo da casa, onde ficava o jardim. – Uma *jardineira*! Não sou de me importar com classes, porém, quando um dos membros mais poderosos da sua população é uma jardineira, sabe-se que há algo de errado.

– Bem... e por que ela é uma jardineira? – perguntei.

– Porque sim. Ninguém mais sabe fazer isso. – Ele olhou para mim, e seus olhos verdes estavam bem intensos por algum motivo. – Ninguém mais sabe fazer nada.

— Você sabe. Eu sei — falei, na esperança de aliviar o que quer que o estivesse angustiando.

— Eu sei. — Ele suspirou e abaixou os olhos. — Todo mundo está simplesmente obcecado demais com o sistema humano de monarquia. Com vestidos de estilistas famosos e joias caras. — O lábio dele contraiu-se de desgosto. — Nossa obsessão com riqueza sempre foi nossa ruína.

— É. — Fiz que sim com a cabeça. — Mas sua mãe parece ser a pior em relação a isso.

— Eu sei — reconheceu Tove com um jeito aborrecido, erguendo as sobrancelhas. Algo nele amoleceu, e ele olhou para mim quase pedindo desculpas. — Não sou contra os humanos. Parece que sou, não é?

— Não sei. Parece que você é apaixonado pelo assunto — falei.

Quando o conheci, confundira a falta de atenção dele com tédio e arrogância. Mas estava começando a achar que suas habilidades tinham algo a ver com isso, como se elas lhe dessem uma espécie de Transtorno de Déficit de Atenção relacionado ao poder. Por trás daquilo, ele tinha uma honestidade destemida como poucos Trylle pareciam ter.

— Talvez. — Ele sorriu e abaixou os olhos, parecendo um pouco envergonhado.

— Qual a sua idade? — perguntei.

— Dezenove. Por quê?

— Como você sabe tanto sobre o passado? Você falou de como as coisas eram como se você tivesse estado lá, como se tivesse visto acontecer. Ou como se você fosse o maior louco por história, ou algo assim.

— Minha mãe tem muito interesse na minha educação, caso em algum momento apareça a oportunidade de eu herdar o trono

– disse Tove, mas essa ideia parecia desgastá-lo. Não acreditava que ele estivesse mais animado do que eu com a possibilidade de reinar. Os planos de Aurora para obter a coroa deviam ser um desejo dela. O que você viu quando olhou para o candelabro? – perguntou Tove, fazendo com que eu me lembrasse da razão de ele estar ali.

– Não sei. – Balancei a cabeça. Queria responder honestamente, mas não sabia como. – Eu vi... um quadro.

– Algumas pessoas veem o futuro. – Ele olhou para o candelabro, cuja luz cintilava em cima da gente. – Outras veem o passado. – Ele ficou pensativo. – No fim das contas, um não é tão diferente do outro. Não dá para impedir que nenhum dos dois aconteça.

– Que profundo – falei, e ele riu.

– Eu não ajudei em nada, não é?

– Não sei – admiti.

– Temo que com você seja coisa demais para apenas uma tarde – disse Tove.

– Como assim? – perguntei, mas ele apenas balançou a cabeça.

– Sei que você tem muito o que estudar e não precisa que eu fique desperdiçando seu tempo. Não sei se posso ajudar em muito agora. – Ele foi em direção à porta.

– Ei, espere – pedi, e ele parou. – Você disse que normalmente eles não querem que a gente use nossas habilidades antes do batizado. Mas Finn queria que você me ajudasse a me preparar agora. Para quê? Está acontecendo alguma coisa?

– Finn é um protetor. O trabalho dele é se preocupar – explicou Tove, e meu coração apertou. Odiava quando as pessoas salientavam que eu não era nada mais do que parte do trabalho de Finn. – Ele precisa saber que vão tomar conta de você em qualquer situação, independentemente de ele estar ou não presente.

– Por que ele não estaria presente? – perguntei, sentindo o medo tomar conta do meu corpo.

– Não sei. – Tove deu de ombros. – Mas, quando uma coisa é muito importante para você, você se certifica de que ela está em segurança.

Com isso, Tove virou-se e saiu da casa. Agradeci-lhe pela ajuda, apesar de nem saber direito o que tinha feito. A não ser me deixar mais confusa. E agora eu sentia um novo pavor tomar conta de mim.

Não tinha ideia do que estava acontecendo com Finn, e meus pensamentos não paravam de voltar para o quadro que eu tinha visto no quarto secreto de Elora. Eu chegara à varanda, parecendo aterrorizada. As palavras de Tove ecoaram na minha cabeça, provocando calafrios.

Você não pode impedir que o futuro aconteça.

Olhei para o candelabro. Estava aterrorizada demais para tentar movê-lo, pensando que ele cairia e que eu tornaria o quadro de Elora realidade. Não tentei mover o candelabro e nada de terrível aconteceu.

Será que eu tinha alterado o futuro? Ou será que o pior ainda estava por vir?

DEZENOVE

batizado

Faltando apenas vinte e quatro horas para a festa, Elora achou que era necessário conferir o meu progresso, o que era compreensível. Ela planejou um ensaio geral para o jantar, aparentemente com o intuito de testar minha habilidade de conversar e de comer.

Ela não queria que uma plateia gigantesca presenciasse o meu possível fracasso, então só convidou Garrett, Willa e Rhiannon a se juntarem a ela, Finn, Rhys e a mim. Era o maior grupo que ela podia reunir sem correr o risco de se envergonhar. Como eu já conhecia todos, não senti nenhum nervosismo, apesar de Elora ter me informado de antemão que eu precisaria agir da mesma maneira que agiria amanhã à noite.

Todos receberam a mesma instrução e estavam com uma aparência bem mais majestosa do que o normal. Até Rhys tinha vestido um blazer, e estava bem bonito. Como sempre, Finn estava charmosíssimo.

Graças à confissão inesperada de ciúme que Finn tinha feito, eu não sabia muito bem como agir perto dele. Ele tinha vindo ao meu quarto antes do jantar para se certificar de que eu estava me arrumando, mas fiquei achando que estava evitando olhar para mim.

Quando cheguei à sala de jantar, Elora nos mostrou onde deveríamos nos sentar, ela em uma ponta da mesa e eu na outra. Rhys e Finn ficaram a meu lado, e Rhiannon e Willa preenchiam os lugares vazios.

– Vou sentar ao lado de quem amanhã? – perguntei entre cuidadosos goles no vinho.

– Entre Tove Kroner e mim. – Elora espremeu os olhos em direção à bebida na minha mão. – Segure a taça pela haste.

– Desculpe. – Achei que já estava fazendo isso, mas movi os dedos, torcendo para que agora estivesse segurando um pouco mais corretamente.

– Uma princesa nunca pede desculpas – corrigiu-me Elora.

– Desculpe – murmurei, e depois percebi o que tinha feito e balancei a cabeça. – Foi um acidente. Não vai mais acontecer.

– Não balance a cabeça, não é próprio de uma dama – criticou-me Elora. – Uma princesa também não faz promessas. Ela talvez não seja capaz de cumpri-las e não quer ser cobrada caso isso aconteça.

– Eu não estava fazendo uma promessa – salientei, e o olhar de Elora foi mais severo.

– Uma princesa nunca se contraria – disse Elora friamente.

– Sou uma princesa há apenas duas semanas. Não pode aliviar um pouco? – perguntei o mais gentilmente possível.

Estava frustrada com toda a conversa de princesa. Praticamente todas as frases que ela tinha me dito nos últimos dois dias começavam com "uma princesa" e em seguida listavam as coisas que uma princesa nunca ou sempre fazia.

— Você foi uma princesa a vida toda. Está no seu sangue. — Elora sentou-se ainda mais ereta em sua cadeira, como se estivesse tentando se avultar em cima de mim. — Devia saber como se comportar.

— Estou me esforçando – resmunguei.

— Fale mais alto. Use uma voz nítida e forte, não importa o que você disser – vociferou Elora. — E você não tem tempo de se esforçar. Sua festa é amanhã. Você tem que estar pronta *agora*.

Queria responder-lhe com um fora, mas tanto Rhys quanto Finn me alertavam com o olhar para que eu ficasse quieta. Rhiannon encarava seu prato nervosamente, e Garrett apenas continuou comendo com educação a sua comida.

— Compreendo. — Suspirei profundamente e dei outro gole no vinho. Não tenho certeza se segurei a taça corretamente dessa vez, mas Elora não falou nada.

— Ah, recebi a foto do vestido – disse Willa, sorrindo para mim. — É mesmo deslumbrante. Estou até com um pouco de inveja. A gente só tem a oportunidade de ser a beldade do baile uma vez, e amanhã com certeza será você. Você vai ficar maravilhosa.

Ela estava vindo em meu socorro, mudando o assunto dos meus erros para algo positivo. Mesmo que ela agisse mal com Finn e Rhiannon, simplesmente não dava para eu odiá-la.

— Obrigada – disse eu, sorrindo para ela com gratidão.

A prova final do vestido havia acontecido mais cedo, e já que Willa tinha perguntado sobre ele no outro jantar enviei-lhe a foto. Na verdade tinha sido ideia de Finn, e ele tirou a foto com a câmera de seu telefone.

Eu me senti estranha ao posar para a foto, e o fato de ele não ter me tranquilizado, dizendo que eu estava bonita com o vestido, não ajudou. Parecia elegante demais para ficar bem em mim, e teria sido bom receber um pouco de apoio naquela hora. Porém, Finn só fez tirar a foto e fim de história.

— Você viu o vestido? — Willa virou-se para Elora, que mordiscava um pedaço de brócolis com afetação.

— Não. Confio no design de Frederique, e Finn é quem dá a aprovação final — respondeu ela distraidamente.

— Eu vou fazer questão de fazer parte do processo quando minha filha for ter seu vestido — opinou Willa pensativamente. Elora indignou-se de maneira quase imperceptível ao ouvir aquilo, mas Willa não percebeu. — Sempre amei vestidos e moda. Eu poderia passar a vida inteira num baile. — Ela pareceu melancólica por um momento, depois sorriu para mim mais uma vez. — É por isso que é tão bom você estar aqui. Você vai ter um baile tão magnífico.

— Obrigada — repeti, sem saber como responder de outra maneira.

— Você mesma teve uma festa adorável — interrompeu Garrett, um pouco em defensiva a respeito da festa que tinha dado para a filha. — Seu vestido era fantástico.

— Eu sei — disse Willa presunçosamente, com um sorriso. — Foi muito boa. — Finn fez um barulho com a garganta, e tanto Elora quanto Willa cravaram os olhos nele, mas nenhuma das duas falou nada.

— Peço desculpas. Alguma coisa ficou presa na minha garganta — explicou Finn, dando um gole no vinho.

— Hum... — murmurou Elora em tom de desaprovação, depois lançou um olhar para mim. — Ah, isso me faz lembrar de uma coisa. Estive ocupada demais durante a semana para perguntar. Quais são as sugestões para o seu nome?

– O meu nome? – perguntei, inclinando a cabeça para o lado.

– Sim. Na cerimônia de batismo. – Ela olhou para mim por um instante, depois se virou com firmeza para Finn. – Achei que Finn tinha lhe dito.

– Sim, mas o nome já não está decidido? – Eu estava mesmo confusa. – Quer dizer, Dahl é o nome da família, não é?

– É o sobrenome. – Elora esfregou as têmporas, visivelmente irritada. – Quis dizer o seu primeiro nome.

– Não entendo. Por que meu nome não pode ser Wendy Dahl?

– Não é um nome adequado para uma princesa – zombou Elora. – Todos mudam os nomes. Willa chamava-se de outro jeito. Era como, querida?

– Nikki – disse Willa. – Escolhi o nome Willa em homenagem à minha mãe.

Garrett sorriu, e Elora retesou-se um pouco, depois voltou a atenção para mim.

– Então qual será? Que nome vai escolher? – insistiu Elora, possivelmente se aproveitando de mim para afastar a tensão.

– Eu... Eu não sei.

Irracionalmente, meu coração começou a esmagar o peito. Não queria mudar o meu nome de jeito nenhum. Quando Finn comentou sobre a cerimônia de batismo, presumi que seria apenas o meu sobrenome. Como aquilo não me impactou muito, não me importei tanto. Em algum momento, provavelmente me casaria e mudaria o nome de todo jeito.

Contudo, Wendy era o *meu* nome. Voltei-me para Finn em busca de socorro, mas Elora percebeu e rapidamente trouxe de volta minha atenção para ela.

— Se precisar de ideias, tenho algumas. — Elora estava falando pausadamente, enquanto cortava sua comida com força e com irritação. — Ella, em homenagem à minha mãe. Eu tinha uma irmã, Sybilla. Ambos os nomes são adoráveis. Uma das nossas rainhas que ficou mais tempo no poder chamava-se Lovisa, e eu sempre gostei muito desse nome.

— Não é que eu não goste de nenhum desses — expliquei com cuidado, apesar de realmente achar Sybilla horroroso.

— Gosto do meu nome. Não sei por que tenho que mudá-lo.

— Wendy é um nome ridículo. — Elora descartou a ideia. — É totalmente inadequado para uma princesa.

— Por quê? — insisti, e Elora cravou o olhar em mim.

Eu me recusava totalmente a mudar meu nome, independentemente do que Elora dissesse. Não é que eu achasse que Wendy fosse um nome tão maravilhoso assim, mas Matt o escolhera. Ele era o único que sempre me quis, e eu não iria me livrar da única coisa que ainda tinha dele.

— É o nome de uma mänsklig — disse Elora, rangendo os dentes. — E para mim já basta. Você vai encontrar um nome que seja adequado para uma princesa, ou eu escolherei um para você. Ficou claro?

— Se sou uma princesa, por que não posso decidir o que é adequado? — Forcei a voz para que ficasse estável e nítida, tentando fazer com que não tremesse de raiva ou frustração. — Isso não faz parte da glória de ser uma princesa, de governar um reino? Ter alguma influência sobre as regras? Se eu quiser que meu nome seja Wendy, o que tem de tão errado nisso?

— Nenhuma princesa jamais manteve o nome humano, e ninguém jamais manterá. — O seu olhar rigoroso estava cravado em mim, mesmo assim eu a encarei com firmeza. – A minha filha, a princesa, não vai carregar o nome de uma mänks.

A palavra "mänks" saiu com amargura e aspereza, e percebi o maxilar de Rhys enrijecer. Eu sabia como era crescer com uma mãe que me odiava, mas nunca fora obrigada a ficar sentada em silêncio enquanto ela fazia comentários pejorativos a meu respeito em público. Solidarizava com ele, e tive que me segurar mais ainda para não gritar com Elora.

– Não vou mudar meu nome – insisti. Todos tinham decidido olhar para os pratos enquanto eu e Elora nos encarávamos. Este jantar podia ser considerado um fracasso de proporções épicas.

– Aqui não é o lugar adequado para essa discussão – disse Elora gelidamente. Ela esfregou a têmpora, depois suspirou. – Não importa. Não há o que discutir. Seu nome será alterado e está claro que eu é que vou escolhê-lo por você.

– Não é justo! – Lágrimas formavam-se em meus olhos. – Fiz tudo o que você me pediu. Eu devia pelo menos poder manter meu nome.

– Não é assim que as coisas funcionam – respondeu Elora. – Você vai fazer o que eu disser.

– Com todo o respeito – disse Finn, interrompendo nossa discussão e surpreendendo a todos –, se é o que a princesa deseja, talvez deva ser feito assim. Os desejos dela serão a prioridade do reino, e esse é um desejo tão simples que não consigo imaginar como alguém acharia isso problemático.

– Talvez. – Elora forçou um leve sorriso, lançando-lhe um olhar rigoroso, porém, ele a encarou sem nenhum acanhamento. – Mas agora os meus desejos ainda são prioridade, e, até que isso mude, eu é que tenho a palavra final. – Seu sorriso se alargou, ficando ainda mais ameaçador, e ela continuou. – E com todo o respeito, *rastreador*, talvez você esteja se preocupando demais com os desejos dela e de menos com seus deveres. – A expressão dele esmoreceu momentaneamente, mas seus olhares não demoraram a se cruzar mais uma vez. – Não era seu dever informá-la sobre os detalhes do batismo e deixá-la completamente pronta para amanhã?

– Era – respondeu Finn, sem nenhum sinal de vergonha.

– Parece que fracassou – inferiu Elora. – Estou começando a questionar como você tem gastado seu tempo com a princesa. Será que nenhum instante foi de treinamento?

De repente, Rhys derrubou uma taça de vinho, que se quebrou, e o líquido se espalhou. Todos estavam ocupados demais encarando Elora e Finn para perceber. No entanto, pelo canto do olho, vi que ele fez de propósito.

Rhys começou a pedir desculpas e a se apressar para limpar, mas Elora tinha desviado o olhar de Finn, e ele não teve mais que se defender. Rhys o salvara, e fiquei muito aliviada.

Depois que a bagunça foi limpa, Willa, que nunca tinha gostado muito de Rhys, de repente começou a conversar sem parar com ele, que correspondeu com alegria. Estavam falando apenas para que Elora e Finn não pudessem falar.

Elora ainda conseguiu encaixar alguns comentários mordazes, como: "Francamente, princesa, não é possível que não saiba usar um garfo." Porém, assim que terminava a frase, Willa começava uma história engraçada sobre uma garota que conhecia ou sobre um filme que tinha visto ou um lugar a que tinha ido. Eram intermináveis, e todos nós ficamos agradecidos por isso.

Quando o jantar acabou, Elora alegou que estava com uma forte enxaqueca e que tinha milhões de coisas para fazer no dia seguinte. Pediu desculpas pelo fato de a sobremesa não ser servida naquele dia, mas não saiu de seu assento na cabeceira da mesa. Sem saber o que fazer, todos começaram a pedir licença para se retirar. Garrett sugeriu que fossem embora, e ela concordou de maneira evasiva.

– Vejo vocês amanhã à noite – respondeu Elora, distraída. Ela fitou o nada em vez de olhar para ele, que tentou aparentar não ter se incomodado.

– Cuide-se – disse Garrett, tocando delicadamente o ombro dela.

Finn, Rhys e eu nos levantamos para levar Garrett, Willa e Rhiannon até a porta, mas a voz de Elora fez com que eu parasse imediatamente. Acho que fez todos pararem também, porém, eles souberam disfarçar melhor.

– Finn? – disse Elora maçantemente, ainda olhando para o nada. – Você pode me acompanhar à minha sala de desenho? Quero ter uma palavra com você.

– Sim, claro – respondeu Finn, fazendo uma pequena reverência.

Eu congelei e olhei para ele, mas ele se recusou a olhar para mim. Apenas se manteve estoicamente imóvel, com as mãos atrás das costas, esperando que Elora solicitasse algo mais.

Eu teria ficado lá até Elora me dispensar, mas Willa me deu o braço e me arrastou para fora.

Rhys e Rhiannon estavam bem na nossa frente, sussurrando um para o outro. Garrett lançou mais um olhar para Elora e foi em direção à porta da frente.

— Amanhã eu virei umas dez da manhã – disse Willa, mantendo de propósito o tom leve e alegre.

— Para quê? – perguntei, sentindo-me um tanto atordoada.

— Para ajudá-la a se arrumar. É *tanta* coisa para fazer! – disse Willa, e depois lançou um olhar na direção da sala de jantar. – E sua mãe não parece ser muito prestativa.

— Willa, não fale mal da rainha – disse Garrett sem convicção.

— Bem, enfim, venho para ajudá-la com tudo. Você vai ficar maravilhosa. – Ela me lançou um sorriso tranquilizante e apertou meu braço antes de ir embora com o pai.

Logo eu e Rhys estávamos a sós na entrada.

— Você está bem? – perguntou ele.

— Sim, estou – menti.

Sentia-me estranhamente nauseada e trêmula, e tinha certeza de que não queria mais ser uma princesa. Não aguentaria muitos jantares assim. Dei um passo para trás, enquanto me preparava para dizer exatamente isso para Elora, mas senti a mão quente de Rhys no meu braço, interrompendo-me.

— Se entrar lá, só vai piorar as coisas – insistiu Rhys com delicadeza. – Vamos.

Ele colocou a mão na minha lombar e me conduziu para a escada. Quando chegamos lá, esperei que tentasse me empurrar para subi-la em direção ao meu quarto, mas ele não fez isso. Ele sabia que eu tinha que esperar Finn e descobrir o que tinha acontecido.

Fiquei olhando atentamente em direção à sala de jantar, na esperança de conseguir ver alguma coisa. Não sabia se isso adiantaria, mas pensei que, se eu conseguisse apenas *ver* o que estava acontecendo, poderia fazer com que tudo ficasse bem.

– Que jantar complicado – disse Rhys com um riso triste, e se sentou nos degraus. Não dava para ver nada, então desisti. Puxando minha saia, sentei-me ao lado dele.

– Lamento – disse eu.

– Não lamente. Não foi culpa sua – tranquilizou-me Rhys com um leve sorriso. – Você só fez deixar esta casa muito mais interessante.

Elora tinha feito aquele espetáculo em público de propósito. Caso contrário, ela teria dado o sermão em Finn em particular, dentro da cabeça dele. Por alguma razão, queria que eu testemunhasse aquilo. Eu não entendia exatamente o que ele tinha feito de errado, exceto discordar dela. Ele tinha sido respeitoso e não tinha dito nada que não fosse verdade.

– O que acha que ela está dizendo? – perguntei.

– Não sei – disse Rhys. – Ela nunca gritou de verdade comigo.

– Está brincando. – Encarei-o ceticamente. Rhys estava sempre desrespeitando as regras, e era impossível uma pessoa ser mais rigorosa do que Elora.

– Não, é sério. – Rhys riu da minha surpresa. – Ela é rude comigo quando está por perto, mas sabe quanto tempo ela passa de verdade comigo? Fui criado por babás. Elora deixou bem claro desde o primeiro dia que não era minha mãe e que nunca iria querer ser.

– Será que em algum momento ela quis ser mãe? – Do pouco que sabia dela, ela parecia não ter nem uma pitada de instinto maternal.

– Sinceramente? – Rhys estava em dúvida se me contava ou não, antes de responder tristemente. – Não. Acho que não. Mas ela tinha uma linhagem a dar continuidade. Um dever.

– Sou apenas parte do trabalho dela – murmurei amargamente. – Queria que, pelo menos uma vez, alguém me quisesse por perto de verdade.

– Ah, fala sério, Wendy – reprimiu-me Rhys com delicadeza e se aproximou. – Muitas pessoas querem você por perto. Não leve para o lado pessoal o fato de Elora ser uma vaca.

– É um pouco difícil não levar para o lado pessoal – falei, brincando com o vestido. – Ela é minha mãe.

– Elora é uma mulher forte e complicada. Eu e você não somos capazes nem de começar a entendê-la – explicou Rhys com cansaço. – Acima de tudo, ela é uma rainha, e isso a torna fria, distante e cruel.

– Como foi crescer assim? – Olhei para ele, repentinamente me sentindo culpada por estar me lamentando da minha vida quando a dele tinha sido ainda mais difícil. Ao menos eu tinha Matt e Maggie.

– Não sei – disse ele, dando de ombros. – Provavelmente como crescer num colégio interno com uma diretora rigorosa. Ela estava sempre à espreita em segundo plano, e eu sabia que tinha a palavra final em tudo. Mas a interação dela comigo era mínima. – Ele me olhou novamente, porém dessa vez com um jeito hesitante.

– O que foi?

– Ela não é tão discreta como pensa. Esta casa é grande, mas eu era um garotinho sorrateiro. – Ele mordeu o lábio e brincou com o botão do blazer. – Você sabia que ela dormia com o pai de Finn?

– Sabia – disse baixinho.

– Imaginei que ele lhe contaria. – Rhys ficou em silêncio por um minuto, mastigando o lábio. – Elora estava apaixonada por ele. Ela fica estranha quando está apaixonada. Seu rosto fica diferente, mais relaxado e radiante. – Rhys balançou a cabeça, distraído com a lembrança. – Era quase pior vê-la daquele jeito, saber que ela era capaz de bondade e de generosidade. Eu me sentia enganado, pois tudo o que eu ganhava eram olhares gélidos a distância.

– Lamento. – Coloquei a mão delicadamente em seu braço. – Queria poder dizer algo que fizesse você se sentir melhor. No entanto, para ser sincera, não dá nem para imaginar como deve ter sido horrível crescer assim.

Ele forçou um sorriso, depois balançou a cabeça, afastando a lembrança.

– Então o pai de Finn deixou Elora pela esposa, ainda bem. – Rhys pareceu pensativo por um instante. – Apesar de que aposto que ela teria jogado tudo para o ar para ficar com ele, se ele a amasse de verdade. Só que essa não é a questão.

– Qual é a questão? – perguntei sem firmeza.

– O boato é que ela mantém Finn por perto porque ainda ama o pai dele, apesar de ele nunca tê-la amado. Nada jamais aconteceu entre Finn e Elora, disso tenho certeza. – Rhys soltou um forte suspiro. – Mas...

– Mas o quê?

– O pai de Finn nunca olhou para ela como Finn olha para você. – Ele deixou isso pairar no ar um segundo enquanto eu tentava entender o que queria dizer. – Então, isso é mais uma coisa contra você. Ela nunca quis ser mãe, e você está tendo a única coisa que ela nunca teve.

— Sobre o que está falando? Eu não tenho nada que ela nunca teve e com certeza não tenho Finn. Eu... a gente nunca... é apenas trabalho.

— Wendy. — Rhys olhou para mim com um sorriso melancólico. — Eu sei que demonstro tudo o que sinto, só que você também é assim.

— Não sei do que você está falando — gaguejei e desviei o olhar.

— Tudo bem. — Rhys deu um riso falso. — Se é o que está dizendo...

Para tornar o clima mais leve, Rhys fez uma piada que não entendi muito bem. Minha mente estava acelerada, e meu coração, disparado. Rhys provavelmente estava imaginando coisas. Mesmo se não estivesse, com certeza Elora não puniria Finn por aquilo. Puniria?

VINTE

resignação

Finn apareceu na escada e eu me levantei rapidamente. Ele devia ter passado uns quinze minutos com Elora, mas, na minha cabeça, pareceu uma eternidade. Rhys estava sentado ao meu lado, no entanto ele se levantou bem mais lentamente que eu. Finn nos olhou com desdém, depois se virou e começou a subir a escada sem dar uma palavra.

– Finn! – Corri atrás dele, e Rhys sabiamente escapou para a cozinha. – Espere! Finn! O que aconteceu?

– Uma conversa – respondeu Finn com naturalidade. Eu me apressei para acompanhar o passo dele, mas ele não fez nenhum esforço para ir mais devagar, então segurei seu braço, parando-o no meio da escada. Ele olhou para trás por cima do ombro, procurando Rhys, e se negou a olhar para mim. – Achei que tinha dito para você ficar longe do mänsklig.

– Rhys estava apenas sentado aqui comigo enquanto eu esperava você – falei. – Pare com isso.

– É muito perigoso você ficar perto dele. – Finn estava virado para o topo da escada, mas olhou para mim pelo canto do olho.

— É perigoso você ficar perto de mim. — Não gostei de ele não querer mais olhar para mim. Estava com saudade dos seus olhos escuros.

— O que isso quer dizer? — insisti.

— Solte meu braço — disse Finn.

— Só me diga o que está acontecendo, depois deixo você em paz — pedi, recusando-me a soltá-lo.

— Eu fui dispensado dos meus serviços — respondeu Finn com cuidado. — Elora acha que não há mais ameaças, e fui insubordinado. Devo fazer as malas e sair da propriedade o mais rápido possível.

O ar dos meus pulmões saiu todo de uma vez só. Finn ia embora, e a culpa era minha. Ele estava me defendendo quando era para eu ter feito isso. Ou eu devia simplesmente ter ficado de boca calada.

— O quê? — Olhei para ele, boquiaberta, até que finalmente consegui falar. — Não é certo. Você não pode... Você está aqui há tanto tempo, e Elora confia em você. Ela não pode... A culpa é minha! Fui eu que me recusei a prestar atenção!

— Não, não é culpa sua — insistiu Finn com firmeza. — Você não fez nada de errado.

— Bem, você não pode simplesmente ir embora! O baile é amanhã, e não sei nada! — continuei com desespero. — Não sou uma princesa de jeito nenhum, Finn. Você tem que me ajudar em tanta coisa ainda.

— Eu não iria ajudá-lo mais depois do baile de qualquer maneira — disse Finn, balançando a cabeça. — Um professor particular virá ensinar-lhe tudo de que precisa saber daqui para a frente. Você está pronta para o baile, não importa o que Elora diga. Vai se sair maravilhosamente bem amanhã.

– Mas você não vai estar aqui?

Ele deu as costas para mim e disse baixinho:

– Você não precisa de mim.

– A culpa é minha! Vou falar com Elora. Você não pode ir embora. Ela tem que entender isso.

– Wendy, não, você não pode... – disse Finn, mas eu já tinha começado a descer a escada.

Um pânico insuportável tomava conta de mim. Finn tinha me obrigado a abandonar as únicas pessoas que fizeram com que eu me sentisse amada em algum momento, e fiz isso porque confiava nele. Agora ele ia me deixar sozinha com Elora e uma monarquia que eu não queria.

Rhys ainda estaria aqui. No entanto, eu sabia que era apenas uma questão de tempo antes que ela o mandasse embora também. Eu ficaria mais sozinha e isolada do que jamais tinha ficado na vida, e não aguentaria.

Mesmo enquanto corria para a sala de desenho de Elora, sabia que não era apenas isso. Eu não suportaria perder Finn e não me importava com a maneira como Elora ou qualquer outra pessoa me tratasse. Uma vida sem ele simplesmente não parecia mais possível. Eu nem tinha percebido o quão importante ele tinha se tornado até Elora mandá-lo embora.

– Elora! – Escancarei a porta da sala de desenho sem bater. Sabia que ela ficaria zangada, mas não me importei. Talvez, se eu fosse insubordinada o suficiente, ela também me mandasse embora.

Elora estava em pé na frente das janelas, olhando fixamente para a noite escura lá fora, e não se assustou nem um pouco com a porta se abrindo com força. Sem se voltar, ela disse, calmamente:

— Isto é completamente desnecessário, e nem preciso dizer que não é mesmo o comportamento de uma princesa.

— Você está sempre falando sobre como uma princesa deve se comportar. Mas e quanto a como uma rainha deve agir? — refutei gelidamente. — Será que você é uma governante tão insegura que não consegue lidar com um mínimo de discordância? Se não nos curvarmos instantaneamente diante da sua opinião, você nos despacha?

— Suponho que esteja falando sobre Finn — disse Elora, suspirando.

— Você não tinha o direito de demiti-lo! Ele não fez nada de errado!

— Não importa se ele fez algo de errado; eu posso "demitir" qualquer pessoa por qualquer razão. Sou a rainha. — Lentamente, ela virou-se para mim com o rosto assustadoramente sem expressão. — Não tive problemas com o ato de discordar, mas sim com a razão do ato.

— Tem a ver com meu nome idiota? — reclamei, incrédula.

— Você ainda tem muito o que aprender. Por favor, sente-se. — Elora apontou para um dos sofás e recostou-se na chaise-longue. — Não precisa ficar irritada comigo, princesa. Precisamos conversar.

— Não quero mudar meu nome — falei e me sentei no sofá na frente dela. — Não sei por que isso é tão importante para você. Nomes não podem ser tão importantes assim.

— Não é sobre o nome — disse Elora, balançando a mão. Seus cabelos esvoaçavam como seda, e ela passava os dedos entre eles distraidamente. — Sei que você acha que sou cruel e sem coração, mas não sou. Eu me importo muito com Finn, mais do que uma rainha deveria se importar com um servo, e peço desculpas por ter sido tão negligente nos exemplos que dei para você. Fico angustiada em ver Finn partir, porém, garanto que o fiz por sua causa.

– Não foi! – gritei. – Você fez porque estava com ciúmes!

– As minhas emoções não afetaram em nada a decisão. Nem sequer o que sinto por você foi levado em conta. – Ela apertou os lábios sem expressão. – Fiz o que tinha que fazer porque era o melhor para o reino.

– Como se livrar dele pode ser melhor para alguém?

– Você se recusa a entender que é uma princesa! – Elora fez uma pausa e respirou profunda e reanimadamente. – Não importa se você entende ou não a gravidade da situação. Todo o mundo entende, inclusive Finn, e é por isso que ele está indo embora. Ele também sabe que isso é o melhor para você.

– Não entendo. Como é possível que a sua partida vá me ajudar? Conto com ele para tudo, você também. E agora está dizendo que o dispensou, simplesmente?

– Eu sei que você acha que é tudo por causa de dinheiro, mas é por causa de algo muito mais poderoso. Nossa linhagem é rica em habilidades incríveis, muito mais do que a população Trylle em geral. – Elora inclinou-se para perto de mim ao falar. – Infelizmente, os Trylle se desinteressaram pelos nossos costumes, e as habilidades começaram a enfraquecer. É essencial para o nosso povo que a linhagem permaneça pura, assim as habilidades podem florescer.

"Os títulos e os cargos parecem arbitrários – continuou Elora – mas estamos no poder porque somos mais fortes. Por séculos, nossas habilidades eclipsaram todas as outras famílias, mas os Kroner estão nos ultrapassando rapidamente. Você é a última chance que temos de manter o trono e de restaurar o poder ao nosso povo.

— O que isso tem a ver com Finn? — perguntei, cansando do papo político.

— Tudo — respondeu Elora com um sorriso estreito. — Para manter as linhagens com o máximo de pureza e de poder, algumas regras são postas em vigor. Não apenas para a realeza, mas para todos. Não é meramente uma consequência por se comportar fora das normas da sociedade; é também para que a prole mestiça não enfraqueça nossas linhagens. — Algo na maneira como ela falou "prole" causou calafrios em mim.

"As consequências variam em severidade — continuou Elora. — Quando um Trylle se envolve com um mänsklig, eles são convidados a se retirar da comunidade.

— Não tem nada acontecendo entre Rhys e mim — observei, e Elora assentiu com a cabeça, ceticamente.

— Os rastreadores são Trylle, mas não possuem habilidades no sentido convencional — prosseguiu Elora, e comecei a perceber aonde ela ia chegar. — Os rastreadores estão destinados a se relacionarem com rastreadores. Se os Trylle se envolvem com eles, são tratados com desprezo, embora seja permitido.

"A não ser que você seja da realeza — disse ela, olhando severamente para mim. — Um rastreador não pode nunca ter a coroa. Qualquer marksinna ou princesa que é pega com um rastreador perde imediatamente o título. Se a transgressão for ruim o suficiente, ou seja, se uma princesa destrói uma linhagem importante, então os dois são banidos.

Engoli em seco. Se algo acontecesse entre Finn e mim, eu não poderia ser uma princesa e não poderia sequer continuar morando em Förening. Foi chocante no início, até eu perceber que não queria nem ser uma princesa nem morar ali. Eu não me importava.

– E...? – falei, e Elora ficou surpresa momentaneamente.

– Eu sei que agora nada disso tem significado para você. – Elora gesticulou largamente para a sala ao nosso redor. – Sei que você odeia isso, e eu compreendo. No entanto este é o seu destino, e, mesmo que você não enxergue isso, Finn enxerga. Ele sabe o quanto você é importante e nunca deixaria que você arruinasse seu futuro. É por isso que ele pediu demissão.

– Ele se *demitiu*? É impossível. Finn nunca se demitiria. – Não sabendo o quanto eu precisava dele.

E ele devia saber. É por isso que me defendeu para Elora. Ele sabia que eu ficaria perdida, e ele não seria capaz de fazer isso comigo. Iria contra tudo em que ele acreditava.

– É uma pena – continuou Elora, como se o fato de eu me recusar a acreditar nem merecesse resposta. – Eu culpo a mim mesma, porque os sinais eram tão óbvios. E culpo Finn, porque ele sabe mais do que ninguém que não deve se envolver. Mas eu o admiro por ter percebido o que era o melhor para você. Ele está indo embora para protegê-la.

– Não preciso de proteção para nada! – Eu me levantei. – Ele não tem razão para ir embora porque não tem nada entre a gente. Não estou envolvida com ninguém.

– Acharia bem mais fácil de acreditar nisso se você não tivesse vindo em disparada para cá, com lágrimas nos olhos, para implorar pelo emprego dele – respondeu Elora friamente. – Ou, se ele tivesse prometido manter as coisas estritamente no nível profissional, eu o teria deixado aqui. – Ela olhou para a chaise-longue, brincando com um pedaço de tecido solto. – Mas ele sequer foi capaz de fazer isso. Nem tentou.

Embora quisesse continuar discutindo com ela, comecei a perceber exatamente o que ela estava dizendo. Finn importava-se comigo e admitiu isso para Elora, mesmo sabendo como ela reagiria. Ele importava-se tanto comigo que foi incapaz de manter o emprego. Ele não conseguia mais separar uma coisa da outra e estava lá em cima fazendo as malas naquele exato momento.

Teria gostado de gritar com Elora mais um pouco, de culpá-la por tudo de horrível na minha vida e de lhe dizer que estava desistindo da coroa, mas eu não tinha tempo a perder. Eu tinha que alcançá-lo antes que ele fosse embora, pois eu não sabia para aonde ele iria.

Quando cheguei ao quarto dele, minha respiração estava ofegante. As minhas mãos tremiam e aquele frio na barriga familiar que Finn me fazia sentir espalhava-se pelo meu corpo. Estava apaixonada por ele e não desistiria. Não por nada neste mundo nem no seguinte.

Quando abri a porta do quarto, ele estava ao lado da cama, dobrando roupas e as colocando numa mala. Olhou para mim, surpreso por eu ter aparecido, e seu olhar tornou-se indecifrável.

Havia uma barba a fazer em seu rosto. Ele estava com uma aparência rústica tão atraente que era quase insuportável olhá-lo. A camisa formal estava com os botões superiores desabotoados, deixando à mostra um pouco do peito, o que achei estranhamente provocante.

– Você está bem? – Finn interrompeu o que estava fazendo e deu um passo em minha direção.

– Sim. – Assenti com a cabeça, engolindo em seco. – Vou com você.

– Wendy... – A expressão dele suavizou-se, e ele balançou a cabeça. – Você não pode vir comigo. Precisa ficar aqui.

— Não, não quero saber daqui! – insisti. – Não me interessa esta idiotice de ser princesa, e eles não precisam de mim. Sou horrível em tudo. Ir embora é o melhor que faço para todo mundo.

— Eles precisam, sim, de você. Você não tem ideia do quanto. – Finn deu as costas para mim. – Sem você, tudo vai se arruinar.

— Isso não faz nenhum sentido! Sou apenas uma garota idiota que não sabe sequer descobrir com que garfo comer! Não tenho nenhuma habilidade. Sou desajeitada, boba e inadequada, e aquele garoto Kroner é *bem* mais adequado para isso. Não preciso ficar aqui e não vou ficar se você não estiver aqui!

— Você ainda tem muito o que aprender – disse Finn com cansaço, quase para si mesmo. Ele tinha recomeçado a dobrar as roupas, então fui até ele e agarrei seu braço.

— Quero ficar com você, e... acho que você quer ficar comigo. – Senti vontade de vomitar ao dizer isso em voz alta. Esperava que ele fosse rir de mim ou dizer que eu estava louca, mas, em vez disso, ele voltou a olhar lentamente para mim.

Num raro instante de vulnerabilidade, seus olhos escuros denunciaram tudo o que tentavam esconder de mim: afeição, zelo e algo ainda mais profundo do que isso. Eu sentia seu braço forte em minha mão, e meu coração esmagava meu peito. Delicadamente, ele colocou a mão na minha bochecha, deixando que seus dedos pressionassem carinhosamente minha pele, e eu olhei para ele com esperança.

— Eu não valho a pena, Wendy – suspirou Finn, rouco. – Você vai ser bem mais importante do que isso, e não posso ficar prendendo você. Eu me recuso a fazer isso.

— Mas, Finn, eu... – Eu queria dizer algo mais, mas ele afastou a mão.

– Você tem que ir. – Ele ficou totalmente de costas, ocupando-se com as malas para não ter que me olhar.

– Por quê? – perguntei, com lágrimas ardendo nos olhos.

– Porque sim. – Finn tirou alguns livros de uma estante, e eu fui atrás dele, recusando-me a desistir.

– Isso nem é um motivo!

– Já lhe expliquei.

– Não, não explicou. Você só fez comentários vagos a respeito do futuro.

– Eu não quero você! – vociferou Finn.

Parecia que eu tinha levado um tapa. Por um instante, fiquei imóvel, em silêncio e sem reação, apenas ouvindo o som do meu batimento cardíaco ecoar nos ouvidos.

– Está mentindo. – Uma lágrima escorreu pelo meu rosto. – Você prometeu que nunca mentiria para mim.

– Wendy, você tem que sair daqui! – rosnou ele.

Ele respirava pesadamente, de costas para mim, mas tinha parado de arrumar suas coisas. Estava encostado na estante, com os ombros encurvados para a frente.

Eu sabia que era a minha última chance de convencê-lo. Toquei nas costas dele, e ele tentou se afastar, porém, não tirei a mão. Ele virou-se para mim, agarrando meu pulso. Depois me empurrou até que minhas costas ficassem contra a parede, prendendo-me ali.

O corpo dele pressionava fortemente o meu, era o contorno robusto de seus músculos contra as minhas curvas macias, e dava para sentir o coração dele martelando contra meu peito. Ele ainda agarrava meu pulso, prendendo uma das minhas mãos contra a parede.

Eu não sabia qual era a sua intenção, mas ele olhou para mim, com seus olhos escuros ardentes. Então, de repente, senti seus lábios pressionarem brutalmente os meus.

Ele me beijou desesperadamente, como se não pudesse respirar sem mim. Sua barba por fazer arranhava minhas bochechas, meus lábios, meu pescoço, todo lugar em que ele ousava pressionar a boca. Ele soltou meu pulso, deixando que eu jogasse os braços ao seu redor e o puxasse para ainda mais perto.

Segundos antes eu estivera chorando, e consegui sentir o sal das minhas lágrimas nos lábios dele. Passando os dedos em seu cabelo, empurrei sua boca contra a minha com mais vontade. Meu coração batia tão rápido que doía, e um calor intenso espalhava-se no meu corpo.

De algum modo, ele conseguiu afastar a boca da minha. Suas mãos seguraram meus ombros, prendendo-me à parede, e ele deu um passo para trás. Respirando pesadamente, ele olhou para o chão, não para mim, e seus cílios escuros encostavam-se em sua pele.

– É por isso que você tem que sair daqui, Wendy. Não posso fazer isso com você.

– Comigo? Não está fazendo nada comigo. – Estiquei o braço para tentar tocar nele, mas ele continuou me segurando. – Deixe que eu vá com você, só isso.

– Wendy... – Ele colocou a mão novamente no meu rosto, limpando com o dedão uma nova lágrima, e olhou para mim com atenção. – Você confia em mim, não é? – Assenti com a cabeça hesitantemente. – Então precisa confiar em mim quanto a isso. Você *precisa* ficar aqui, e eu preciso ir. Certo?

– Finn!

– Desculpe. – Finn me soltou e pegou a mala feita pela metade na cama. – Fiquei tempo demais aqui. – Ele começou a ir em direção à porta, e fui atrás dele. – Wendy! Basta!

– Mas você não pode simplesmente ir embora... – implorei.

Ele hesitou quando chegou à porta e balançou a cabeça. Depois a abriu e foi embora.

Eu poderia ter ido atrás dele, mas não tinha mais argumentos. O beijo dele tinha me deixado confusa e desarmada, e fiquei imaginando vagamente se esse não teria sido o plano dele desde o princípio. Ele sabia que o beijo me deixaria fraca demais para segui-lo e confusa demais para discutir.

Depois que ele partiu, sentei-me na cama, que ainda tinha o cheiro dele, e caí em prantos.

VINTE E UM

o baile

Acho que eu não tinha dormido nada quando Willa entrou em disparada no meu quarto na manhã seguinte para me acordar para o baile. Meus olhos estavam vermelhos e inchados, mas ela não comentou quase nada a respeito. Apenas começou a me arrumar e a falar entusiasmadamente sobre como tudo seria divertido. Eu não acreditei nela, e ela não pareceu perceber.

Quase tudo o que fiz foi por receber alguma instrução verbal ou gestual. Ela teve que me lembrar até de tirar o xampu do cabelo, e eu dei sorte pelo fato de moderação nunca ter sido um ponto forte dela.

Era impossível combinar um coração recém-partido com a animação de um baile. Willa não parava de tentar me deixar animada ou ao menos nervosa, mas foi totalmente inútil. Eu só conseguia fazer as coisas completamente anestesiada.

Eu sequer entendia como isso tinha acontecido. Quando conheci Finn, ele me pareceu estranho e depois ficou bem irritante. Repetidamente, eu o rejeitei, disse que não precisava dele e que não o queria por perto.

Como aquilo tinha se transformado nisso? Eu tinha vivido toda a minha vida idiota sem ele, e agora eu mal aguentava uma única hora.

Sentei num banco, vestida com o meu roupão, enquanto Willa arrumava meu cabelo. Ela sugerira fazê-lo na frente do espelho, assim eu veria o andamento do processo, mas eu não me importava. Segurando o frasco de spray na mão, ela interrompeu o que estava fazendo e apenas olhou para mim.

– Wendy – disse Willa, suspirando. – Sei que Finn foi embora, e claro que você está bem chateada. Mas ele é apenas uma cegonha, e você é uma *princesa*.

– Você não sabe do que está falando – murmurei.

Pensei em defendê-lo por um instante, porém, sinceramente, eu estava meio zangada por ele ter ido embora sem mim. Nunca teria ido embora sem ele depois daquele beijo. No entanto, da maneira como aconteceu, terminou sendo uma tortura ficar para trás. Apenas fechei os olhos e tentei encerrar o assunto.

– Tudo bem. – Willa revirou os olhos e continuou borrifando o meu cabelo. – Mesmo assim, você ainda é uma princesa, e esta é a sua noite. – Não falei nada enquanto ela puxava e mexia o meu cabelo. – Você ainda é nova. Não percebe o tanto de peixe que existe no mar, especialmente no seu mar. Os solteiros mais cobiçados e atraentes vão se jogar em cima de você, e você não vai nem se lembrar daquela cegonha idiota que a trouxe para cá.

– Não gosto de pescar – resmunguei secamente, mas ela me ignorou.

– Sabe quem é um bom partido? Tove Kroner. – Willa fez um som de agrado. – Queria que meu pai tivesse me arranjado com ele. – Ela suspirou pensativamente e sacudiu uma mecha do meu cabelo. – Ele é muito gatinho, muito rico – prosseguiu Willa, como se eu tivesse pedido para que ela falasse mais a respeito. – Ele é tipo o markis que tem mais poderes no mundo, o que é superestranho. Normalmente são as marksinnas que têm todas as habilidades. Os homens sabem fazer algumas coisas, mas são bem fracos em comparação ao que as mulheres fazem; no entanto, Tove tem mais habilidades do que qualquer outra pessoa. Eu não ficaria surpresa se ele soubesse ler mentes.

– Achei que ninguém pudesse fazer isso – falei, surpresa por estar conseguindo acompanhar a conversa. Algumas semanas antes, nada do que ela estava dizendo faria sentido.

– Não. Apenas pouquíssimos conseguem. Tão poucos que hoje em dia termina sendo algo lendário. – Ela afofou meu cabelo delicadamente. – Mas Tove é lendário, então faz sentido. Se você jogar o jogo direitinho, também vai ser um tanto lendária. – Ela me girou para ficar na minha frente de novo e sorriu ao ver o resultado do seu trabalho. – Agora só precisamos colocar o vestido em você.

De algum modo, ao me arrumar, Willa também conseguiu se arrumar. Ela vestia um longo azul-claro que abria nos quadris, e estava tão bonita que eu não tinha nenhuma esperança de ficar melhor do que ela.

Depois que ela finalmente me fez colocar meu vestido, forçou-me a ir para a frente do espelho, insistindo que eu estava maravilhosa demais para ignorar.

– Caramba. – Dizer isso para o meu reflexo parecia vaidade, mas foi inevitável. Eu nunca tinha estado tão bonita na vida e duvidava que fosse ficar tão bonita assim novamente.

O vestido era brilhante, prata e branco e fluía ao meu redor. Era um tomara que caia elegante, e o colar de diamantes que Willa escolheu o realçava. Meus cachos escuros caíam perfeitamente nas minhas costas, e presilhas sutis de diamantes cintilavam em meu cabelo.

– Você vai arrasar hoje à noite, princesa – prometeu Willa com um sorriso malicioso.

Aquele foi o último momento calmo da noite. Assim que saímos do meu quarto, fomos levados por ajudantes e funcionários que eu nem sabia que Elora tinha. Eles estavam repassando para mim as horas em que tudo deveria acontecer, onde eu deveria estar, quem deveria conhecer e o que deveria fazer.

Era informação demais para assimilar, e, ao menos momentaneamente, fui tirada da tristeza entorpecente que sentia ao pensar em Finn. Olhei para Willa sem poder fazer nada, sabendo que teria que compensá-la depois. Sem ela, eu não teria conseguido nunca.

Primeiramente, houve uma espécie de recepção no salão de baile. Elora estava de um lado e, ainda bem, Willa estava do outro, assumindo um papel de assistente. Nós três ficamos num canto do salão, com seguranças ao nosso lado. Uma fila enorme de pessoas esperava para me conhecer.

Willa informava-me os nomes e os títulos à medida que eles se aproximavam. A maioria era gente famosa no mundo Trylle, mas Elora me explicou que qualquer pessoa podia vir me conhecer naquele dia, por isso, a fila era realmente infinita. Meu rosto doía de sorrir, e não havia tantas maneiras diferentes de se dizer "prazer em conhecê-lo" ou "obrigada".

Depois daquilo, fomos para a sala de jantar para uma solenidade mais exclusiva. Na mesa cabiam apenas cem (isso mesmo – *apenas* cem), e, com Willa sentada a uns cinco lugares de distância, senti-me perdida.

Toda vez que eu me sentia insegura, meus olhos instintivamente procuravam Finn, só para depois lembrar que ele não estava lá. Tentei me concentrar em comer direito, o que não era tão fácil, considerando a náusea que eu estava sentindo e o quanto meu queixo doía devido aos sorrisos forçados.

Minha mãe estava sentada à minha direita, na ponta da mesa, e Tove Kroner estava do meu lado esquerdo. Durante o jantar, ele não falou praticamente nada, e Elora tratou de conversar educadamente com o chanceler.

Parecia que o chanceler não se lembrava de mim daquele dia em que eu cheguei encharcada de chuva, e fiquei feliz por isso. A maneira como ele me olhava era bizarra, e foi impossível sorrir para ele, pois me dava vontade de vomitar.

– Beba mais vinho – sugeriu Tove baixinho. Segurando uma taça na mão, ele inclinou-se um pouco em minha direção para ser escutado além do barulho. Os seus olhos cor de musgo pararam brevemente em mim antes de se desviarem e ficarem encarando um espaço vazio na frente da gente. – Faz os músculos relaxarem.

– Não entendi.

– De tanto sorrir. – Ele apontou para a própria boca e forçou um sorriso antes de rapidamente voltar ao normal. – Está começando a doer, não é?

– É. – Sorri levemente para ele, sentindo os cantos da boca ficarem cada vez mais doloridos.

– O vinho ajuda. Confie em mim. – Tove tomou um longo gole, bem maior do que o que seria considerado educado, e eu vi Elora o observando enquanto conversava com o chanceler.

– Obrigada. – Aceitei a sugestão, mas bebi bem mais devagar do que ele, com medo de incitar a ira de Elora. Não achava que ela faria algo publicamente, mas também não achava mesmo que eu fosse sair impune de qualquer coisa.

À medida que o jantar transcorria, Tove ficava mais inquieto. Ele recostava-se na cadeira, colocando a mão na mesa. A taça de vinho repentinamente deslizava para a sua mão, depois deslizava de volta, sem que ele a tocasse. Era um truque que eu já o tinha visto fazer; mesmo assim foi inevitável ficar olhando.

– Você está muito irritada hoje? – perguntou Tove, olhando para mim. Não sei se ele percebeu que eu estava observando seu truque, mas fiquei olhando para o meu prato.

– Hum... um pouco – falei, concordando com a cabeça.

– É, dá para perceber. – Ele inclinou-se para a frente, colocando os cotovelos na mesa, e imaginei que Elora devia estar furiosa.

– Estou tentando ficar calma. – Esfaqueei, distraída, alguma espécie de legume que eu não tinha nenhuma intenção de comer. – Acho que estou me saindo muito bem, considerando tudo.

– Você está se saindo bem. Consigo sentir. – Ele tocou na lateral da sua cabeça. – Não consigo explicar, mas... sei o quanto você está tensa. – Ele mordiscou o lábio. – Você projeta suas emoções com tanta intensidade. A sua persuasão é imensamente poderosa.

– Talvez – admiti. Seu olhar era enervante, e eu não queria discordar dele.

– Uma dica: use-a hoje. – Mal dava para ouvir Tove em meio às conversas. – Você está tentando agradar a muita gente, e isso é exaustivo. Não dá para ser tudo para todo mundo, então eu tento não ser nada para ninguém. Minha mãe odeia quando faço isso, mas... – Ele deu de ombros. – Use só um pouquinho que vai conquistar todos. Sem nem se esforçar.

– Dá trabalho usar a persuasão – sussurrei. Dava para perceber Elora nos escutando, e não achei que ela aprovaria o que estávamos dizendo. – Seria igualmente exaustivo.

– Hum... – refletiu Tove, depois recostou-se no assento.

– Tove, o chanceler estava me dizendo que você mencionou que quer trabalhar para ele na primavera – comentou Elora animadamente. Eu mal olhei para ela, porém, naquele segundo, ela conseguiu me fulminar com o olhar antes de voltar à sua expressão exageradamente alegre.

– Minha mãe mencionou – corrigiu-a Tove. – Nunca falei uma palavra com o chanceler e não tenho nenhum interesse no cargo.

Eu estava ficando cada vez mais fã de Tove, mesmo achando-o bizarro e sem entender o que ele queria dizer na maioria das vezes. Ele simplesmente falava o que queria, sem medo das consequências, e eu admirava isso.

– Entendo. – Elora ergueu a sobrancelha, e o chanceler começou a dizer algo a respeito do vinho que estavam tomando.

Tove ficou visivelmente irritado e entediado durante o resto do jantar, roendo as unhas e olhando para tudo, menos para mim. Havia algo de muito estranho e instável nele. Ele pertencia a este mundo ainda menos do que eu, mas de fato acho que não existe nenhum lugar em que ele se encaixaria.

Logo fomos dançar no salão de baile. Todo enfeitado, o lugar ficava absolutamente mágico, e foi inevitável me lembrar da breve dança que tinha compartilhado com Finn alguns dias antes. Claro que isso me fez pensar no beijo apaixonado que tínhamos compartilhado, fazendo com que eu me sentisse fraca e nauseada. Não dava nem para forçar um sorriso quando pensava em Finn.

Para piorar as coisas, logo ficou claro que dançar seria de longe a pior experiência da noite. A fila da recepção tinha sido difícil, mas agora eu estava sendo forçada a puxar assunto com um homem estranho após o outro enquanto eles colocavam as mãos em mim.

Garrett finalmente conseguiu dançar comigo, e aquilo foi um alívio. Estava dançando sem parar havia uma hora porque todo mundo ficava me tirando para dançar. Ele me elogiou, porém, não da maneira estranha e pervertida como parecia que todo o mundo estava fazendo.

De vez em quando, eu via Elora girar no salão, ou Willa lançava um sorriso para mim ao rodopiar com algum gatinho. Não era justo que ela pudesse escolher com quem dançar enquanto eu tinha que aturar qualquer desconhecido que me convidasse.

— Você é provavelmente a princesa mais encantadora que já tivemos — disse-me o chanceler após me tirar para dançar.

Suas bochechas rechonchudas estavam vermelhas por causa do exercício, e eu queria sugerir que ele se sentasse e parasse um pouco, mas achei que Elora não gostaria disso. Ele me mantinha bem mais perto do que o necessário, e a mão dele era como um presunto gigantesco nas minhas costas, pressionando-me para perto. Não dava para me afastar sem causar um escândalo, então tentei apenas forçar um sorriso.

— Tenho certeza de que não é verdade — objetei. Ele suava tanto que provavelmente estava sujando meu vestido. O tecido lindo prateado e branco ficaria manchado de amarelo depois disso.

— Não, é mesmo. — Seus olhos estavam arregalados por causa de algum estranho prazer, e eu queria que alguém viesse logo interromper a dança. Tínhamos acabado de começar a dançar, mas

Trocada

não dava para aguentar aquilo por muito mais tempo. – Na verdade, acho que nunca vi alguém mais encantadora do que você.

– Ah, isso eu garanto que não é verdade. – Olhei ao redor, esperando encontrar Willa em algum canto para poder jogá-lo para cima dela.

– Sei que é esperado que você comece a cortejar em breve, e só queria que soubesse que eu tenho muitos pontos a meu favor – prosseguiu o chanceler. – Sou muito rico, muito confiável, e minha linhagem é impecável. Sua mãe aprovaria esse arranjo.

– Eu não fiz nenhum arranjo ainda... – falei, abaixando a voz.

Estiquei o pescoço, sabendo que, se Elora me visse, ela me acusaria de ser rude. Mas eu não sabia como reagir. Esse balofo tinha agarrado minha bunda durante algum tipo de pedido de casamento. Eu tinha que sair dali.

– Também já me disseram que eu sou um excelente amante – disse o chanceler baixinho. – Claro que você não tem experiência, mas com certeza posso ensiná-la.

Sua expressão ficou insinuante, e seus olhos estavam um nível abaixo do meu rosto. Estava tendo que me segurar ao máximo para não empurrá-lo para longe de mim, e, na minha mente, estava gritando para sair de perto dele.

– Posso interromper? – Tove apareceu do meu lado. O chanceler ficou desapontado ao vê-lo. No entanto, antes que pudesse dizer alguma coisa, Tove colocou a mão em seu ombro e pegou a minha, tirando-me de perto dele.

– Obrigada. – Respirei, agradecida, enquanto valsávamos para longe do chanceler, que nos olhava confuso.

– Ouvi-a pedindo ajuda. – Tove sorriu para mim. – Parece que você está usando a persuasão mais do que acha. – Na minha cabeça, estava implorando por uma saída, mas não tinha dito uma única palavra.

– Você me ouviu? – Arfei, sentindo-me pálida. – Quantas outras pessoas me ouviram?

– Provavelmente só eu. Não se preocupe. Quase ninguém mais consegue sentir alguma coisa – disse Tove. – Talvez o chanceler tivesse percebido se não estivesse distraído demais com seu decote ou se você soubesse usar com mais intensidade. Você vai pegar o jeito.

– Não me importo se vou pegar o jeito. Só queria me livrar dele – murmurei. – Desculpe se estou molhada. Devo estar coberta com o suor dele.

– Não, você está bem – garantiu-me Tove.

Dançamos a uma distância apropriada, então provavelmente não dava para ele sentir se meu vestido estava ensopado ou não; mas havia algo de relaxante em estar com ele. Eu não precisava dizer nada nem me preocupar em ser apalpada ou devorada com os olhos. Ele mal olhava para mim e não dizia uma palavra sequer; mesmo assim, o silêncio entre nós dois era totalmente confortável.

Elora finalmente interrompeu as festividades. A cerimônia de batizado aconteceria em vinte minutos, e ela percebeu que eu precisava descansar um pouco depois de tanto dançar. A pista de dança esvaziou-se, e todos se sentaram nas mesas ao redor dela ou ficaram por perto da mesa de bebidas.

Eu sabia que deveria me sentar enquanto tivesse a oportunidade, mas estava desesperada para respirar um instante, por isso, fui para um canto escondido atrás das cadeiras extras e me encostei na parede.

— Está se escondendo de quem? — brincou Rhys, encontrando-me no canto. Ele estava elegante, vestindo um smoking vistoso, e veio lentamente em minha direção, sorrindo.

— De todo mundo. — Sorri para ele. — Você está bem bonito.

— Engraçado, ia dizer exatamente isso para você. — Rhys parou do meu lado, colocando as mãos nos bolsos e sorrindo ainda mais. — Apesar de que "bonita" não é um elogio suficiente de jeito nenhum. Você está... uma coisa de outro mundo. Como se nada mais aqui pudesse sequer se comparar a você.

— É o vestido. — Olhei para baixo, na esperança de evitar que meu rosto corasse. — Aquele Frederique é fantástico.

— O vestido é ótimo, mas, acredite em mim, é *você* que deixa o vestido bonito.

Delicadamente, ele esticou a mão e ajeitou um cacho desobediente que caíra no meu rosto. Ele deixou a mão lá por um instante, e seus olhos encontraram os meus, depois a abaixou.

— Então, já está se divertindo? — perguntou Rhys.

— Demais até. — Sorri falsamente. — E você?

— Eu não posso dançar com a princesa, então estou um pouco chateado — disse ele com um sorriso triste.

— Por que não pode dançar comigo? — Eu teria adorado dançar com ele. Teria sido um descanso maravilhoso depois de tudo pelo que eu tinha passado naquela noite.

— Mänks. — Ele apontou os dedões para si mesmo. — Tenho sorte até de poder estar aqui.

— Ah. — Olhei para o chão, pensando no que ele tinha acabado de dizer. — Sem querer ser rude nem nada, pois acho bom você estar aqui, mas... por que está aqui? Por que não foi banido ou algo igualmente ridículo?

– Não sabia? – perguntou Rhys com um sorriso presunçoso. – Sou o mänks mais poderoso da região.

– E por quê? – Não sabia se ele estava ou não brincando, então inclinei a cabeça e prestei atenção à medida que a expressão dele ficava mais séria.

– Porque sou seu – respondeu ele baixinho.

Ele tinha sido convidado porque era o meu mänsklig, o meu oposto; porém, quando ele respondeu, não foi isso que ele quis dizer de jeito nenhum. Algo em seus olhos fez com que eu corasse de verdade dessa vez, e sorri para ele com tristeza.

Um dos ajudantes de Elora chegou apressadamente, estragando o que tinha sobrado do momento, e pediu para que eu fosse me sentar à cabeceira da mesa com a rainha. A cerimônia de batizado estava prestes a começar, e meu estômago congelou. Eu não tinha ouvido falar sobre qual seria meu nome e estava arrasada com a ideia de mudá-lo.

– O dever chama. – Sorri para Rhys como quem pede desculpa e comecei a me afastar.

– Ei. – Rhys segurou minha mão para me deter. Eu me virei e olhei para ele. – Você vai se sair muito bem. Estão todos loucos por você.

– Obrigada. – Apertei a mão dele agradecida.

Um estalido ecoou pela sala, seguido de um tinido que eu não entendi. O barulho parecia vir de todos os lugares, por isso era difícil identificar imediatamente de onde estava vindo. Mas depois pareceu que estava chovendo glitter do teto, e as claraboias caíram e se espatifaram no chão.

VINTE E DOIS

a queda

Rhys percebeu antes de mim o que estava acontecendo, e, ainda segurando minha mão, me jogou para trás dele. Estávamos num canto, protegidos da maioria dos vidros, mas, pelos gritos agonizantes, percebi que nem todo o mundo teve tanta sorte.

Figuras escuras despencavam das claraboias quebradas, indo parar no chão com uma habilidade surpreendente. Sangue e vidro quebrado cobriam o chão. Antes de reconhecê-los, lembrei-me do uniforme. Longos casacos pretos combinando, como um time lutando contra o crime.

A palavra parecia irromper pelo salão sem ninguém dizer nada: Vittra.

Os Vittra tinham invadido, forçando a entrada pelo teto, e os guardas Trylle circundaram-nos. Bem no meio, vi Jen, o rastreador que tinha adorado bater em mim, cujos olhos percorriam o salão.

– Vocês não foram convidados. Por favor retirem-se. – A voz de Elora ressoou por cima de todas as outras coisas.

— Você sabe o que queremos, e não vamos sair daqui até pegarmos — disse Kyra, a mesma cúmplice de Jen de antes, dando um passo para frente. Ela estava andando descalça em cima do vidro, porém não parecia perceber. — Ela tem que estar aqui. Onde está escondida?

Jen virou-se em minha direção, e seus olhos pretos encontraram os meus por cima do ombro de Rhys. Quando ele sorriu maliciosamente, Rhys percebeu que estávamos em apuros. Ele começou a me empurrar em direção à porta, mas, antes que chegássemos, Jen lançou-se para cima da gente, e todo o mundo pareceu ganhar vida. Os Vittra moviam-se rapidamente, indo atrás dos guardas e dos outros Trylle.

Elora olhou furiosamente para Kyra, que caiu no chão, contorcendo-se de dor. Ninguém tocou nela, e, pela expressão nos olhos de Elora, imaginei que a agonia de Kyra tinha algo a ver com as habilidades da rainha.

Eu vi Tove pular em cima da mesa em que estava, usando os seus poderes para fazer os Vittra saírem voando sem nem tocar neles. As pessoas gritaram, e senti um forte vento soprar pelo salão, com certeza uma tentativa de Willa de ajudar.

Jen estava na nossa frente, bloqueando o caos do ambiente. Rhys manteve-se firme diante de mim. Ele se moveu para me defender de alguma maneira, no entanto, Jen lançou-se para a frente e deu um murro nele, fazendo-o cair.

— Rhys! — Eu tentei alcançá-lo, mas ele não se mexeu. Queria me certificar de que não estava morto, porém, Jen me segurou pelo pulso, impedindo-me.

— É esta coisa que está cuidando agora da sua proteção? — Jen riu. — Nós espantamos Finn?

– Me solte! – Eu o chutei e tentei tirar seu braço de mim.

Com o braço dele ainda me segurando, nós dois abruptamente saímos voando para trás, como se alguém o tivesse empurrado. Ele colidiu com a parede, e seu braço se soltou o suficiente para que eu pudesse me afastar dele, me arrastando.

Aturdida, levantei-me e tentei entender o que tinha acontecido. Tove estava do outro lado de uma mesa polvilhada de vidro, estendendo a palma da mão na direção de Jen.

Sorri para ele, agradecida, porém, ao dar uma olhada no salão, o sorriso desapareceu. Os Vittra estavam em vantagem. Apesar de os Trylle no salão serem mais numerosos do que os agressores Vittra, a maioria não estava brigando. Os rastreadores estavam em guarda, mas a maior parte da realeza parecia não fazer muito além de se encolher de medo.

Um Trylle visitante no outro lado do salão havia começado a usar fogo, e eu senti o vento de Willa fazer efeito. Garrett não tinha poderes de verdade, mas estava tentando combater um Vittra no corpo a corpo, apesar de eles parecerem bem mais fortes fisicamente.

Além de Tove, Willa e Elora, nenhum dos Trylle parecia realmente ter habilidades, ou pelo menos eles não as estavam usando. O salão estava um pandemônio total, e a situação estava prestes a piorar. Ainda mais Vittra desciam pelo teto.

– É por isso que você precisa treinar sua persuasão. – Tove olhou para mim calmamente, e outro Vittra o atacou pelas costas.

– Cuidado! – gritei.

Tove virou-se, jogando a mão para trás e arremessando o Vittra para o outro lado do salão. Eu estava procurando por uma arma quando senti os braços de Jen ao redor da minha cintura mais uma vez. Gritei e lutei o máximo possível, mas os braços dele pareciam granito ao redor do meu corpo.

Tove voltou a atenção para mim, mas dois outros Vittra vieram correndo atrás dele, por isso ele só teve um instante para poder mandar Jen voando em direção à parede novamente. Nós batemos ainda mais forte dessa vez, e eu senti o choque doloroso, mas Jen me soltou.

Minha cabeça latejava por causa do impacto, e pisquei os olhos para que ela voltasse ao normal. Uma mão segurou a minha, ajudando-me a levantar. Não sabia se devia aceitar, no entanto, acabei aceitando mesmo assim.

— Você tem que ser mais cuidadoso, Tove — disse uma voz masculina.

— Estava apenas tentando soltá-la! — vociferou Tove, e outro Vittra gritou quando ele o fez sair voando para cima de uma mesa do outro lado do salão. — E estou ocupado aqui!

Eu me virei para ver quem tinha me ajudado e fiquei sem nenhum ar nos pulmões. Vestindo um capuz preto por baixo de uma jaqueta preta, Finn olhou para a bagunça ao meu redor. Ele estava ao meu lado, segurando minha mão, e eu não conseguia nem pensar, nem me mexer.

— Finn! — arfei, e ele finalmente me olhou. Em seus olhos escuros havia uma mistura de alívio e pânico.

— Isto aqui está uma balbúrdia! — rosnou Tove.

Uma mesa tinha sido virada de lado, e ela separava Tove de Finn e de mim. Usando suas habilidades, Tove a lançou para cima de um Vittra que atacava o chanceler e depois correu em nossa direção. Parecia que todos os Vittra estavam ocupados, então ele teve um instante para recuperar o fôlego.

– Está pior do que pensei. – Finn pressionou os lábios.

– Temos que proteger a princesa – disse Tove.

Apertei a mão de Finn e observei Jen começar a se levantar, para em seguida ser jogado na parede por Tove mais uma vez.

– Vou tirá-la daqui – disse Finn. – Você se vira aqui?

– Não tenho escolha. – Mal Tove respondeu, Willa começou a gritar do outro lado do salão. Eu não conseguia vê-la, e isso me deixou mais assustada ainda.

– Willa! – Tentei correr para ver o que estava acontecendo, mas Finn colocou os braços ao meu redor, puxando-me para trás.

– Tire-a daqui! – ordenou Tove, indo em direção aos gritos de Willa.

Finn começou a me arrastar para fora do salão de baile, e eu me contorcia para ver o que estava acontecendo. Tove tinha desaparecido, e eu não conseguia ver Elora nem Willa. Enquanto Finn me puxava, o meu pé bateu na perna de Rhys, e lembrei que ele estava desmaiado e sangrando no chão. Eu me debati nos braços de Finn, tentando alcançar Rhys.

– Ele está bem! Eles não vão encostar nele! – disse Finn, tentando me tranquilizar. Ele ainda estava com o braço ao redor da minha cintura e era bem mais forte do que eu. – Você tem que sair daqui!

– Mas, e Rhys? – implorei.

– Ele preferiria vê-la segura! – insistiu Finn, finalmente conseguindo me tirar de lá.

Desviei o olhar de Rhys e fiquei impressionada ao ver o caos no salão. De repente todos os candelabros se espatifaram no chão, e a única luz vinha do que estava pegando fogo. As pessoas gritavam, e aquilo ecoava em tudo.

– O quadro – murmurei, e na minha mente apareceu a imagem que eu tinha visto no quarto secreto de Elora. Era exatamente aquela.

Não havia nada que eu pudesse ter feito para impedi-la. Eu sequer consegui reconhecê-la antes que fosse tarde demais.

– Wendy! – gritou Finn, tentando fazer com que eu me mexesse.

Ele soltou minha cintura e segurou minha mão, arrancando-me para fora do salão. Usando a mão livre, levantei o vestido para não tropeçar nele e saímos em disparada pelo corredor. Ainda dava para ouvir o massacre do salão de baile, e eu não tinha ideia de para onde estávamos correndo.

Não tive tempo de perguntar-lhe para onde estávamos indo nem de sentir gratidão por estar com ele novamente. Meu único consolo era que, se eu morresse naquele dia, pelo menos teria passado os últimos minutos da minha vida com Finn.

Demos a volta em direção à entrada, e Finn parou bruscamente. Havia três Vittra entrando pelas portas principais do palácio, mas eles ainda não tinham nos visto. Finn mudou de direção, cruzando velozmente o corredor para entrar numa das salas de estar, puxando-me junto com ele pela mão.

Ele fechou a porta atrás da gente silenciosamente, deixando-nos na escuridão da sala. O luar transbordava pelo vidro, e ele correu para um canto entre uma estante de livros e a parede. Finn me puxou para bem perto dele, protegendo-me com o corpo.

Dava para ouvir os Vittra lá fora. Prendi a respiração, pressionando o rosto no peito de Finn e rezando para que eles não entrassem na sala.

Quando finalmente passaram direto, Finn não quis me soltar de imediato, mas pude ouvir seu batimento cardíaco desacelerar.

Trocada

Em algum momento, no meio de todo o meu pânico e medo, tomei consciência do fato de que Finn estava me segurando fortemente em seus braços. Olhei para ele, mal conseguindo distinguir suas feições à luz da janela ao nosso lado.

– Eu já tinha visto aquilo – sussurrei, olhando para ele. – O que aconteceu no salão de baile. Elora pintou aquilo. Ela sabia que isso ia acontecer!

– Ssshh... – disse Finn delicadamente.

– Desculpe. – Abaixei a voz. – Mas por que ela não impediu que acontecesse?

– Elora não sabia quando ou como ia acontecer – explicou Finn. – Ela apenas sabia, e a única coisa que podia fazer era reforçar mais a proteção.

– Então por que você foi embora? – perguntei baixinho.

– Wendy... – Finn afastou os cachos soltos do meu rosto, e sua mão parou em meu rosto enquanto ele olhava para mim. – Eu nunca fui embora de verdade. Eu estava logo abaixo do morro e nunca parei de rastreá-la. Soube o que estava acontecendo na mesma hora que você e vim correndo para cá.

– Nós vamos ficar bem? – perguntei.

– Não vou deixar que nada de mal lhe aconteça. Prometo.

Olhei para ele, procurando seus olhos na penumbra, e não queria nada mais a não ser ficar em seus braços para sempre.

A porta rangeu, abrindo, e Finn ficou tenso instantaneamente. Ele empurrou-me com mais força contra a parede, colocando os braços ao meu redor para me esconder. Prendi a respiração e tentei fazer com que meu coração parasse de bater tão forte. Não ouvimos nada durante um segundo, e depois a luz se acendeu.

– Ora, ora, se não é a volta da cegonha pródiga – disse Jen, sorrindo ironicamente.

— Você não vai pegá-la – disse Finn com firmeza.

Ele afastou-se de mim apenas o suficiente para que pudesse ficar de frente para Jen. Fiquei olhando pela lateral, observando enquanto Jen vinha devagar em nossa direção, formando um semicírculo. Ele entrou de um jeito estranhamente familiar, como eu via os bichos fazerem nos programas do Animal Planet. Depois percebi: Jen estava cercando sua presa.

— Talvez não – reconheceu Jen. – Mas tirar você do meu caminho provavelmente facilitaria as coisas. Se não para mim, pelo menos para outra pessoa. Porque eles não vão parar de vir atrás dela.

— Nós não vamos parar de protegê-la.

— Você está disposto a morrer para protegê-la? – Jen ergueu a sobrancelha.

— Você está disposto a morrer para pegá-la? – desafiou Finn calmamente.

No salão de baile, Tove insistiu que eles tinham de me proteger, e eu achava que ele nem se importava tanto assim comigo. Será que era só porque eu era a princesa? Será que Elora tinha passado por coisas semelhantes quando veio para casa pela primeira vez?

Agarrei-me à parte de trás da jaqueta de Finn e fiquei olhando os dois se encararem. Não entendia o que diabos eu tinha de tão importante para que tantos Vittra estivessem dispostos a matar e, de acordo com Finn, para que tantos Trylle estivessem dispostos a morrer.

— Nenhum de vocês tem que morrer – falei. Tentei dar a volta no braço de Finn, mas ele me empurrou para trás. – Eu vou, está certo? Não quero que ninguém mais se machuque por causa disso.

– Por que não escuta a garota? – sugeriu Jen, mexendo as sobrancelhas.

– Não desta vez.

– O que achar melhor. – Jen aparentemente tinha se cansado de falar e se lançou para cima de Finn.

Finn foi arrancado das pontas dos meus dedos, e gritei o nome dele. Os dois atravessaram a janela voando, indo parar na varanda e fazendo com que cacos voassem para todo canto. Eu estava descalça, mas corri para a frente sem nem pensar.

Jen conseguiu dar alguns golpes certeiros, porém, Finn era bem mais rápido e parecia ser mais forte. Quando Finn golpeou-o, ele cambaleou vários metros para trás.

– Você tem se exercitado. – Jen limpou o sangue fresco do queixo.

– Pode desistir agora, não vou pensar mal de você por causa disso – disse Finn.

– Bela tentativa. – Jen lançou-se para a frente, chutando Finn no abdômen, mas ele manteve-se firme.

Peguei um caco gigante de vidro na varanda, e fiquei me movimentando ao redor deles, tentando achar uma abertura para atacar. Acabei cortando meu dedo, mas mal percebi. Jen derrubou Finn no chão. Ele saltou para cima dele e começou a golpeá-lo no rosto. Usando toda a minha força, enfiei o vidro nas costas dele.

– Ai! – gritou Jen, embora ele parecesse mais irritado do que machucado.

Eu estava atrás dele, ofegante. Não era essa a reação que eu esperava, e eu não sabia o que fazer.

Jen virou-se, batendo tão forte no meu rosto que eu saí voando para a beirada da varanda. Só tive um instante para perceber a altura nauseante embaixo de mim quando minha cabeça se pendurou por cima da beirada; depois me ergui com dificuldade e agarrei a grade.

Finn já tinha pulado do chão e derrubado Jen novamente. Chutando-o o mais forte possível, Finn rosnava, rangendo os dentes.

— Nunca. Mais. Toque. Nela. Novamente.

Quando Finn foi chutá-lo de novo, Jen agarrou o pé dele e o puxou fortemente de volta para o chão. Ouvi a cabeça de Finn se chocar no concreto pesado da varanda. Ele resistiu ao golpe, porém, ficou desnorteado por tempo suficiente para que Jen se curvasse e colocasse a mão ao redor da sua garganta. Ele ergueu-o do chão pelo pescoço.

Pulei nas costas de Jen, o que não foi tão inteligente quanto pensei, porque ele estava com um caco gigante de vidro enfiado nelas. Aquilo cortou meu vestido e a lateral do meu corpo, sem chegar a me furar. Foi suficiente para sangrar e doer, mas não para matar.

— Saia daí! — rosnou Jen, depois lançou o braço para trás, acotovelando-me fortemente no abdômen e me tirando de suas costas.

Caí de pé, mas Jen já estava pressionando Finn por cima da grade. A parte superior de seu corpo estava pendurada por cima da beirada. Se Jen soltasse, Finn despencaria centenas de metros até a morte.

Por um instante, não consegui nem respirar nem me mexer. Tudo o que vi foi meu quadro. Os cacos de vidro quebrados, reluzindo ao luar. Meu lindo vestido, que à luz da lua parecia ser apenas branco, com a fenda de sangue na lateral. A vasta escuridão que prosseguia além da varanda e o olhar aterrorizado no meu rosto enquanto eu tentava alcançá-la.

— Pare! — implorei, com lágrimas caindo no rosto. — Eu vou com você! Por favor. Apenas o solte! *Por favor!*

— Tenho uma péssima notícia para você, princesa; você vai comigo de qualquer jeito! — Jen riu.

— Não se eu puder evitar... — Finn mal conseguia falar com a mão de Jen grampeada em sua garganta.

Finn lançou a perna para cima, atingindo bem entre as pernas de Jen, e ele gemeu, mas não o soltou. Sem tirar a perna, Finn começou a se inclinar para trás. Jen percebeu o que ele estava fazendo, no entanto, Finn já tinha se esticado e se segurado na jaqueta dele.

Ele tinha alterado a proporção de peso, e, num instante que pareceu passar estranhamente em câmera lenta, Finn caiu para trás por cima da grade, levando Jen junto.

— *Não!* — gritei e me lancei na direção deles, tentando agarrar o ar vazio.

VINTE E TRÊS

consequências

Assim que alcancei a grade, Finn flutuou para cima, tossindo roucamente. Olhei para ele impressionada, chocada demais para acreditar que ele era real. Ele pulou por cima da grade, depois caiu pesadamente na varanda.

Deitado de costas, ele tossiu novamente, e corri para perto, ajoelhando-me a seu lado. Para conferir se ele era real, toquei em seu rosto e senti sua pele quente e macia em minhas mãos.

— Foi uma aposta e tanto – observou Tove atrás de mim, e me virei para ele.

Tove não estava mais de blazer, e sua camisa branca parecia um pouco queimada e ensanguentada. Fora isso, ele não parecia tão mal ao se aproximar da gente.

— Que nada, você sempre se sai bem – disse Finn. Percebi que, quando Finn caiu da varanda, Tove usou seu poder para pegá-lo e erguê-lo de volta, fazendo-o pousar em segurança.

Voltei a encarar Finn, sem conseguir acreditar que estava vivo e mais uma vez do meu lado. Minha mão estava em seu peito, em cima de seu coração, então pude senti-lo batendo fortemente. Ele colocou a mão por cima da minha, segurando-a com delicadeza, mas olhou para Tove.

– O que está acontecendo lá dentro? – perguntou Finn para Tove, apontando a cabeça em direção à casa.

– Eles estão se retirando. – Tove estava em pé ao nosso lado. – Muitas pessoas se machucaram, e Aurora está cuidando delas. Meu pai quebrou algumas costelas, mas vai sobreviver. Infelizmente, não posso dizer o mesmo de alguns Trylle.

– Perdemos muita gente? – perguntou Finn, com a expressão sombria.

– Não tenho certeza ainda, porém, perdemos alguns. – Tove contraiu o rosto. – Poderíamos ter evitado tudo aquilo completamente se os markis e as marksinnas aprendessem a lutar. Eles deixam toda a proteção nas mãos dos rastreadores. No entanto, se a realeza resolvesse simplesmente agir com as próprias mãos, eles poderiam ter... – Ele balançou a cabeça. – Ninguém precisava ter morrido hoje.

– Ótimo. – Finn suspirou de alívio e olhou para mim. – O que aconteceu? Você está bem? – Ele levou a mão à minha lateral, onde eu sangrava por cima de todo o vestido. Eu me contraí com o toque dele e balancei a cabeça.

– Não é nada. Estou bem.

– Peçam para minha mãe dar uma olhada. Ela vai remendar vocês dois – disse Tove. Como olhei confusa para ele, Tove prosseguiu. – Aurora é uma curadora. Ela consegue tocar numa pessoa e curá-la. É a habilidade dela.

– Vamos. – Finn forçou um sorriso para mim e sentou-se devagar.

Ele tentava aparentar que estava perfeitamente bem, mas tinha levado uma bela surra, e havia uma hesitação em seus movimentos. Tove ajudou-o a se levantar, depois segurou minha mão e me levantou.

Eu coloquei o braço ao redor da cintura dele, e Finn pôs o braço ao redor dos meus ombros, apoiando relutantemente parte de seu peso em mim. Andamos com cuidado no meio do vidro quebrado em direção à casa, e Tove deu mais detalhes sobre o ataque.

A não ser pelos rastreadores que estavam de guarda, a maioria dos Trylle não se defendeu, incluindo a mim mesma. Os Vittra talvez não tivessem tantas habilidades, mas eles eram muito melhores no combate físico do que os Trylle.

Ainda bem que alguns dos Trylle, como Elora e Tove, eram fortes e inteligentes o suficiente para enfrentá-los. O que eles não tinham de força física compensavam com habilidades avassaladoras.

Entretanto, Tove salientou rapidamente que, se todos os Trylle tivessem agido usando quaisquer de suas habilidades, independentemente de quão fracas, ou se simplesmente tivessem revidado com as próprias mãos, seria difícil os Vittra terem alguma chance. Nós deveríamos ter vencido sem nenhuma morte e praticamente sem nenhum ferido.

Os membros da realeza Trylle tinham se tornado complacentes demais, a ponto de acreditarem que se defender era algo indigno. Eles tinham passado a se concentrar demais nas classes sociais para perceber que eles mesmos precisavam lidar com algumas coisas, em vez de deixar todo o trabalho sujo com os rastreadores e os mänks.

O salão de baile estava ainda pior do que quando saímos. Alguém havia acendido lanternas nos cantos do salão, então pelo menos conseguíamos enxergar melhor do que antes.

Willa correu em minha direção ao me ver e jogou os braços ao meu redor. Eu também a abracei, sentindo um alívio tremendo por ela estar viva. Apesar de alguns arranhões e machucados, ela parecia bem.

Willa começou a contar uma história animada sobre como tinha feito alguns Vittra saírem voando do teto e disse que estava orgulhosa. Queria ouvi-la falar, mas a destruição era avassaladora.

Quando Elora nos viu, puxou Aurora, que estava ajudando um homem ensanguentado. Notei com uma felicidade sombria que o chanceler tinha um corte horroroso na testa e torci para que Aurora não tivesse tempo de curá-lo.

Elora não estava com uma aparência ruim. Se eu não soubesse, não diria nunca que estivera presente durante a luta. Aurora, por sua vez, estava bonita e majestosa, mas tinha algumas marcas da batalha. Seu vestido estava rasgado, o cabelo estava uma bagunça, e havia sangue em suas mãos e braços, apesar de eu duvidar que era sangue apenas dela.

– Princesa. – Elora parecia genuinamente preocupada ao vir em nossa direção, passando delicadamente por cima das mesas quebradas e de um cadáver de Vittra. – Que bom que está bem. Fiquei muito preocupada com você.

– É, estou bem.

Ela esticou a mão e tocou meu rosto, mas não havia nenhuma afeição. Era como se tocasse em um animal estranho, sem acreditar que era seguro, mesmo se alguém tivesse lhe garantido que era.

– Não sei o que teria feito se algo tivesse acontecido com você. – Ela sorriu tristemente para mim, depois afastou a mão e olhou para Finn. – Tenho certeza de que devo um agradecimento a você por ter salvado minha filha.

– Não é necessário – respondeu Finn rapidamente, e Elora olhou-o atentamente por um momento, dizendo algo em sua mente. Depois se virou e foi embora, indo lidar com algo bem mais urgente do que sua filha.

Aurora apertou o braço de Tove e olhou para ele com carinho, fazendo com que eu sentisse uma angústia enorme por causa da reação da minha própria mãe. Aurora também parecia ser a rainha da frieza, mas pelo menos demonstrava sinais de genuína felicidade ao ver que o filho não tinha morrido.

O instante passou rapidamente, e Aurora veio em minha direção. Quando ela puxou mais o rasgo do meu vestido para que pudesse colocar a mão na minha ferida, eu rangi os dentes de dor. Finn apertou o braço ao redor dos meus ombros, e uma sensação de formigamento percorreu a lateral do meu corpo; alguns instantes depois, a dor parou.

– Nova em folha. – Aurora sorriu para mim com cansaço.

Ela pareceu ter envelhecido depois de me tocar, e eu me perguntei o quanto todas aquelas curas demandavam dela. Ela começou a se afastar para ajudar as outras pessoas. Enquanto isso, Finn continuava apoiado em mim, nitidamente sentindo dor.

– E quanto a Finn? – perguntei, e ela me olhou, surpresa. Aparentemente, eu tinha pedido algo errado, e ela não sabia como reagir.

– Não, não; estou bem. – Finn a dispensou, gesticulando.

– De jeito nenhum. – Tove deu um tapinha nas costas dele e apontou a cabeça em direção à mãe. – Finn salvou o dia. Ele merece um pouco de ajuda. Aurora, pode cuidar dele? – Ela olhou hesitante para o filho, depois concordou com a cabeça e veio até Finn.

– Claro – disse Aurora.

Ela deu uma olhada nas feridas dele, tentando detectar com precisão o que precisava de cura. Desviei o olhar e vi Rhys sentado na beira de uma mesa. Ele estava segurando um pano ensanguentado na testa e olhava fixamente para o chão.

– Rhys! – gritei, e ele sorriu quando olhou para a frente e me viu.

– Vá vê-lo – sugeriu Finn. Aurora cutucou algo dolorido na lateral do corpo dele, fazendo-o se contorcer. – Ela está tomando conta de mim.

– Eu cuido dele. – Tove pegou o braço de Finn, para que se apoiasse nele, em vez de se apoiar em mim.

Olhei por cima do ombro para Finn, mas ele sinalizou com a cabeça para eu ir, claramente tentando não demonstrar quanta dor Aurora estava causando.

Eu não queria mesmo sair de perto de Finn, mas achei que deveria pelo menos cumprimentar alguém que tinha tentado salvar minha vida. Especialmente porque Rhys tinha sido a única pessoa ao longo da noite inteira a dizer que eu estava bonita sem soar repugnante.

– Você está viva! – Rhys sorriu. Ele tentou levantar-se, mas gesticulei para que continuasse sentado. – Não sabia o que tinha acontecido com você. – Ele olhou para Finn, e sua expressão esmoreceu. – Não sabia que Finn estava de volta. Se soubesse, não teria me preocupado.

— *Eu* estava preocupada com *você*. — Estiquei a mão e cuidadosamente toquei na testa dele. — Você levou um murro e tanto aqui.

— Foi, mas não consegui dar nenhum — resmungou Rhys, olhando para o chão. — E não consegui evitar que ele a pegasse.

— Conseguiu, sim! — insisti. — Se você não estivesse aqui, eles teriam me levado embora antes que qualquer outra pessoa pudesse ter feito algo a respeito. Você também salvou o dia.

— Foi? — Seus olhos azuis estavam esperançosos e viraram na minha direção.

— Com certeza. — Retribuí o sorriso.

— Sabe, antigamente, quando um cara salvava a vida de uma princesa, ela o recompensava com um beijo — comentou Rhys.

O sorriso dele era leve, porém, seus olhos estavam sérios. Se Finn não estivesse a alguns metros de distância, observando a gente, eu provavelmente o teria beijado. Mas eu não queria fazer nada que estragasse o fato de Finn estar de volta, por isso apenas balancei a cabeça e sorri.

— Talvez quando eu matar o dragão. Aí eu ganho um beijo?

— Prometo — concordei. — Você se contenta com um abraço?

— Receber um abraço seu sempre é mais do que suficiente para se contentar.

Eu me aproximei e o abracei fortemente. Uma mulher sentada numa mesa perto de nós pareceu abismada ao ver a nova princesa abraçando um mänsklig em público. As coisas teriam mesmo que mudar quando eu fosse rainha.

Depois que Aurora curou Finn, ela sugeriu que nós dois fôssemos descansar. O salão ainda estava um desastre, mas Tove insistiu que ele e sua mãe tomariam conta de tudo. Eu queria protestar e ajudar mais, mas estava exausta, então não discuti.

Usar as habilidades durante a noite deixou Tove concentrado. Toda a sua personalidade revelou-se, e ele tomou controle da situação com facilidade. Tive a sensação de que, pela primeira vez, eu estava vendo o verdadeiro Tove, não o garoto que ficava preso no meio da confusão de seus próprios poderes.

De certo modo, nós funcionávamos de maneiras opostas. Eu projetava intensamente, e era por isso que minha persuasão era forte, enquanto Tove recebia tudo. Ele conseguia captar minhas emoções e meus pensamentos, querendo ou não. No entanto, imaginei que ele também sentia outras pessoas e que sua mente era uma mistura confusa das emoções de todas elas.

Finn veio comigo para meu quarto, pois poderia não estar completamente seguro. Antes mesmo de chegarmos à escada, ele segurou a minha mão. Fiquei em silêncio a maior parte do caminho, mas, quando chegamos perto da minha porta, senti que precisava dizer algo.

– Então... você e Tove são amigos ou algo assim? – Eu falei brincando, mas estava curiosa. Embora nunca tivesse visto eles se falarem antes, parecia haver algum tipo de familiaridade entre os dois.

– Sou um rastreador – respondeu Finn. – Rastreei Tove. Ele é um bom garoto. – Ele olhou para mim, sorrindo um pouco. – Eu disse para ele ficar de olho em você.

– Se estava tão preocupado comigo, por que não ficou no palácio? – perguntei mais rispidamente do que queria.

– Não vamos falar sobre isso agora. – Finn balançou a cabeça. Tínhamos parado na frente da porta do meu quarto, e havia um ar brincalhão em seus olhos escuros.

– Sobre o que devemos falar, então? – Olhei para ele.

– Sobre como você está linda neste vestido. – Finn olhou sorrindo para mim e colocou as mãos na minha cintura.

Eu ri, e em seguida ele estava me empurrando contra a porta. Seu corpo pressionava tanto o meu que eu mal conseguia respirar, e sua boca procurou a minha. Ele me beijou da mesma maneira eufórica como tinha me beijado antes, e eu amei aquilo.

Coloquei os braços ao redor dele e me empurrei contra o seu corpo impacientemente. Ele esticou a mão atrás de mim, abrindo a porta, e nós entramos tropeçando no quarto. Ele me segurou antes que eu caísse de verdade, depois me levantou com facilidade em seus braços e me carregou.

Delicadamente, ele me jogou na cama e depois se deitou em cima de mim. Sua barba por fazer causava cócegas no meu pescoço e nos meus ombros enquanto ele me cobria de beijos.

Sentado, Finn tirou a jaqueta, e eu imaginei que ele fosse tirar a camisa, mas ele parou, olhando para baixo, em minha direção. Seu cabelo preto estava um pouco desarrumado, mas sua expressão me era totalmente desconhecida. Ele estava apenas me encarando, fazendo minha pele corar de vergonha.

– O que foi?

– Você é tão perfeita – disse Finn, mas parecia aflito.

– Ah, não sou. – Eu corei e ri. – Sei que não sou.

– Você não está vendo o que estou vendo. – Ele inclinou-se por cima de mim novamente, com o rosto bem em cima do meu, mas sem me beijar. Depois de um instante de hesitação, ele beijou minha testa e minhas bochechas, depois, muito ternamente, meus lábios. – Eu só não quero perturbá-la.

– Como você seria capaz de me perturbar?

– Hum... – Um sorriso apareceu em seus lábios e, em seguida, ele se sentou, saindo de cima de mim. – É melhor você colocar o pijama. Esse vestido não parece muito confortável.

– Para que preciso de pijama? – Eu me sentei. Tentei falar num tom insinuante, porém acabou saindo com um pouco de hesitação. Assim que entramos aqui, achei que as coisas iriam bem mais longe do que um pijama permitiria.

– Vou ficar com você esta noite. – Finn tentou me tranquilizar. – Mas não pode acontecer nada a não ser dormir.

– Por quê?

– Estou aqui. – Finn olhou para mim com atenção. – Não é o suficiente?

Concordei com a cabeça e cuidadosamente saí da cama. Fiquei na frente dele para que pudesse abaixar o zíper do meu vestido, gostando da maneira como suas mãos repousavam na minha pele. Não entendi o que estava acontecendo, mas eu ficaria feliz com qualquer coisa que pudesse ter com ele.

Depois de colocar o pijama, voltei para a cama com ele. Finn continuou sentado na beirada por um minuto, depois, quase relutantemente, veio para perto de mim. Eu me enrosquei em seus braços, enterrando a cabeça em seu peito, e ele me abraçou com força.

Eu nunca havia sentido nada melhor do que ficar com ele daquele jeito, e tentei ficar acordada para aproveitar cada minuto, mas no fim das contas meu corpo cedeu e eu apaguei.

De manhã, acordei com Elora entrando no meu quarto pela primeira vez na vida. Ela estava de calça, algo que eu nunca a vira usar. Eu ainda estava enroscada nos braços de Finn, e ela não pareceu surpresa nem ofendida com isso.

— Espero que tenha dormido bem. — Elora passou os olhos pelo quarto, com calma. Ela apenas nunca tinha entrado ali antes. — E espero que Finn tenha sido um cavalheiro.

— Ele sempre é — falei, bocejando.

Ele começou a se afastar de mim e a sair da cama. Eu franzi a testa, porém, não disse nada. Não era algo tão chocante a ponto de ela ficar chateada por estarmos juntos, então não pensei muito sobre isso quando Finn começou a pegar a jaqueta e o moletom.

— Obrigada por proteger minha filha — disse Elora sem olhar para ele.

Finn parou na porta e olhou para mim, com os olhos escuros em conflito. Ele assentiu com a cabeça, se virou e saiu do meu quarto, fechando a porta atrás de si.

— Bem, você reagiu a isto bem melhor do que imaginei — admiti, me sentando.

— Ele não vai voltar.

— O quê? — Olhei para a porta espantada.

— Ele salvou sua vida, por isso permiti que ele passasse a noite para se despedir de você — explicou Elora. — Vou transferi-lo daqui o mais rápido possível.

— Está dizendo que ele sabia? — Olhei para ela, embasbacada.

— Sim. Fiz o acordo com ele ontem à noite — disse Elora.

Finn sabia e não me informou a respeito, nem tentou me levar com ele.

— Mas... ele salvou minha vida! — insisti, sentindo uma dor terrível crescer no meu peito. Uma dor que dizia que eu não conseguiria sobreviver sem Finn. — Ele deveria ficar aqui para me proteger!

– Ele está comprometido emocionalmente, não é adequado para o trabalho – explicou Elora diretamente. – Além disso, se ele ficasse, você seria banida de Förening. Ele não quer isso, nem eu. – Ela suspirou. – Eu não devia ter permitido a ele nem esta noite, mas... não quero saber o que fez com ele. Não me conte. Não conte para ninguém. Está claro?

– Não aconteceu nada. – Balancei a cabeça. – Mesmo assim, quero que ele volte. Ele me protege melhor do que ninguém!

– Vou explicar de outra maneira: ele faria de tudo para você ficar viva, princesa. – Elora olhou para mim calmamente. – Isso significa que ele morreria para salvá-la, sem hesitação. Quer mesmo que isso aconteça? Quer mesmo que ele morra por sua causa?

– Não... – Fiquei quieta, olhando, confusa, para as cobertas. Sabia que ela tinha razão. Ontem à noite ele quase tinha morrido para me salvar. Se Tove não tivesse aparecido, ele estaria morto.

– Muito bem. Também é melhor para ele não ficar perto de você – disse Elora. – Agora você precisa se levantar e se arrumar. Temos muito o que fazer.

VINTE E QUATRO

adeus

Os dias posteriores foram uma sequência infinita de reuniões de defesa. Nunca havia acontecido um ataque tão severo em Förening. As vítimas alcançavam a casa das dezenas, incluindo vários visitantes da alta realeza Trylle. Qualquer perda de Trylle poderosos era devastadora para o reino.

Elora e Aurora lideravam as reuniões enquanto Tove e eu ficávamos sentados silenciosamente mais atrás. Ele era o mais poderoso e deveria ter mais influência, mas não parecia muito interessado.

As outras vinte e poucas pessoas que pareciam sempre ir às reuniões ofereciam conselhos totalmente inúteis. Tove me disse apenas que a minha melhor defesa seria passar a controlar minhas habilidades. Willa levou o conselho dele a sério e se ocupou com aulas de autodefesa e praticando controlar melhor a sua habilidade com o vento. Elora mal falava comigo e nunca disse uma palavra carinhosa.

A única coisa boa foi que eu me livrei da cerimônia de batizado, e Elora decidiu permitir que eu ficasse com meu nome.

Eu andava pelos cantos em estado de confusão mental. Para mim, tanto fazia morrer ou viver. Se eles atacassem de novo, eu lidaria com o que quer que acontecesse.

– Você vai ter que sair dessa em algum momento – disse Rhys.

Eu estava deitada na cama, olhando para o teto, e ele, encostado na porta. Rhys ainda estava com um corte feio acima da sobrancelha, pois Aurora não quisera recorrer à cura para um mänks. Estava melhorando lentamente, mas me doía ver aquilo. Era apenas uma lembrança de que ele tinha se machucado por minha causa.

– Talvez. – Eu achava que jamais fosse sair e esperava não sair.

– Ah, fala sério. – Rhys suspirou e veio sentar do meu lado na cama. – Sei que tudo o que aconteceu deixou você mal, mas não é o fim do mundo.

– Eu nunca disse que era – murmurei. – Simplesmente odeio esta casa. Odeio minha mãe. Odeio ser uma princesa. Odeio tudo o que tem a ver com aqui!

– Até eu? – perguntou Rhys.

– Não, claro que você não. – Balancei a cabeça. – Você é praticamente a única coisa de que ainda gosto.

– Me sinto privilegiado. – Ele sorriu para mim, porém, como não correspondi, o sorriso dele rapidamente desapareceu. – Olha, eu também odeio isso aqui. É um lugar difícil de se morar, especialmente esta casa, com Elora. Mas... o que mais podemos fazer? Para que outro lugar nós iríamos?

Foi então que pensei. Eu não queria essa vida de jeito nenhum, e essa vida realmente não queria Rhys. Ele cresceu cercado por uma indiferença e uma frieza que fizeram a sua infância ser pior do que a minha. Ele merecia muito mais do que isso. Desde que eu chegara ali, Rhys fora uma das poucas pessoas genuinamente bondosas comigo, e, em retribuição, também merecia que alguém o tratasse assim.

Para mim não fazia muita diferença ficar viva ou morrer, então eu não precisaria de proteção caso alguém decidisse vir atrás de mim novamente, embora eu não tivesse tanta certeza de que eles fariam isso. Tove tinha explicado que os Vittra tinham tido muitas perdas, e outro ataque num futuro próximo seria extremamente improvável.

No entanto, eu sabia que, em algum lugar lá fora, meu irmão, Matt, estava preocupadíssimo comigo. Ele e Maggie me aceitariam de volta de braços abertos, e eles adorariam receber Rhys. Não sabia como explicá-lo para eles, mas pensaria em alguma coisa.

Eu não era uma princesa e não queria ser uma. Seria tão bom estar em casa novamente. Isso não adiantaria muito com relação a Finn, porém, Matt e Maggie saberiam a melhor maneira de curar meu coração partido.

Rhys não estava convencido de que ir embora seria o melhor e apontou para o corte no olho em consequência de sua incapacidade de proteger a mim e a si mesmo. Relutantemente, recorri ao uso da persuasão, mas não tive escolha. Além disso, eu apenas o estava convencendo de que ele não precisava se preocupar comigo.

No meio da noite, resolvi agir. Saímos às escondidas do palácio, o que foi mais difícil do que imaginei. Havia guardas e outros Trylle andando pela propriedade, para o caso de haver outro ataque Vittra. Apesar de isso ser improvável, eles não queriam correr nenhum risco.

Rhys e eu atravessamos a cozinha e saímos pela porta de trás para o jardim secreto, que florescia até no meio da noite. Teria sido impossível escalar as altas paredes de tijolos que o cercavam se eu não tivesse Rhys para me ajudar. Depois que o puxei para cima, nós pulamos para o outro lado.

Sem nem tirar a sujeira de nossas roupas, corremos ao longo da parede. Rhys foi na frente porque conhecia a região mais que eu. Estávamos quase chegando à garagem quando tivemos que nos abaixar atrás de uma moita e esperar um guarda passar.

Assim que o guarda se afastou, fomos rapidamente até a garagem. A moto nova de Rhys estava lá, mas ele não a ligou. Ele a empurrou para fora da garagem, deixando o motor e as luzes desligados para não chamar atenção.

No fim da cidade havia um portão protegido por um guarda, e eu duvidava de que ele deixasse a princesa passar. Contudo, Rhys tinha um plano. Ele sabia que existia uma parte defeituosa na grade lá embaixo, no aterro. Tinha ouvido falar de outros mänks que atravessaram por lá ao fugirem.

Tive que ajudar Rhys a estabilizar a moto para que ela não deslizasse colina abaixo enquanto passávamos no meio das árvores e do mato. O buraco na grade estava ainda pior do que antes. Aparentemente, foi assim que alguns dos Vittra invadiram, e os Trylle ainda não o tinham consertado. Típico deles se concentrar mais em proteger o palácio do que garantir a segurança da cidade de Förening.

Conseguimos passar a moto por lá sem muito problema, e foi então, enquanto a empurrávamos colina acima, que comecei a sentir a alegria e o alívio de escapar. Ignorei quaisquer pontadas de tristeza ou de saudade de pessoas que conheci ali, como Willa ou Tove, e tentei apenas me concentrar no fato de que eu estava fugindo. Eu estava livre.

Quando chegamos à estrada, Rhys ligou a moto. Saímos em disparada na escuridão, e eu estava sentada atrás dele na moto, com os braços bem firmes ao redor de sua cintura e o rosto enterrado em sua jaqueta de couro.

Bem cedo de manhã, o céu estava com aquele estranho brilho azul quando paramos na frente da minha casa. Rhys não tinha nem desligado a moto quando Matt escancarou a porta da frente e veio correndo pelo alpendre.

Mesmo na penumbra, consegui ver como Matt estava acabado. Pulei da moto, e, sem nem notar a presença de Rhys, Matt jogou os braços ao meu redor. Ele me abraçou tão fortemente que chegou a doer. Mas não me importei. Enterrei o rosto em seu ombro, inspirando seu cheiro familiar e adorando sentir a proteção de seus braços. Finalmente, eu estava *em casa*.

Os Vittra atacam

UM CONTO DE AMANDA HOCKING

UM

Loki estava sentado no banco com a cabeça recostada. Era cedo demais para esse tipo de coisa, mas ele só conseguiu convencer Jen e Kyra a deixarem-no esperar na SUV porque ele disse que seria o motorista de fuga.

Se eles voltassem arrastando aquela garota como prisioneira, e Loki não estivesse alerta o suficiente para sair em disparada, ele teria sérios problemas. Não com Jen ou Kyra, pois era de uma classe superior à deles, mas Jen não hesitaria em contar para o rei sobre tudo o que Loki tivesse feito de errado.

Então ele estava esperando no carro, ouvindo o disco de Hugo em seu iPod. Deu sorte ao lembrar de trazê-lo. A SUV que tinham roubado só tinha rap, e Loki arremessara a coleção inteira de CDs pela janela assim que entrou.

A alguns quilômetros de distância do palácio Vittra, o carro que o rei tinha escolhido para eles usarem morrera. Não era nenhuma surpresa. Loki foi forçado a roubar a SUV para que pudessem dar prosseguimento ao plano, pois o rei não permitiria um descumprimento de prazo. Ele queria a garota, e a queria *agora*.

Loki tinha quebrado a janela do passageiro, e Kyra pendurara lá a sua jaqueta preta para não deixar o vento entrar. Mas não adiantava muito em relação ao som, assim ele deixou a música bem baixa para não acordar a vizinhança.

O relógio do painel indicava que era um pouco depois das cinco da manhã, e Loki olhou por cima do ombro, em direção à casa da garota. Ele havia estacionado a quase um quarteirão de distância e do outro lado da rua, então, na verdade, estava num ângulo desfavorável para observá-la.

Mas tanto fazia, pois não queria observá-la. Não queria fazer parte dessa vigilância.

O céu estava começando a clarear, agora parecia mais azul do que preto. Loki não conseguia ver onde Jen e Kyra estavam escondidos, mas ele não sabia como eles conseguiam fazer aquilo. Não aguentaria ficar sentado lá fora a noite inteira, agachado na grama fria, esperando para sequestrar uma garota idiota.

Jen vivia para esse tipo de coisa. Era da emoção da caça que ele gostava, mas Loki nunca gostou muito disso. Ele sempre sentiu gratidão por apenas uma coisa na vida: nunca ter sido rastreador.

Parecia ser uma atividade entediante e solitária, e, mais do que isso, odiava a ideia de induzir as pessoas a voltar para o palácio Vittra, para que fossem forçadas a ter uma vida como a dele. Seria muito melhor para elas ficar no mundo humano, longe do punho de ferro do rei e da sociedade totalitária dos trolls.

Loki fizera o máximo possível para não ter que participar desse sequestro. Entretanto, o rei estava sempre atrás de uma razão para matá-lo, e, se Loki se recusasse a obedecer a uma ordem como essa, já seria razão suficiente.

Sentado na SUV, Loki percebeu que poderia escapar. Ele já tinha pensado nisso antes – praticamente o tempo todo desde o dia em que nascera. Porém nunca tinha parecido tão possível. Estava sozinho no carro. Poderia simplesmente sair dirigindo, deixando Jen e Kyra para trás para se virarem com a confusão.

Mas os mesmos motivos sempre o faziam desistir. Para onde ele iria? O que faria?

O rei talvez o encontrasse e o matasse, só para mostrar que era capaz. Mesmo se não fizesse isso, Loki não tinha ninguém do lado de fora. Ele sempre acreditou em lutar pelas coisas que se ama, embora nunca tivesse encontrado nada que amasse o suficiente para valer a pena escapar.

Porém, no momento, não conseguia pensar em nenhuma opção. Ele teria que esperar e fazer o que o rei dissesse.

Loki ouviu um barulho vindo de fora do carro que pareceu um grito, contudo, não achava que Jen e Kyra eram suficientemente idiotas a ponto de chamar atenção. Eles sabiam o quanto essa garota era importante para o rei, e para os Vittra como um todo, e eles não estragariam tudo.

Ele recostou-se no banco, fechando os olhos e cantarolando junto com "Hurt Makes it Beautiful".

– Vá! – Kyra gritou e abriu rapidamente a porta do passageiro.

– O quê? – Loki ficou alerta e virou-se para o banco de trás, onde viu Jen pulando para dentro. Sozinho. – Cadê a garota?

– Vá embora! – rosnou Jen.

– Sério? – Loki revirou os olhos, mas fez o que mandaram.

Ele ligou o carro, e, como não acelerou o suficiente, Kyra pressionou a mão na perna dele, forçando o pé a apertar mais o acelerador.

— Calma aí — disse Loki para ela. — Só porque o rei vai matar vocês dois não quer dizer que todos nós precisemos morrer agora.

Ela tirou a mão, e Loki virou numa esquina bem na hora em que as viaturas policiais aproximavam-se com luzes piscando.

— Ei, você está tão encrencado quanto a gente — vociferou Jen.

Loki olhou para ele pelo espelho retrovisor. Os olhos de Jen eram pretos, e toda vez que Loki olhava para ele, tinha medo de que roubasse um pouco de sua alma.

— Se alguém está em apuros, é você, Loki — disse Kyra. — O rei o encarregou disso.

— Encarregou, sim, mas eu deleguei a vocês dois. — Loki gesticulou para Kyra e para Jen. — Os dois me prometeram que seria moleza. É uma garota que não tem nem ideia de como usar os poderes que tem. Como é possível que ela tenha escapado de vocês?

— Finn levou-a — disse Kyra com os dentes rangendo. — Ela deve estar a caminho do palácio Trylle neste exato momento.

— Eu vou matar aquele canalha nem que seja a última coisa que eu faça — murmurou Jen.

— Finn? — Loki balançou a cabeça, sem entender do que eles estavam falando. — O que é isso?

— Ele é um rastreador Trylle — explicou Kyra. — É o melhor rastreador de todos.

— Você o conhece? — Loki ergueu a sobrancelha. — Não sabia que vocês socializavam com os Trylle.

Kyra cravou o olhar nele e disse:

— Já encontramos com ele antes. Ele tentou impedir que a gente pegasse outros changelings.

— Mas ele não é apenas um rastreador? – perguntou Lori, observando-a pelo canto do olho.

— Ele não é *apenas* nada – insistiu Kyra. – Ele é forte e muito bom de briga.

— E daí? Era para você ter conseguido esmagá-lo como um inseto – disse Loki. – É o que o rei vai dizer, e com razão. Não há nenhum motivo para que um rastreador Trylle idiota leve a melhor numa briga, jamais.

— Com certeza *você* o derrotaria, só que você não estava lá – salientou Kyra.

Jen cruzou os braços e sorriu com satisfação, cheio de orgulho.

— E é isso o que vamos dizer para o rei.

— Ah, é mesmo? – Loki olhou para Jen pelo retrovisor novamente. – Vai dizer para o rei que você é fraco e inútil e que *precisa* de mim para fazer o trabalho por você?

— Eu não *preciso* de ninguém. – O sorriso de Jen enfraqueceu.

— É o que acabou de dizer – rebateu Loki, abrindo o sorriso. – Apenas admita. Admita que sou mais forte e melhor do que você, daí eu assumo a responsabilidade pelo que aconteceu, Jen.

— Vá se ferrar, Loki. – Jen espremeu os olhos sem vida em direção a ele, que não pôde deixar de rir da contrariedade de Jen. – Quando o rei executá-lo, e ele vai executá-lo, vou cuspir no seu túmulo.

— Você está em cima dela há três semanas, Jen. – Loki parou o tom de brincadeira, e suas palavras foram duras. – Três semanas, e não fez nada. O rei me enviou para terminar o trabalho que você mal começou, e eu deixei que você fosse o líder por respeito à sua posição.

— Ah, que papo furado – interrompeu Jen. Ele ficou na beira do banco, para que pudesse gritar mais em cima de Loki. – Você ficou com preguiça e não quis fazer nada disso. Você "deixou" que eu fizesse porque não queria sujar as próprias mãos!

— Ah, me desculpe por não me animar tanto com o sequestro de garotinhas – retrucou Loki. – Você percebe que o rei ou vai torturá-la, como faz com o resto da gente, ou vai matá-la? Você a levaria de volta para ser destruída.

— E daí? – Jen recostou-se no banco. – Ela não é problema meu. Também não é problema seu.

— E desde quando você tem consciência? – perguntou Kyra.

— Não tenho. – Loki parou, pensando na razão pela qual não queria fazer parte disso. – Eu apenas nunca fui um defensor de assassinatos.

— Bem, ou é ela ou a gente. – Kyra deu de ombros. – Se eu tenho um trabalho a fazer, vou fazê-lo.

— Quer dizer, menos este trabalho, que você arruinou completamente. E agora nós todos vamos ter mortes horríveis e dolorosas – disse Loki.

Jen chutou a parte de trás do banco de Loki, que pisou fortemente nos freios, lançando Jen para a frente, fazendo-o bater a cabeça no banco.

— Babaca! – Jen bateu na parte de trás da cabeça de Loki, e ele se virou para revidar.

— Pessoal! – gritou Kyra, agarrando o braço de Loki para que ele não batesse em Jen. – Parem com isso! Nós estamos seriamente encrencados, e brigar não vai ajudar em nada.

— Nada vai poder nos ajudar – disse Loki seriamente. – Não tem nada que possamos dizer para que o rei poupe a gente.

DOIS

— A culpa é de Loki – disse Jen assim que chegaram aos aposentos. Loki revirou os olhos e suspirou ruidosamente.

— A culpa não é *toda* minha – retrucou Loki secamente. – Não tive nada a ver com o fracasso.

No longo caminho de volta para o palácio Vittra, Loki, Jen e Kyra tinham recapitulado suas histórias, decidindo exatamente o que queriam contar. Apesar de todos concordarem que, independentemente do que dissessem, o rei ficaria majestosamente enraivecido, a desculpa certa significaria a diferença entre tortura e execução.

Eles finalmente concordaram com algo que pareceu plausível e que praticamente os deixaria a salvo. Diriam ao rei que os Trylle haviam se adiantado. No momento em que chegaram para sequestrar a garota, os Trylle já estavam fugindo com ela.

No entanto, tudo isso foi totalmente ignorado, e Loki sabia que seria assim. Jen só protegia a si mesmo, e foi com esse comportamento que ele conseguira chegar tão longe no exército Vittra. O rei parecia respeitar traições.

– Ele não fez nada – insistiu Jen. – O problema foi esse.

O rei estava de costas para eles, com o longo casaco vermelho de veludo fluindo até o chão. Seu cabelo preto ia quase até a cintura, e, apesar de ser um homem pequeno, sua presença era tão imponente que até Loki às vezes achava difícil não se encolher diante dele.

Kyra curvou-se diante dele ao entrarem e ainda não tinha se dado ao trabalho de se reerguer totalmente. Jen estava com os braços dobrados por trás das costas e tinha uma postura rígida, como um soldado, enquanto Loki estava com os braços dobrados por cima do peito.

Além deles três e do rei, a única outra pessoa no aposento era Sara, a rainha. Ela estava sentada numa das cadeiras, com o seu pequeno lulu da pomerânia, Froud, no colo, mas os dois estavam em absoluto silêncio. Todos prendiam a respiração enquanto esperavam a resposta do rei.

Os aposentos do rei tinham teto alto, porém, as paredes escuras de mogno faziam com que o lugar parecesse menor. Não havia janelas e, toda vez que Loki entrava para ver o rei, ele sempre se sentia vagamente claustrofóbico. O quarto era esparsamente mobiliado, com apenas uma mesa grande e algumas cadeiras vermelhas de encosto alto.

Uma parede estava coberta de estantes de livros do chão ao teto, e a maioria deles era sobre a história dos Vittra e dos trolls, mas havia alguns outros títulos escolhidos. Uma vez, quando Loki ficara a sós nos aposentos, ele fora até lá inspecioná-los.

Encontrou uma cópia de *Mein Kampf* e um livro que tinha figuras bem gráficas de como precisamente infringir a pior tortura e empalar pessoas vivas.

— É verdade, Loki? – perguntou o rei, cuja voz ecoava no cômodo como cascalho e trovão.

— Que eu não fiz nada? – Loki balançou a cabeça. – Não, senhor, claro que não. Eu encabecei a equipe, mas deleguei...

— Ele esperou no carro enquanto nós fomos atrás dela – interrompeu Jen com um tom desagradável de queixa. – Ele não fez nada enquanto os Trylle a levavam.

Loki olhou para Jen com seriedade em seus olhos cor de caramelo.

— Sim, eu esperei no carro, mas disse para você ligar se precisasse de mim. – Ele estava praticamente cuspindo as palavras ao falar. – E você não ligou em nenhum momento, nem quando deixou que um único rastreador saísse fugindo com ela.

— Não deixamos que ele fizesse nada! – gritou Jen. – Se você estivesse lá, poderia ter ajudado a impedi-lo!

— Mas você falou que não precisava de mim – rebateu Loki. – Você não queria nem que o rei deixasse eu ir com você. Insistiu que conseguiria se virar se mim, então lhe dei o benefício da dúvida.

— E eu mandei você ir para dar o benefício da dúvida? – perguntou o rei, finalmente se virando na direção deles pela primeira vez.

— Não. – Loki abaixou os olhos. – Mas eu estava bem ali no carro. Achei que eles seriam capazes de fazer uma simples vigilância.

— Eu lhe avisei que eles não eram capazes. — O rei aproximou-se de Loki, com os olhos verdes cravados nele. — Avisei que eles eram incompetentes e incapazes de lidar com isso, e, por mais que você não seja muito melhor do que nenhum dos dois, você é mais forte. Sem falar naquele seu truque da mente.

— Eu sei, só que não achei que eles fossem deixá-la escapar. — Loki ousou olhar para o rei e apontou para Jen e Kyra ao seu lado. — Quero dizer, são eles dois contra uma garota estúpida! Não achei que fossem capazes de estragar tudo assim.

— Mas eu achei. — O rei estava bem na frente de Loki, fulminando-o com o olhar. — E lhe avisei para corrigir a situação. Você corrigiu?

Loki engoliu em seco.

— Não, senhor, não corrigi.

O rei assentiu com a cabeça uma única vez. Virou-se, como se fosse se afastar, mas em vez disso voou para cima de Loki, golpeando-o com tanta força no rosto que ele ficou vendo tudo branco por um instante antes de cair no chão.

Sara arfou, contudo, não disse nada. Depois de anos, ela havia aprendido que não podia fazer nada para impedir que o rei descontasse a raiva em Loki.

Loki estava caído no chão, massageando o maxilar. Por um momento, ele teve certeza de que o rei tinha quebrado seu maxilar, e não seria a primeira vez em que acontecia algo assim. Mas nem por isso era menos doloroso.

Jen começou a rir, divertindo-se com a dor de Loki, porém, o rei o interrompeu.

— Saiam daqui! — rugiu o rei, virando-se para Jen e Kyra. — Saiam antes que eu faça o mesmo com vocês!

Os Vittra atacam

Eles saíram correndo, enquanto murmuravam pedidos de desculpa, e bateram fortemente a porta pesada de carvalho atrás deles.

Apesar de ainda estar sentindo dor, Loki conseguiria se levantar, mas preferiu não fazê-lo. Ficar no chão era mais seguro. Levantar-se seria apenas dar ao rei uma desculpa para golpeá-lo novamente.

– Esta é a última vez que você me decepciona – rosnou o rei. – Dei-lhe tudo, e você me desapontou inúmeras vezes. Você é apenas um príncipe preguiçoso e mimado.

– Não sou príncipe – corrigiu Loki em voz baixa.

– E nunca será! – gritou o rei, como se fosse alguma espécie de ameaça.

Loki rolou para ficar deitado de costas e suspirou.

– Eu não quero ser.

– Ótimo! Porque você nunca vai ser nada! Você vai estar morto muito em breve! – O rei soltou um palavrão por entre os dentes, depois foi até Loki e o chutou na lateral do corpo.

Loki levantou-se, segurando o abdômen. Por um instante, ficou sem conseguir respirar, nem se mexer, nem fazer nenhuma outra coisa além de sentir a dor que deixava todo o seu corpo ardendo.

– Oren! – Sara arfou, segurando o braço da cadeira, mas sem se levantar.

O rei sacudiu as mãos em desespero, como se não soubesse mais o que fazer.

– Estou me contendo, minha querida – disse o rei, e Sara conseguia perceber isso pela voz dele. Ele estava ignorando a sua vontade de gritar e falava calmamente. – Quero a cabeça dele numa bandeja, mas não é isso que estou vendo. – Ele apontou para onde Loki estava se contorcendo de dor. – Ele está vivo, por causa do respeito por você e pelo título dele. No entanto, se continuar me decepcionando, ele não vai durar muito tempo.

– Eu sei. – Sara levantou-se e colocou o cachorro na cadeira atrás dela. – E agradeço por isso, meu rei. – Sara foi em direção ao marido, mantendo o tom de voz tranquilizador. – Sei o quanto está frustrado e o quanto quer a princesa. Você sabe o quanto eu a quero também.

O rei soltou o ar pesadamente e pareceu ficar mais tranquilo, na medida em que um rei consegue ficar mais tranquilo.

– Eu sei. – Ele concordou com a cabeça. – Esqueço às vezes o quanto a princesa também significaria para você.

– Talvez você esteja descontando a raiva no lugar errado. – Quando o rei abriu a boca para protestar, ela ergueu a mão. – Não deve ser em Loki. Ele o desapontou. Mas talvez seja mais útil descontá-la nos Trylle, não em seu próprio povo.

– O que está sugerindo? – O rei apertou os olhos na direção dela.

– Nada que você nunca tenha sugerido, meu querido. – Ela colocou as mãos no peito dele e sorriu. – Você disse que faria tudo para pegá-la, e nada foi perdido ainda. Ela está com os Trylle, mas você já guerreou com eles antes. Não seria diferente agora.

O rei concordou com a cabeça, considerando o que a esposa tinha dito.

– Loki – berrou o rei sem olhar para ele. – Reúna todos os melhores rastreadores que temos, todos os nossos Vittra poderosos. Vamos lançar um ataque contra os Trylle.

Loki levantou-se, ainda segurando a lateral do corpo. Ele esticou a mandíbula, que latejava fracamente, e estalou o pescoço.

– Até os hobgoblins, senhor? – perguntou Loki.

– Não, ainda não. – O rei balançou a cabeça. – Vamos deixá-los reservados até que seja absolutamente necessário.

TRÊS

Loki estava mais aos fundos no cômodo enquanto o rei explicava os planos que tinha feito para o ataque ao palácio Trylle em Förening. O rei já havia lançado ataques contra eles antes, e alguns deram bem certo, por isso não havia por que pensar que agora seria diferente.

Entretanto, esta não seria a sua tentativa derradeira, e Sara tinha-o convencido a não fazer uso de algumas coisas e a não ir com tudo para cima deles. A rainha achou que era desnecessário o marido e Loki correrem um risco daqueles. Oren e Loki eram os dois Vittra mais poderosos que tinham, mas o exército que o rei montou devia ser suficiente para acabar com os Trylle.

Os Trylle tinham se tornado fracos e complacentes nos últimos anos, o que era parte da razão de o rei menosprezá-los tanto. Então, o rei não planejou atacar com tudo o que tinha. Não achou que fosse necessário.

Ele conhecia a sociedade Trylle o suficiente para saber que o baile de debutante dela aconteceria em breve, e ele tinha espiões nos acampamentos vizinhos que lhe contariam exatamente quando aconteceria. O rei podia ir atrás dela antes disso, quando a segurança no palácio Trylle estivesse mais frágil, mas queria fazer algo chamativo. Queria que os trolls de todas as tribos soubessem exatamente o quanto ele era poderoso, por isso planejou o ataque para aquela noite, mesmo se houvesse bem mais guardas Trylle a postos.

Após o fim da reunião, o rei saiu com seu exército Vittra para que fizessem alguns exercícios de treinamento que os ajudassem a lutar contra os Trylle. Como Loki não faria parte da missão, ele ficou encostado numa estante de livros nos fundos dos aposentos do rei.

– Como você está? – perguntou Sara quando os dois ficaram a sós no aposento.

– Ah, você sabe, com a mesma felicidade que sempre sinto após uma boa surra. – Loki sorriu ironicamente, e ela contraiu os lábios.

Ela foi até ele e colocou a mão na lateral do seu corpo, querendo curá-lo do chute que o rei tinha dado; no entanto, Loki se contorceu e se afastou do toque.

– Loki, eu sei o quanto o rei é forte. Sei mais do que ninguém – disse Sara.

Ele sabia que era verdade. Ao longo dos anos, ele viu que ela teve a sua cota de machucados, provavelmente ainda mais do que o próprio Loki tinha recebido das mãos do rei. Ele olhou para ela, mas logo desviou a vista.

– Estou bem – insistiu ele, apesar de não ser verdade.

– Devia deixar que eu o curasse. – Ela aproximou-se dele, que se afastou. – Você pode estar com um órgão perfurado ou uma costela quebrada. Por que não me deixa ajudá-lo?

— Porque não. — Ele suspirou e passou a mão no cabelo cor de areia. — Eu mereci.

— Loki, não é possível que esteja falando a sério. Você sabe que não mereceu. Oren fica violento por qualquer motivo, você não pode ficar ressentido por causa disso.

— Mas eu devia tê-los ajudado — disse ele em voz baixa. — Jen e Kyra. Foi o que Oren ordenou que eu fizesse. Ele disse que eles não dariam conta. E eu sabia disso. Não os ajudei o suficiente. Eu sabia que ela escaparia.

— Você não tinha como saber disso — disse Sara, tentando tranquilizá-lo.

— Eu sabia, sim. — Ele parou. — Até torci para que ela escapasse.

O queixo de Sara caiu e seus olhos arregalaram.

— Loki!

— Ah, fala sério, Sara! — Loki olhou para ela, soando exasperado. — Sei o quanto você quer aquela garota, mas de que vai adiantar trazê-la para cá? Acha mesmo que a sua vida vai melhorar por causa disso? Ou a do rei?

— Nós dois seremos mais felizes — disse Sara, abaixando os olhos. — Tudo fica melhor quando o rei está feliz.

Loki riu sombriamente.

— Acha mesmo que ela vai deixá-lo feliz? Eu vivi a serviço do rei a vida inteira, e, em vinte e três anos, nunca o vi feliz. *Nada* o deixa feliz.

— Você não compreende. — Sara balançou a cabeça e se afastou dele. — E não posso acreditar que você a deixou escapar de propósito.

— Por que é tão difícil acreditar? — perguntou Loki. — O rei vai simplesmente tratá-la da mesma maneira como trata a mim e a você, e você sabe disso. Então, dessa vez eu quis ver alguém escapando. Queria que alguém se livrasse da armadilha em que eu e você estamos presos.

Sara continuou a se afastar de Loki, com a cauda de seu longo vestido vermelho se arrastando no chão atrás dela. Seu cabelo preto tinha sido puxado para trás num rabo de cavalo apertado, como ela costumava usá-lo. Ela fazia tudo o que era possível para parecer tão forte e imponente quanto seu marido, porém, havia algo de meigo e de frágil nela.

Às vezes Loki ficava surpreso pelo rei não tê-la ferido, mas, quando ela olhava para ele, com os olhos castanhos nadando em lágrimas, Loki percebia que ele de fato a tinha machucado. Fisicamente, ela ainda estava na frente dele, entretanto, Sara não era a mesma mulher que ele havia conhecido catorze anos antes.

– Você não compreende – disse ela enfaticamente. – A princesa vai mudar as coisas, não apenas para mim. Para todos nós. Ela tem aquele poder.

– Sara. – Loki suspirou e aproximou-se dela. Ele colocou a mão em seus braços descobertos, e ela o olhou, com o lábio tremendo. – Você tem tentado mudar as coisas desde que se casou com Oren, e eu tenho tentado desde sempre. Porém, nada do que fazemos adianta. Ele não vai nunca abdicar do poder. E uma única garota não será capaz de mudar nada na nossa vida.

– Talvez você tenha desistido, mas eu não. – Ela enxugou as lágrimas e se afastou dele. – Eu nunca vou deixar de acreditar que nós podemos ser melhores.

– Eu não... – Ele parou de falar. – Deixa pra lá.

– Mas eu não entendo. Se você acha que fez a coisa certa ao deixá-la escapar, por que disse que mereceu o que Oren fez com você?

— Por causa de toda a confusão lá fora. — Loki gesticulou vagamente para a porta, por onde se ouviam gemidos e grunhidos dos exercícios de treinamento. — Eles vão fazer uma guerra por causa dela. Pessoas vão se machucar e morrer, e eu podia simplesmente ter trazido ela de volta para cá e evitado tudo isso.

— Sim, podia — disse Sara com impaciência. — Você nunca pensa nas coisas direito.

Ele suspirou e se deixou cair numa das cadeiras do rei.

— Não preciso de um sermão, Sara. Você não é minha mãe.

— A sua mãe era uma mulher boa, e ela daria um sermão bem pior do que esse — rebateu Sara. — Você tem que deixar de ser tão impulsivo. As coisas que você faz têm consequências.

— Eu estava tentando fazer o que é certo!

— Você achou que deixá-la escapar seria certo? — perguntou Sara duvidosamente.

— Sim, mais ou menos — admitiu ele.

Sara passou a mão na testa, como se falar com ele estivesse lhe causando dor de cabeça.

— Você é tão tolo às vezes.

— Eu fiz besteira...

— Não quero saber! — gritou Sara repentinamente, e ergueu a mão para ele. — Você deixou que ela escapasse! E isso é imperdoável.

Loki não falou nada. A voz dela tremia de mágoa, e ele não tinha como consertar aquilo. Engolindo em seco, ele olhou para o próprio colo e deixou que ela continuasse.

— Esse ataque contra os Trylle deve dar certo — disse Sara. — Contudo, se não der, você vai fazer qualquer coisa que o rei pedir para trazê-la de volta. Não, não é verdade. Você fará toda e qualquer coisa que for necessária, mesmo que isso signifique passar por cima das ordens do rei. Porque você vai ver, Loki; se deixá-la escapar de novo, eu não vou defendê-lo da ira do rei. – Ela respirou fundo. – Está me entendendo?

– Sim – disse ele, falando baixo, ainda olhando para o colo.

– Loki? – vociferou Sara. – Está me entendendo?

– Sim! – Ele ergueu a cabeça e conseguiu ver convicção nos olhos dela. Ela deixaria o rei matá-lo se ele não trouxesse a princesa de volta.

– Ótimo. – Ela alisou o cabelo e desviou o olhar dele. – Agora você precisa passar a se comportar. Você poderia muito bem participar dos exercícios de treinamento lá embaixo.

Loki fez o que ela mandou, assustado demais para discutir. O bizarro foi que ele tinha dito a verdade por achar que ela compreenderia. Ele achou que ela concordaria com ele a respeito de ele ter feito a coisa certa ao deixar a princesa escapar de tudo isso, mas Sara estava deixando que suas próprias necessidades a cegassem.

Sem nenhum aliado, Loki não tinha escolha. Se o rei não conseguisse pegar a garota com o ataque, então Loki teria que pegá-la depois.

QUATRO

— Já deveríamos ter alguma notícia deles a esta altura – disse Sara, andando de um lado para o outro nos aposentos do rei com o seu cachorrinho, Froud, seguindo seus calcanhares.

— Daqui para Förening é longe – falou o rei, com a voz firme tentando ao máximo soar tranquila. – Dê tempo para eles atacarem. O baile de debutante começou há apenas algumas horas.

Loki estava sentado atrás da escrivaninha do rei, folheando um livro de canções de ninar dos Vittra. Eram todas supreendentemente perturbadoras, normalmente envolvendo uma criança desobediente sendo drogada por hobgoblins ou por tribos rivais, para ser comida ou virar escrava.

Ele encontrou aquela canção que sua mãe costumava cantar, e era a menos horrenda de todas. Ainda assim, era sobre um ser humano transformando-se em pássaro para tentar roubar um bebê Vittra, mas ao menos o bebê sobrevivia no fim.

Na verdade, ele preferia estar em qualquer outro lugar menos ali naquele aposento, esperando ver como a luta tinha sido e se tinham capturado a princesa. Tanto o rei quanto a rainha ordenaram que Loki esperasse ao lado deles; porém, o rei estava sentado estoicamente enquanto Sara andava de um lado para o outro.

A tensão no quarto era exaustiva, e o livro de canções de ninar não o distraía o suficiente. Pensou em pegar o livro sobre tortura, porque isso com certeza o faria parar de pensar em tudo. No entanto, ele não queria ver todas as coisas horríveis que o rei um dia faria com ele.

– E se eles não a capturarem? – perguntou Sara, virando-se para o marido. Ela apertava as próprias mãos, e sua pele macia estava pálida, o que não acontecia muito.

– Eles vão capturá-la – respondeu Oren, olhando por cima dela para as portas dos aposentos.

– E se não capturarem? – Parecia que Sara ia chorar, e Loki levantou os olhos do livro. – Oren, talvez seja a nossa última chance de pegá-la.

– Está falando como se eles fossem matá-la. – Loki tentou tranquilizá-la. – Mesmo se não a pegarem hoje, os Trylle não vão machucá-la. Eles vão apenas esperar, por precaução. Então, você não tem nada com que se preocupar.

– Loki tem razão desta vez. – O rei apontou para ele.

Sara concordou com a cabeça, porém, não pareceu muito convencida. Ela voltou a andar pelo quarto, e Froud praticamente tropeçou na cauda de seu vestido.

Loki voltou a ler as canções de ninar, mas, antes que ele avançasse na leitura, ouviram uma movimentação no corredor. Passos correndo, e em seguida a porta dos aposentos foi escancarada.

Quando Kyra entrou bruscamente no aposento, Loki levantou-se. Ela estava horrenda, com o cabelo curto chamuscado. Sua pele e sua roupa estavam manchadas de sujeira e sangue, exceto pelos dois riscos limpos no rosto, por causa de lágrimas.

– Não conseguimos pegá-la. – A voz de Kyra tremia, e ela balançou a cabeça. – Eles nos derrotaram. Mataram Jen.

– Eles mataram Jen? – perguntou Loki, surpreso. Ele nunca se importou tanto com aquele cara, mas sempre achou que Jen fosse um rastreador bastante forte.

– Eles são bem mais fortes do que nós imaginamos – prosseguiu Kyra.

– Onde está ela? – perguntou Sara, como se não tivesse escutado nada do que Kyra disse. – Onde está a princesa?

– Ela ainda está em Förening. – Kyra olhou para o rei nervosamente, com medo que ele fosse golpeá-la. – Ela está bem, mas ainda está com eles.

– Quantas baixas a mais tivemos? – perguntou o rei, até agora parecendo inabalado.

– Não sei – admitiu Kyra. – Muitas.

– Hum. – O rei levantou-se, juntando as mãos atrás do corpo. – Muito bem, então. Teremos que fazer algo mais drástico para pegá-la, e faremos tudo o que for necessário.

Ele sorriu, e Kyra encolheu-se, achando aquilo mais assustador do que seu olhar severo.

– Uma coisa eu garanto – prosseguiu o rei. – Wendy será nossa.

Impressão e acabamento Gráfica Stamppa Ltda.
Rua João Santana, 44 – Ramos – Rio de Janeiro – RJ